AF206552

Ein Roman von Axel Fischer

Herstellung und Verlag:
BoD - Books on Demand, Norderstedt
ISBN: 978-3-7448-3310-3

Bereits erschienen von Axel Fischer

Ein Neuanfang nach Maß
BoD - Books on Demand GmbH, Norderstedt
ISBN: 978-3-8391-4167-0

Der Schneekrieg
BoD - Books on Demand GmbH, Norderstedt
ISBN: 978-3-8482-2370-1

Späte Rache
BoD - Books on Demand GmbH, Norderstedt
ISBN: 978-3-7386-0720-8

Ihre letzte Chance
BoD - Books on Demand GmbH, Norderstedt
ISBN: 978-3-7322-8256-2

Bleib bei mir
BoD - Books on Demand GmbH, Norderstedt
ISBN: 978-3-7347-3045-0

Augen ohne Gesicht
BoD - Books on Demand GmbH, Norderstedt
ISBN: 978-3-7386-1670-5

Autor im Glück
BoD - Books on Demand GmbH, Norderstedt
ISBN: 978-3-8423-5767-9

Sekundanten des Teufels
BoD - Books on Demand GmbH, Norderstedt
ISBN: 978-3-7412-5406-2

Zwei Menschen möchte ich besonders für ihre Arbeit danken, ohne deren Mithilfe der Roman nicht hätte erscheinen können.

Vielen Dank an meine Frau Heike Fischer, die mich wie gewohnt mit tollen Fotos vor die schwere Wahl gestellt hat, mir aus einer großen Anzahl an Aufnahmen ein Coverfoto für den Einband auszusuchen. Aber nicht nur ihre Beratung bezüglich eines Fotos hat dieses Buch auch optisch zu einem Highlight werden lassen. Auch ihr sehr gewissenhaftes Lektorat steigert die Qualität des Romans erheblich.

Danke auch, liebe Heike, für die vielen Stunden, die du alleine verbringen musstest, während ich am Laptop saß und eifrig schrieb.

Weiterhin danke ich Ulli Grünewald und ihrer Firma COGITO (www.die-kreative-denkwerkstatt.de) für das Lektorat und das sorgfältige Korrekturlesen.

Wer jetzt noch einen Fehler im Text findet, darf ihn behalten.

Nun wünsche ich allen meinen Leserinnen und Lesern viel Spaß und spannende Stunden beim Lesen des Romans:

Der Tanten Liebling

Der Tanten Liebling

Kapitel 1

„Der Reißverschluss von diesem blöden Kleid zwickt mich im Rücken." „Ich sag doch, dass du zugenommen hast, Asli. Ich verwöhne dich zu sehr." „Hast du damit gerade andeuten wollen, dass ich dicker geworden bin, Karin?" „Bei der Anprobe vor vier Wochen hat er jedenfalls noch nicht gezwickt, dein Reißverschluss." „Noch so eine Bemerkung und ich gehe nach Hause und heirate dich nicht." „Ohhh, Asli, kannst du keinen Spaß mehr vertragen, mein kleines Pummelchen?" Weil Asli Bülent, Kriminalhauptkommissarin der Kölner Mordkommission, wegen des ziemlich eng sitzenden, tiefroten Hochzeitskleides ihr Bein nicht hoch genug heben konnte, trat sie ihre Chefin und angehende Ehepartnerin, Hauptkommissarin Karin Weber, Leiterin der Kölner Mordkommission, nicht in ihren Popo. Sie pitschte sie einfach in ihre linke Gesäßhälfte hinein, was auch für die Galerie besser aussah, da sich unter den Hochzeitsgästen unter anderem der Polizeipräsident von Köln befand. „Au, was machst du da, Asli?!" „Von wegen dicker geworden! Deine Speckschicht ist so angewachsen, dass ich beinahe nicht mal mehr in deinen Po kneifen konnte." Karin nahm Asli lachend in den Arm. „Ich liebe dich, Asli." „Ich dich auch, Karin." Es folgte ein liebevoller Kuss. „Ich störe die Damen ja ungern und erfreue mich sehr an Ihrer Liebe, aber ich habe Sie ja noch gar nicht getraut. Sie haben sozusagen mit der Zugabe angefangen." Der Standesbeamte, der als sehr humorvoll bekannt war, begann mit der offiziellen Trauung von Karin und Asli. Feierlich, aber ganz sicher nicht übertrieben schwülstig in seiner Wortwahl, traute er Asli und Karin und stellte zu guter Letzt die alles entscheidende Frage nach dem „Ja", die beide mit einem fröhlichen, wenn auch etwas verhalten in der Lautstärke klingenden „Ja" beantworteten. Es folgte noch die Prozedur des Ringe Aufsteckens, die die beiden Frauen recht flott bewerkstelligt bekamen. Nachdem Asli und Karin nun noch ihre Unterschriften geleistet hatten, erhob der Standesbeamte erneut das Wort. „Jetzt dürfen sich die Eheleute küssen." Dies ließen sich die beiden Kommissarinnen nicht zweimal sagen. Ein liebevoller Kuss beendete die offizielle Trauung.

Die beiden Nachbarinnen von Asli und Karin schenkten bei strahlendem Sonnenschein Sekt vor dem Rathaus aus. Karin und Asli standen auf der ausladenden Treppe und prosteten ihren Gästen zu. Asli in ihrem roten Kleid mit dem weit ausladenden U-Boot Ausschnitt und den dazu passenden roten, atemberaubend hohen Sanda-letten, sah wunderschön aus. Nur wer die hübsche, zierliche Deutschtürkin besser kannte und ob ihrer Vergangenheit Bescheid wusste, erkannte direkt über ihrer linken Brust die kreis-runde Narbe, die ihr das 9mm Geschoss beigebracht hatte. Um ein Haar wäre diese Sylvesternacht Aslis letzte geworden. Aber wie es schien, hatten beide Frauen die furchtbaren

Erinnerungen gut verarbeitet und freuten sich jetzt auf ihr neues, gemeinsames Leben als Ehepaar. Nach dem ersten Vorglühen mit Sekt vor dem Rathaus fuhren Asli Bülent und Karin Weber mit der ganzen Hochzeitsgesellschaft im Schlepptau nach Köln Pesch, um dort ihre Gäste ausgiebig zu bewirten und ausschweifend zu feiern. Laut hupend bewegte sich der Fahrzeugkorso hinter dem Führungsfahrzeug mit dem Brautpaar in Richtung Kölner Norden her. Dort wartete bereits Jean, der Ehepartner von Aslis und Karins Friseur Marc, der einen stadtbekannten Cateringservice betrieb, mit einem köstlichen kalt-warmen Buffet. Für flotte Musik sorgte die Band von Theo Zerfakis, dem jüngsten Kollegen des Brautpaares, der sich erst wenige Tage zuvor mit der jungen Gerichtsmedizinerin Dr. Biggi Wax verlobt hatte. Auch Ernst Brandt, der Leiter der Kölner Gerichtsmedizin, war gerne anwesend, als seine langjährige Polizei-Kollegin Karin Weber Asli Bülent ihr Ja-Wort gab. Zu der Zeit, als Karin noch heterogene Beziehungen pflegte, hatte Ernst Brandt auch einmal ein Auge auf Karin geworfen. Vielleicht kannten sich die beiden auch einfach schon zu lange, als das sich daraus eine Beziehung hätte entwickeln können. Sie waren allerdings nach wie vor ganz enge und liebe Freunde geblieben und Ernst ließ es sich nicht nehmen, immer wieder gerne zum Essen bei Asli und Karin einzukehren. Zu vorgerückter Stunde tanzten beinahe alle Gäste wild auf der zur Tanzfläche umgebauten Terrasse, und weil auch die ganze Nachbarschaft eingeladen war, störte sich niemand daran, dass die Musik ein paar Dezibel zu laut aufspielte. Es nahm auch kein Anwesender daran Anstoß, dass der ein oder andere Tischnachbar schon weit davon entfernt war, ein Auto fahren zu können, geschweige denn seinen eigenen PKW noch zu finden. Weit nach Mitternacht verabschiedeten sich die letzten Gäste und wie von Geisterhand geführt sorgte der Cateringservice von Jean dafür, dass bereits nach kürzester Zeit aus dem Hochzeits-Eventbereich wieder ein Garten zum gemütlichen Verweilen wurde. Asli und Karin verschwanden gegen drei Uhr nach einer Katzenwäsche im Bett. „Können wir ausnahmsweise auf die Hochzeitsnacht verzichten und sie verschieben, Karin?" „Liebend gern. Irgendwie dreht sich bei mir alles ein wenig um mich herum. Morgen ist ja auch noch ein Tag."

Der folgende Sonntag begann für die beiden frisch getrauten Eheleute eher spät. Auch wenn die Drehbewegungen verschwunden waren, tummelten sich doch immer noch recht ordentlich große männliche Katzen in den Köpfen von Asli und Karin. „Lebst du noch, Karin?" „Diese Frage kann ich dir noch nicht so wirklich beantworten", tönte es eher murrend und knurrend unter der Daunendecke hervor. „Man, hab ich einen dicken Kopf." „Jetzt hab ich nicht nur ein Pummelchen geheiratet, sondern auch noch eine Säuferin", vernahm Asli zur Antwort. „Ich rufe sofort im Standesamt an, ob ich meinen Ehepartner innerhalb von 14 Tagen wegen unflätiger Bemerkungen zurückgeben darf. Ist ja nicht auszuhalten mit dir. Ach, ich rufe am besten gleich Oberstaatsanwalt Bracht an, der für dich ein Plätzchen in der JVA Ossendorf wegen seelischer Grausamkeit gegenüber dem Ehepartner einrichten kann. Immerhin trampelst du auf meinem armen Seelchen herum, Frau Hauptkommissarin. Aber dann schmeißen sie dich nachher noch aus der Polizei heraus und du verlierst deinen Status als Chef der Mordkommission und liegst mir daraufhin noch auf der Tasche." Das von Karin zur Antwort geworfene Kopfkissen verfehlte, trotz am Abend zuvor ausreichend eingeflößten Zielwassers, erheblich sein Ziel. „Mach dich nützlich, meine liebe Ehefrau, und hol mir bitte ein doppeltes Aspirin plus C, nur gerührt und nicht geschüttelt, sonst muss ich die Sauerei nachher wieder in der Küche wegwischen." „Ich muss sowieso Pipi, Karin. Dann bringe ich dir ein Aspirin mit." „Ein Doppeltes bitte!" Die beiden Frauen gönnten sich beide eine Brausetablette zur Vertreibung der Kater und schliefen wieder ein, diesmal jedoch eng aneinander geschmiegt. Beinahe gleichzeitig erwachten Karin und Asli am frühen Nachmittag. „Geht es dir besser, Karin?" „Ja, die Kopfschmerzen sind weg. Ein leichtes Hungergefühl macht mir zu schaffen. Was gedenkt denn meine Ehefrau mir heute zu kochen?" „Nix koche ich dir. Du hast selbst zwei Hände. Mit der Aussage hätte ich gleich einen Kerl heiraten können." Asli, deren Hand auf Karins Bauch lag schob diese höher und legte sie ihr auf ihre rechte Brust. „Obwohl, wenn ich das hier so in meiner Hand spüre, bereue ich es nicht eine Frau mir

13

großen Brüsten geheiratet zu haben." „Ich hatte mir immer eine schlanke, kleine Frau gewünscht und habe jetzt ein Pummelchen bekommen." Asli kniff Karin fest in ihre rechte Brustwarze. „Au, hab ich etwas Falsches gesagt?" „Wann hast du eigentlich das letzte Mal vor dem großen Spiegel gestanden, Karin? Ich sage nur Glashaus, Madame. Der Pitscher scheint dir auch noch gefallen zu haben, Süße. Was fühle ich denn da?" „Mach weiter, Asli, und quatsch jetzt nicht rum." Das ließ sich die Deutschtürkin nicht zweimal sagen. Mit ihren Lippen umschloss sie Karins rechte Brust und begann daran heftig zu saugen, während sie mit Daumen und Zeigefinger ihre andere Brustwarze massierte. Karins Atem beschleunigte sich und sie begann sanft zu stöhnen. Es dauerte nicht lange und Asli ließ von Karins Brust ab. Ihre rechte Hand wanderte über den Bauch hinunter zum Venushügel und weiter zu dem kleinen Punkt, an dem die meisten Lustnerven zusammen liefen. Karins Stöhnen nahm zu. „Mach weiter, Asli, bitte." Während ihr Zeigefinger sanft mit langsamen Bewegungen in Karin eindrang, spielte ihr Daumen weiter mit dem kleinen Punkt. Plötzlich griff Karin nach Aslis Hand zwischen ihren Schenkeln. „Mach fester." Sie hatte dies noch nicht ganz ausgesprochen, als sie zum Orgasmus kam. „Ohhh, Asli, das war einfach wunderbar." „Das freut mich zu hören. Nun sag schon, dass du jetzt Hunger hast und ich kochen gehen soll."

„Ich wollte dir auch einen sexuellen Wunsch erfüllen, Asli." „Dann mach es mir bitte einmal mit einem Fuß." „Einem Fuß?" „Ja, das habe ich mir schon lange gewünscht und erst kürzlich gelesen, wie toll das sein muss, vor allem wenn der Partner gepflegte Füße hat." „Warum nicht. Sag mir, wenn dir etwas nicht gefällt." „Ja, klar." Asli drehte sich zu ihrem Nachtisch und entnahm der Schublade ein Gleitmittel und massierte dies in Karins Füße ein. „Das ist ja richtig toll. Ich glaube, ich komme gleich schon wieder." „Nix da, jetzt bin ich erstmal dran." Auch sie nahm etwas von dem Gleitmittel und verteilte es auf ihrem Unterleib. Sie drehte sich herum und legte ihren Kopf gegen das Fußende des Bettes. Karin beobachtete sie dabei und als sie spürte, wie Asli ihre Füße nahm, sich den rechten, großen Zeh in ihre feuchte Scham schob, verspürte auch sie ein starkes, erotisches Gefühl und es dauerte nicht mehr sehr lange, bis auch Asli zuckend ihren Höhepunkt erreichte.

Kapitel 2

„Ich finde es immer wieder toll, wie du aus nur ganz wenigen Zutaten ein so leckeres Menü zusammen gebastelt bekommst." „Tja, Karin, wenn ich ehrlich bin, muss ich gestehen, dass ich das von meiner Mutter gelernt habe. Wir waren ziemlich arm und dadurch gezwungen, mit wenigen Mitteln meine Eltern, meine Großeltern und uns sechs Kinder irgendwie satt zu bekommen. Wirklich gehungert haben wir allerdings nie, aber ich kann mich nicht erinnern, dass wir jemals

Lebensmittel weggeworfen hätten. Es ist aber auch eine Menge vom Buffet übriggeblieben und so hatte ich keine Mühe, uns diese gemischte Gemüsepfanne mit Rindfleischstreifen zu zaubern." Nach dem Essen tranken die beiden Frauen einen starken Kaffee und begannen, ihre Präsente und Kuverts auszupacken, die ihnen überreicht worden waren. „Da sind insgesamt vierhundert Euro zusammengekommen. Mit den Weinen kommen wir sicher auch einige Monate lang aus. Das Präsidium hat uns einen Reisegutschein von immerhin fünfhundert Euro geschenkt." „Die wollen uns sicher mal eine Zeit lang loswerden, Asli, was glaubst du." „Möglich wäre es. Du bist sicher zu streng mit unseren Kollegen. Das bekomme ich ja auch jeden Tag zu spüren."

Um noch ein wenig Bewegung zu finden, spazierten Asli und Karin am frühen Abend durch den Grüngürtel. Nach gut eineinhalbstündigem Spaziergang trafen sie wieder zu Hause ein. Müde warfen sie sich auf ihre Sofalandschaft. Gegen zehn Uhr verschwanden sie im Bett.

Horst Kaminke saß im Führerhaus seines schon leicht betagten Vierzigtonners und quälte sich ein wenig auf der rechten Spur der A 61 Richtung Köln entgegen. Er hatte 28 Tonnen Eisenerz in seine Kippermulde geladen, die er einem Betonwerk anliefern musste, das daraus Strahlenschutzbauteile goss. Er war noch etwas müde, was montags morgens gegen kurz nach 06:00 Uhr eigentlich immer der Fall war und damit nichts Besonderes. Außerdem war es gestern Abend etwas später geworden, weil er mit seiner Frau bei Schmitzens zum Anschauen der Urlaubsbilder eingeladen war. Karl-Heinz Schmitz leitete einen Supermarkt und verdiente nicht schlecht. So fuhren Schmitzens meistens dreimal im Jahr in aller Herren Länder in Urlaub, um dann hinterher ihre Freunde und Nachbarn mit dem langweiligen Anschauen der Urlaubsbilder zu nerven. Horst und Hedwig fuhren jedes Jahr im Sommer drei Wochen an die Ostsee. Und immer in die Pension Seeblick, wo es ihnen stets sehr gut gefiel. Das Essen schmeckte wie zu Hause, am Strand der Ostsee ließ es sich sehr schön entspannen, alle sprachen verständlich Deutsch und ihr Urlaub blieb immer noch bezahlbar. Finanziell kamen sie ganz gut zurecht, solange er seine Fahrten runterschrubbte und Hedwig den Job als Putzfrau in der Arztpraxis behielt. Horst vernahm mit Freude im Radio, dass alle Autobahnen rund um Köln staufrei waren. Das bedeutete für ihn, dass er Punkt sieben Uhr seine erste Ladung im Werk abkippen konnte. Er würde die vorgeschriebene Ruhezeit für sein Frühstück nutzen, einen Kaffee aus der Thermoskanne trinken, um dann wieder zum Duisburger Hafen aufzubrechen, wo er seine nächste Ladung Erz aufnehmen musste. Weil auch das Wetter mitspielte, drehte er WDR 4 im Radio etwas lauter. So wechselte er zwischen gelegentlichem Gähnen und lautem Mitsingen der alten Schlager immer hin und her. Singen war ohnehin ein Hobby von ihm. Er griff zum Armaturenbrett nach der Packung Zigaretten und steckte sich eine an. Genüsslich blies er den Rauch aus seiner Lunge. Die vor ihm

17

auftauchende Unterführung, unter der er sicher schon tausende Male durch gefahren war, bildete für ihn kein Hindernis, da der höchste Punkt seiner Mulde erheblich niedriger lag als die Brückenunterkante. Jetzt waren es nur noch wenige Kilometer bis zur Abfahrt Bilderstöckchen. Horst drehte noch einmal die Musik lauter, als ein uralter Rex Gildo Hit gespielt wurde. Jetzt war er gleich unter der Brücke durch. Dann auf einmal ging alles sehr schnell. Ein riesiger, weißer Sack schlug gegen seine Windschutzscheibe. Der Aufprall brachte die Scheibe zum Reißen. Der Kipper begann zu schlingern. Horst verlor die Zigarette, die aus seiner Hand fiel. Doch war ihm dies jetzt völlig egal. Er kämpfte gegen die immensen Fliehkräfte seiner Ladung. Immer wieder lenkte er gegen und nach etwa zweihundert Metern hatte er sein Ungetüm wieder unter Kontrolle. Vorsichtig rollte er rechts auf den Seitenstreifen. Erst jetzt bemerkte er, dass sich der weiße Leinensack, der halb in seiner Kabine hing, rot zu verfärben begann. „Was ist das für ein Scheiß?!" schimpfte er laut. Er griff nach dem Sack und bemerkte, dass er einen Fuß in seiner Hand spürte. Erschrocken zuckte er zusammen. Er zog sein Smartphone aus der Halterung an der Mittelkonsole und rief die Polizei.

„Guten Morgen, Karin. Lange nicht gesehen. Habt ihr eure Hochzeit gut überstanden?" Noch ziemlich verschlafen setzte sich Karin im Bett auf. „Morgen, Ernst. Wenn der Chef der Gerichtsmedizin einem ganz früh am Morgen fröhliche Grüße ins Ohr säuselt, ist doch meistens etwas passiert. Die Hochzeitsfeier, nur zu deiner Information, haben wir schadlos überstanden. Aber mir schwant jedoch Fürchterliches, wenn der Herr der zu untersuchenden Leichen so früh anruft. Was ist los, Ernst?" „Wir haben auf der A 61 kurz vor der Abfahrt Bilderstöckchen eine Leiche, die einem LKW-Fahrer ins Führerhaus geschleudert wurde." „Wir haben was?" Ernst erzählte, was er bisher in Erfahrung bringen konnte. „Ist OK, Ernst. Wir machen uns gleich auf. Bis später."

„Morgen, Ehefrau, raus aus den Federn. Wir haben Arbeit." „Was ist denn los, Karin?" „Erzähle ich dir im Auto." Die beiden Frauen sorgten für größtmögliche Hygiene im Verlauf ihrer Katzen- wäsche. Karin schmiss noch schnell die Kaffee- maschine an und bereitete zwei Becher coffee to go, während Asli bereits zum Auto lief. „Hier, trink erstmal." „Scheiße, ist der heiß!" „Tut mir leid, Asli. Ich kann Kaffee nur kochen. Kalt blasen musst du ihn schon selbst." „Warum ist eigentlich so eine Hektik angesagt?" Karin berichtete, was sie eben von Ernst Brandt erfahren hatte. „Da braut sich bestimmt mal wieder etwas zusammen, Karin." „Also nur weil einer seine Ehefrau in einem Leinensack auf der Autobahn entsorgt, muss es sich ja nicht gleich um den Schlächter von Köln handeln. Bestimmt eine Beziehungstat." „Schauen wir mal, wer Recht behält."

Die Kollegen der Verkehrspolizei hatten den ganzen Autobahnteilabschnitt für den Verkehr gesperrt und für eine großzügige Umleitung gesorgt. Als Karin dem jungen Streifenkollegen ihren Ausweis zeigte, ließ er den Golf von Asli passieren. Hundert Meter vor ihnen erkannten die beiden Kommissarinnen die kleine Autobahnüberführung, noch weiter entfernt den schweren Laster, der rechts auf dem Seitenstreifen parkte und die vielen Blinklichter auf zwei Fahrzeugen der Feuerwehr, zwei Streifenwagen, einem Notarztfahrzeug sowie den Kombis der Gerichtsmedizin und der Spurensicherung. Asli stellte den Golf hinter dem Kipper ab. Sofort verließen sie ihren Wagen und gingen dem LKW entgegen. „Morgen, zusammen. Was haben wir?", fragte Karin in den Pulk der Menschen hinein. Biggi Wax, die Stellvertreterin von Ernst Brandt, hatte ihre Arbeit bereits aufgenommen. „Hallo, Karin, hallo, Asli. Eine äußerst kuriose Geschichte." Biggi begann zu berichten, was sie bisher in Erfahrung gebracht hatte. „Wir haben ein weibliches, unbekleidetes Opfer, ca. Mitte vierzig, das unser Täter oder die Täterin in diesen Leinensack gesteckt hatte, um die Frau von der Autobahnbrücke dort herunterzustoßen." „Todeszeitpunkt?" „Vor etwa dreißig Minuten." „Das heißt, die Frau lebte noch, als sie in dem Sack von der Brücke geworfen wurde?" „So ist es, Karin, und sie wurde auch nicht geworfen im Sinne wie du jetzt vermutest. Der Sack war am Geländer der Autobahnbrücke befestigt und hing - allerdings recht kurz gehalten - einfach locker herunter. Nur der Gegenverkehr hätte den Sack erkennen können. Aber die wenigsten Autofahrer schauen nach oben, wenn sie unter einer Autobahnbrücke hindurchfahren." „Was für eine

20

verdammte Sauerei." Asli sprang aus dem Krankenwagen, in dem Horst Kaminkes Schockzustand behandelt wurde. „Und, hat der Fahrer etwas sagen können?" „Nein, er bestätigt nur, was hier zu sehen ist. Er hat niemanden bemerkt, der die Tat vorbereitet haben könnte." „Hast du irgendwelche Besonderheiten ausmachen können, Biggi?" „Och, Karin, du kennst mich doch. Wie sagen die immer im Fernsehen? Erst wenn ich die Leiche auf dem Tisch hatte, kann ich euch mehr sagen." „Dann fahren wir ins Büro. Du meldest dich, Biggi?" „Klar doch, wie immer, Karin."

Kapitel 3

Asli Bülent lenkte ihren Golf in Richtung Polizeirevier und stellte ihn im Parkhaus ab. Als die Beiden das Büro betraten, saßen Theo Zerfakis und Edith Steinbach bereits hinter ihren Bildschirmen und arbeiteten. „Morgen, ihr beiden. Alle Feierlichkeiten gut überstanden?", erkundigte sich Edith Steinbach, die schon recht lange zum Stammteam der Kölner Mordkommission gehörte. „Morgen, Edith, alles wieder im grünen Bereich. Wir planen jetzt erstmal unsere Hochzeitsreise." „Wie war denn eure Hochzeitsnacht, Asli?", fragte Theo Zerfakis grinsend. „Eher verschlafen. Karin war so müde und sie hatte auch ziemlich viel getrunken. Hätte ich wissen müssen, dass ältere Ehepartner sexuell nicht mehr so leistungsfähig sind, wie zum Beispiel ich in meinen jungen Jahren." Karin, die bereits in ihr Büro gegangen war, um Kaffee aufzusetzen, hatte alles mitgehört und meldete sich zu Wort. „Das musst du gerade sagen. Wer wollte denn unbedingt schlafen?" Alle lachten. „Zehn Uhr bei mir im Büro ist Besprechung. Bringt alle Unterlagen mit." Karin schloss ihre Türe und setzte sich an ihren Schreibtisch. Noch während ihr PC hochfuhr, musste sie an den neuen Fall denken. Handelte es sich um eine einzelne Beziehungstat, worauf sie sehr hoffte? Oder trieb plötzlich ein Mehrfachmörder sein Unwesen in Köln, wie Asli prophezeite? In diesem Fall waren ihr die Hände gebunden. Sie musste warten, was Dr. Biggi Wax für sie herausfinden würde.

Kurz nach zehn war die Luft in Karins Büro erfüllt von lecker duftendem Kaffeearoma. Karin hatte wie gewöhnlich den Vorsitz und ließ sich von allen Anwesenden den Fortgang der Ermittlungen in den einzelnen Fällen erklären. „Wie bist du im Fall der Beziehungstat in Chorweiler weitergekommen, Edith?" „Leider gar nicht. Hier haben wir nur schweigende Gesichter, die einen ungläubig anschauen." „Hast du mal im Umfeld der jungen Russin nachgeforscht?" „Ja sicher, Karin. Ledjeva Puskas stammt aus Petersburg. Sie hat sehr früh geheiratet und ist mit ihrem Mann nach Köln gezogen. Man hatte den beiden wohl den Himmel auf Erden in Köln versprochen, doch es kam völlig anders. Ledjeva wurde schwanger und fand deshalb keinen Job. Boris ist gelernter Bauzeichner, blieb aber auch ohne Arbeitsplatz, weil Bauzeichner hier nicht mehr besonders gefragt sind. So zogen sie in Chorweiler in eine

Sozialwohnung. Boris begann zu trinken und schlug seine Frau trotz der Schwangerschaft häufig im Suff. Sie fand dann eine Putzstelle, wo sie ohne Papiere arbeitete. Eines Abends, als sie etwas früher nach Hause kam als sonst, lag Boris mit einer Nachbarin im Bett. Ledjeva war so aufgebracht und enttäuscht, dass sie sich das Brotmesser aus der Küche holte und ihrem Mann von hinten ins Herz stieß. Er war sofort tot. Natürlich hat niemand etwas gesehen oder gehört."

„Theo, wie sieht es bei dem Türsteher-Mord aus?" „In dem Milieu redet überhaupt niemand. Keiner der anderen Türsteher der Disco auf dem Ring hat etwas gesehen. Alle sagten in etwa dasselbe aus. Das Mordopfer sei plötzlich tot zusammen gebrochen, als man ihm ein Messer in den Bauch gerammt hatte. Der Täter ist flüchtig und die Beschreibungen beginnen bei leicht gebräunter Haut mit schwarzen Haaren bis hin zum hellhäutigen Typ mit rotblonden Haaren. Suchen wir uns etwas aus. Ich hoffe, dass sich unter den Gästen jemand befindet, dessen Befragung ein paar Hinweise liefert." „Nicht gerade erheiternd, was du uns da zu berichten hast, Theo. Haben wir sonst noch ungeklärte Fälle?" „Nein, Karin, den Bankräuber, der die Kassiererin in Dünnwald erschossen hat, haben wir ermittelt und festge-nommen. Der Täter ist geständig." „Sonst liegt nichts an?" „Es ist Urlaubszeit, Chefin. Da machen sogar unsere Mörder Pause." „Mir soll es Recht sein, Theo. Warten wir mal ab, was uns Biggi für neue Erkenntnisse liefert im Mordfall von heute Morgen. Ich möchte den Fahrer in der Sache noch einmal in Ruhe vernehmen, Theo. Kannst du das in die Wege leiten?" „Ja, kümmere ich mich drum." Karins Team hob die Runde auf. Alle Teilnehmer verschwanden wieder in ihren Büroecken und nahmen ihre Arbeit auf.

Asli und Karin nahmen sich noch einmal alte Fallakten in der Hoffnung vor, aufgrund von neuen Fahndungs- und Ermittlungsmethoden, doch noch den einen oder anderen Mordfall aus der Historie lösen zu können. Mit ihrem Vieraugenprinzip hatten die beiden Ermittlerinnen bisher schon phänomenale Erfolge erzielt. Gegen vierzehn Uhr meldete sich Biggi Wax bei Karin." „Hallo, Karin, ich bin mit der Obduktion durch. Ihr müsst euch das aber mal in Ruhe ansehen. Der Körper unseres Opfer weist im Unterleibsbereich erhebliche praemortale Wundmale auf, die atypisch sind und nur durch Folter entstanden sein können." „Alles klar, Biggi, ich komme nachher mit Asli vorbei. Oder soll ich dir deinen Verlobten mitbringen?" „Lass Theo lieber im Büro. Seine Freude, an Sektionen teilnehmen zu dürfen, ist nur sehr gering, selbst wenn ich sie durchführe." „Dann bis später." „Alles klar, ich erwarte euch." Auch Karin und Asli rissen sich keineswegs darum, bei einer Sektion oder deren Nachbearbeitung in der Gerichtsmedizin anwesend sein zu müssen. Aber leider gehörte dies nun einmal zu ihrem Job und so bestiegen sie ihren Dienstwagen und fuhren nach Braunsfeld zur Gerichtsmedizin. Biggi Wax, die hübsche, zierliche Gerichtsmedizinerin mit den roten Haaren, erwartete Karin und Asli bereits in ihrem Büro. Auch Ernst Brandt setzte sich zur Vorbesprechung mit an den Tisch. Nach einer kurzen freundlichen Begrüßung wurde Biggi Wax allerdings wieder ernst und begann zu referieren. „Wie ich schon am Telefon andeutete, weist die Leiche erhebliche Verletzungen auf, die ich mir so einfach nicht erklären kann. Diese können nur durch martialische Folterungen entstanden sein, die dem Opfer unerträgliche Schmerzen zugefügt haben. Außerdem lassen die Verletzungen darauf schließen, dass der Täter bereits zu diesem Zeitpunkt die Absicht hatte, sein Opfer zu töten, nachdem er sich an den furchtbaren Leiden der Frau satt gesehen hatte. Gehen wir rüber und sehen sie uns an. Es handelt sich um marginale Schnittverletzungen im Genitalbereich, die ganz sicher nicht durch den Sturz von der Brücke entstanden sind."

Im großen Sektionsraum standen drei Edelstahltische. Auf dem mittleren Tisch lag abdeckt eine Leiche, zu der Biggi Wax ihre Besucher führte. Asli begann bereits damit, kräftig ihre Zehen zu bewegen, damit sie nicht in Ohnmacht fiel. Biggi Wax griff am Kopfende nach den Zipfeln des weißen Tuches und zog es bis zu den Knien des Mordopfers herunter. Sofort fiel dem Betrachter die schwarze Naht am Y-Schnitt ins Auge, die sich erheblich von der bleichen Haut des Opfers abhob. Doch der Anblick, der sich den Besuchern im Schambereich der Leiche bot, trieb sogar den hartgesottenen Kommissarinnen die Magensäure in die Speiseröhre. „Seid mir bitte nicht böse, aber ich muss mal dringend raus", sagte Asli und verließ umgehend den Sektionsraum. Karin kämpfte tapfer gegen die Übelkeit an und stellte Biggi Wax die erste Frage. „Was denkst du, ist mit der Frau geschehen, Biggi?" „Also wenn du mich so direkt fragst, möchte ich behaupten, dass der Täter dem Mordopfer mit einem sehr scharfen Messer, wahrscheinlich einem Skalpell, die Klitoris sowie die beiden Schamlippen entfernte." „Täter? Glaubst du etwa unser Mörder ist männlich?" „Ja, Karin, wir haben Spermaspuren im Unterleib und auf dem Venushügel gefunden, die wir gerade versuchen auszuwerten." „Könnte unser Opfer nicht vor ihrem Tod Geschlechtsverkehr gehabt haben?" „Möglich wäre es natürlich schon, aber ich schließe es eher aus, weil die Beweglichkeit der Spermien noch recht hoch war. Ältere Spermien verlieren ihre Agilität sehr rasch und vertrocknen. Ich habe so eine Art der Verstümmelung einmal im Studium gesehen, als wir eine weibliche Leiche aus Afrika auf dem Tisch liegen hatten, die von einer Schamanin beschnitten wurde. Im Gegensatz zu unserem Opfer hat das Mädchen die Tortur jedoch nicht überlebt und ist verblutet." „Was müssen das für Schmerzen gewesen sein! Wenn ich das richtig verstanden habe, lebte unser Mordopfer doch noch, als es von der Brücke gegen den LKW schlug." „Ja, so ist es, Karin. Der Täter hat ihr einen Knebel in den Mund gesteckt, um ihre Schreie zu dämpfen." Asli betrat nun auch wieder den Sektionsraum. „Das ist ja auch der Grund, warum ich euch hierher gebeten habe. Unsere Tote ist keine Afrikanerin oder entstammt einer Gegend, wo Beschneidungen aus religiösen Gründen durchgeführt werden. Sie ist auch schon zu alt für eine solche rituelle Tat. Nicht mehr wirklich nachvollziehbar ist, wann er sich an seinem Opfer vergangen hat. Vor, während oder nach seiner Folter. Wenn ihr mich fragt, haben wir es hier mit einem Mörder zu tun, der für irgendetwas Rache nimmt." „Ich sehe das genauso, Karin", mischte sich auch Ernst Brandt in das Gespräch ein. „Ich habe mir mit Biggi die Schnittführung genau angesehen. Unser Täter hat keine Ahnung von Medizin. Er hat einfach brutal zugepackt und das Opfer grausam verstümmelt. Und dies wie es scheint bei lebendigem Leib." Asli drehte sich gleich wieder auf dem Absatz um und raste aus dem Sektionsraum. „Wisst ihr, was ich leider vermute?" „Sprich es bitte erst gar nicht aus, Ernst, denn ich denke das Gleiche: Wir haben es mit einem Serientäter zu tun." „Genau das vermute ich auch." „OK, Biggi, schick mir bitte den Bericht. Wir müssen als erstes versuchen herauszufinden, wer die Tote ist und in welchen Umständen sie lebte." „Ja, Karin, das wird sicher kein leichter Fall." „Ach, wisst ihr, leichte Sachen kann doch jeder. Ich schaue jetzt erstmal, ob meine Stellvertreterin und Ehefrau wieder dienstfähig ist, und dann fahren wir zurück ins Präsidium." Biggi hatte die Leiche wieder zugedeckt. Ein nur eher verhaltenes Lächeln legte sich auf die Gesichter aller Anwesenden nach Karins Bemerkung, bevor sie

27

alle den Sektionsraum verließen und sich verabschiedeten.

Kapitel 4

„Man ist mir schlecht, Karin." „Seit wann bist du denn so sensibel, Asli?" „Wenn mir mein Kopfkino vorspielt, was da wohl stattgefunden hat, muss ich schon wieder brechen. Was müssen das für Schmerzen sein? Sowas kannst du doch nicht in einer Mietwohnung durchziehen. Das Opfer hat doch bestimmt sehr laut geschrien." „Ich denke, sie ist sehr schnell vor lauter Schmerzen ohnmächtig geworden." „Das sei ihr mal zu wünschen. Aber sie ist doch irgendwann wach geworden, während der Mörder sie in den Sack gepackt hat." „Dafür hat der Täter ihr den Knebel in den Mund gesteckt." Den Rest der Fahrzeit bis zum Eintreffen in Kalk im Präsidium schwiegen die beiden Frauen und gingen ihren Gedanken nach. „Machst du uns einen Kaffee, Karin? Ich glaube, ich könnte einen vertragen." „So auf nüchternen Magen nach deiner Brechorgie? Von mir aus." Während die Kaffeemaschine ihre Arbeit aufnahm, setzte sich Karin zu ihren Kollegen in den großen Büroraum und erzählte, was sie eben mit ansehen musste und wie sie gedachte weiter vor zu gehen. „Asli, versuch bitte herauszubekommen, wer unsere Tote ist. Frag dafür unseren PC, ob Vermissten-anzeigen eingegangen sind." „Das ist zwar noch zu früh, wenn die Tote erst seit wenigen Tagen verschwunden ist, aber ich werde mich da mal einloggen." „Wenn ihr während eurer Ermittlungen

28

etwas hört, gebt bitte sofort Laut. Ich werde unseren Psychologen mal anrufen und fragen, was er von unserem Täter hält. Wer noch so kurz vor Feierabend einen Kaffee möchte, kann sich einen bei mir abholen kommen." Edith Steinbach winkte ab. Sie befand sich bereits im Aufbruch, um nach Hause zu fahren. Theo flitzte gleich in Karins Büro. Er liebte ihren Kaffee über alles und hatte noch Zeit mit dem nach Hause fahren, da seine Verlobte Biggi Wax sicher auch noch lange in der Gerichtsmedizin zu arbeiten hatte.

Karin nahm ihren Telefonhörer ab und wählte die Nummer des Polizeipsychologen Dr. Kreutz, der auch noch an seinem Schreibtisch saß und gleich das Gespräch entgegen nahm. „Hallo, Dr. Kreutz, Karin Weber hier." „Das ist aber eine Überraschung, hallo, Frau Weber. Geht es Ihnen gut?" „Psychisch und physisch scheint wieder alles im grünen Bereich zu sein. Ihnen geht es auch gut?" „Schlechten Menschen geht es doch immer gut, Frau Weber, aber ich glaube, Sie haben etwas anderes auf dem Herzen, als sich nach meinem Gesundheitszustand zu erkundigen." „Sie haben mich durchschaut. Ich habe folgenden Fall und möchte dazu Ihre Meinung hören." Karin berichtete dem Psychologen, was sie bereits an Informationen gesammelt hatte. „Das ist nicht eben viel und keinesfalls einfach, was Sie mir da präsentieren, um so aus dem Stehgreif ein Täterprofil anzufertigen. Nageln Sie mich jetzt mal nicht fest, wenn ich ins Blaue hinein spekuliere und sage: Täter ist männlich, etwa bis Mitte 30, verarbeitet ein Trauma aus seiner Jugend, bedingt durch nicht unerhebliche, sexuelle Gewalt, allerdings verübt von einer oder mehreren Frauen. Mehr jetzt zu sagen, wäre wie Lesen aus der Glaskugel, Frau Weber. Was ich Ihnen aber leider jetzt schon prophezeie ist, dass unser Täter weiter töten wird. Das, was er mit einer oder mehreren Frauen in der Vergangenheit erlebt hat, hatte sich bei ihm ganz sicher auf ein Höchstmaß aufgestaut und ist jetzt mit einmal aus ihm herausgebrochen. Sie sagten, das Opfer sei Mitte bis Ende vierzig? Dann handelt es sich ganz sicher um eine Traumaverarbeitung, deren Ursprung in seiner Jugend begründet liegt. Aber wie eingangs schon gesagt, das sind alles Hypothesen." „Auf jeden Fall danke ich Ihnen, dass Sie sich für mich Zeit genommen haben und für die Vielzahl an interessanten Denkanstößen. Schönen Abend, Herr Dr. Kreutz." „Ihnen auch. Ich stehe Ihnen gern jederzeit zur Verfügung, Frau Weber. Bis bald mal wieder."

Karin legte sich in ihrem Bürosessel zurück und begann zu grübeln. Wenn der Täter ein Trauma aus seiner Jugend verarbeitete, welches er mit einer oder mehreren Frauen erlebt hatte, konnte dies bedeuten, dass das Opfer ehemals sein Peiniger war und er aus Rache handelte. Blieb jetzt zu hoffen, dass er mit dem Mord an der Frau seine Rachegelüste gestillt hatte und nicht zum Serientäter wurde. „Die Hoffnung stirbt ja bekanntermaßen zuletzt", sprach Karin vor sich und fuhr ihren PC herunter, als ihr Telefon summte. „Biggi noch mal, hallo, Karin. Wir haben gerade die Ergebnisse vom Abstrich bei unserem Opfer erhalten. Es gibt, wie erwähnt, eine satte Spermaprobe und damit eine glasklare DNA vom Täter. Außerdem fanden wir Spuren von Lehmboden an ihren Fersen. Unser Opfer wurde offensichtlich über Lehmboden geschleift. Ich werde morgen die Ergebnisse durch unsere Dateien laufen lassen, ob unser Täter bereits aktenkundig ist. Vielleicht finden wir ihn ja schnell." „Das wäre einfach zu schön, um wahr zu sein, Biggi." „Einen Versuch ist es ganz sicher wert. Schickst du mir jetzt bitte meinen Verlobten nach Hause. Er muss noch spülen, den Müll raus tragen und eine Maschine Wäsche waschen." Biggi lachte. „Mache ich, Biggi. Soll ich ihm eine Fußfessel anlegen, damit er uns nicht entkommt?" „Er kommt schon Heim, keine Sorge, weil er ganz sicher Hunger hat und meine Küche liebt." „Dann schönen Abend und lass noch etwas von ihm übrig. Wir haben noch ein paar Mordfälle aufzuklären." „Mach ich, euch auch schönen Abend." Karin musste schmunzeln. Biggi und Theo waren ein lustiges Pärchen. Sie passten gut zusammen. „Theo, kommst du mal bitte?" „Da bin ich, Chefin. Was gibt es?" „Ich habe einen Auftrag für dich." „Ich bin bereit." „Du sollst sofort nach Hause fahren, den Müll runter bringen, spülen und eine Maschine Wäsche anschmeißen. Hau ab, Theo, sonst krieg ich Ärger mit Biggi." „Bin schon weg. Euch einen schönen Feierabend." „Der war jetzt aber flink unterwegs." „Ja, Asli, im Gegensatz zu dir hört er gut, wenn seine Verlobte ihn zu

31

Arbeiten einteilt. Dich muss ich ja immer züchtigen, damit du kleinste Tätigkeiten im Haushalt erfüllst." Karin prustete los, als sie das verdutzte Gesicht von Asli sah. „Alte Meckerziege", schnaubte Asli. „Komm, fahren wir auch nach Hause, Karin."

Auf der Heimfahrt berichtete Karin Asli, was sie eben von Biggi erfahren und was Dr. Kreutz für ein erstes Täterprofil erstellt hatte. „Das wäre mal ein echter Zufall, wenn uns auf diesem Weg der Täter ins Netz gespült würde. Ich glaube es aber nicht. Das könnte aber bedeuten, dass unser Mörder kein Serientäter ist." „Hoffen wir mal das Beste, Asli. Wenn er jedoch in einem Heim aufgezogen und dort sexuell missbraucht wurde, können wir unsere Hoffnungen begraben, es nicht mit einem Serientäter zu tun zu haben. Dann wird er weiter morden." Eine kurze Zeit lang saßen die beiden Frauen still nebeneinander, bis Karin die Ruhe brach. „Was gibt es denn eigentlich heute zu Essen?" Asli stoppte an der nächsten roten Ampel und kniff Karin in die Hüfte. „Nix, wenn ich so deine Speckpölsterchen an der Hüfte ertaste." „Was soll das denn nun wieder? Soll das heißen, ich bin dir zu dick, meine liebe Frau?" „Noch nicht, aber du bist auf dem besten Weg." „Hör mal, meine Liebe, stell dich doch mal nackt vor den großen Spiegel im Flur. Falls du diesen dramatischen Anblick schadlos überstehst, wirst du feststellen, warum der Reißverschluss deines Kleides bei der Hochzeit gezwickt hat und deine BH-Verschlüsse sich immer so in deiner Haut abdrücken. Du neigst zu Übergewicht, Süße." Da die Ampel längst wieder auf grün umgeschlagen war, ertönte ein lautes Hupkonzert. Asli gab Gas. „Haben wir etwa ein gemeinsames Gewichtsproblem, Karin?" „Kein gemeinsames, du hast eines." „Für diese Frechheit wirst du mich gleich beim Italiener auf eine leckere, ordentlich mit Käse belegte Pizza einladen." Die beiden Frauen amüsierten sich köstlich, während Asli sie sicher nach Hause chauffierte. Tatsächlich gönnten sich die beiden ein Abendessen im Türkischen Imbiss um die Ecke. Es gab für beide Lahmacun mit viel Salat und Hähnchenfleisch und eine Flasche Mineralwasser dazu und tatsächlich übernahm Karin die gesamte Zeche. Glücklich und mit vollem Magen bewegten sich Karin und Asli Arm in Arm ihrem Haus entgegen.

Kapitel 5

„Tschöö, Brigitte, komm gut nach Hause und lass dich nicht verführen." „Ich gebe mir die größte Mühe, Hanna." „Wer dich heute Abend mitnimmt, bringt dich morgen sowieso wieder zurück." „Also auf die Frechheit gibst du jetzt noch ein Kölsch aus, Charlotte." „Ich war doch nicht frech, Brigitte. Das ist eine Tatsache, aber du hast Recht, einen haben wir noch. Köbes, bringste uns bitte noch ein Ründchen?" Die fröhliche Damenrunde, die sich im Senftöpfchen eine lustig frivole Travestieshow angesehen hatte und nur noch ein, zwei Absacker zu sich nehmen wollte, fand mal wieder kein Ende. Doch nach dem vierten Kölsch griff Brigitte Schneider nach ihrer Handtasche. „Macht es gut, ihr Lieben. Ich muss morgen früh raus." Sie klopfte noch kurz auf den Tisch und wünschte allen eine gute Heimfahrt. „Wir telefonieren, bis bald." Eher verhaltenen Schrittes tippelte Brigitte auf ihren hochhackigen Peeptoes der Bushaltestelle entgegen. Laut ihrem Smartphone musste der 136er in acht Minuten eintreffen. Obwohl ein Blick auf ihre Armbanduhr ihr signalisierte, dass es erst kurz vor halb zwölf war, schien sie das einzige, menschliche Wesen zu sein, dass an der Haltestelle auf den Bus wartete. Plötzlich vernahm sie das Geräusch von Absätzen, die mit Metallplättchen beschlagen waren und auf dem Kopfsteinpflaster langsam näher kamen. Die engen Straßenfluchten der Kölner Altstadt verstärkten noch das Geräusch. Brigitte war keinesfalls ängstlich. Sie war eine sportliche Frau, die in der Woche viele Kilometer mit ihren Nordic-Walking Stöcken zurücklegte. Was sie ein wenig störte war, dass sie den Schuhträger mit den Steppabsätzen nicht erkennen konnte, der offensichtlich auf sie zu marschiert kam. Die ständig in drei Farben aufleuchtende Neonreklame der Bar gegenüber der Haltestelle gab zu wenig Licht, um etwas erkennen zu können. Brigitte schaute nach rechts der Domplatte entgegen, doch sie sah immer noch niemanden. Plötzlich endete abrupt das Geräusch der auf Pflaster klopfenden Stahlplättchen. „Haben Sie mal Feuer für mich?" Brigitte fuhr der Schreck tief in ihre Glieder. Sie begann heftig zu zittern. Langsam drehte sie sich um. Vor ihr stand ein groß gewachsener Mann, Mitte dreißig und grinste sie frech an.

Der folgende Dienstag brachte keine neuen Erkenntnisse. So sehr sie sich auch mühten, den Obduktionsbericht von Biggi Wax zu analysieren, um eventuell wichtige Informationen zu erhalten, ohne die Identität der Toten zu kennen, gestalteten sich weitere Ermittlungen quasi als unmöglich. Biggi Wax hatte die DNA der Toten wie auch die von der Spermaprobe durch alle Datenbanken tickern lassen, aber es gab nicht einen einzigen Treffer. Entsprechend war die Laune von Hauptkommissarin Karin Weber, der Leiterin der Kölner Mordkommission. „Es kann doch nicht sein, dass niemand die Frau vermisst?" „Karin, wenn die Frau eventuell alleine gelebt hat, wird es Wochen oder gar Monate dauern, bis auffällt, dass sie nicht mehr lebt." „Das weiß ich ja, Edith, aber so ganz ohne Anhaltspunkte einen Fall bearbeiten zu können, ist unmöglich." „Stimmt, aber wohl nicht zu ändern." „Dass du mal wieder keinen besseren Vorschlag auf Lager hast, war mir klar, Asli." „Jetzt streitet euch nicht. Damit wird die Identität der Toten nämlich auch nicht schneller bekannt." „Wenn wir dich nicht hätten, Theo." Mürrisch verließ Karin das große Büro und verschwand in ihrem Raum. „Hast du eine Laune, Karin. Ich bin nicht schuld, dass unsere Tote keinen Personalausweis um den Hals gebunden hatte." „Komm, wir machen Feierabend. Ich koche uns etwas Leckeres und wir trinken ein Glas Wein dazu." Doch auch die butterzarten Steaks mit der selbstgemachten Kräuterbutter und dem knackigen Salat änderten nichts an Karins Laune. Gegen halb elf lagen Karin und Asli im Bett. „Jetzt schau mich nicht wie so ein treuer Dackel an. Nach Sex steht mir überhaupt nicht der Sinn. Nimm dir ne Banane aus dem Obstkörbchen." Asli schaute Karin nur an. „Entschuldige bitte, ich habe mich im Ton vergriffen. Tut mir leid." Asli nahm Karin einfach in den Arm und schon bald schlief sie ein.

Der Kaffee für alle blubberte bereits im Büro durch den Filter, als Karins Telefon summte. „Kommissar Meier, Autobahnpolizei Köln, guten Tag, Frau Weber." „Hallo, Kollege, waren wir wieder zu schnell unterwegs?" Meier lachte. „Nein, keineswegs, mein Anruf hat einen erheblich unangenehmeren Hintergrund. Vor knapp zwanzig Minuten ist ein polnischer LKW mit Hänger von der Autobahn auf der A 59 ins Schlingern geraten und umgestürzt. Der Fahrer liegt bereits im Krankenhaus." „Ist aber nicht unsere Baustelle, Kollege", entgegnete Karin ein wenig schnippisch. „Wieso nicht, ich dachte, Sie kommen jetzt mit Ihren Leuten her und helfen beim Kehren der Autobahn. Kollegin Weber, ich weiß doch, das die Creme der Polizei, die Mordkommission, nicht wegen eines LKW-Unfalles zur Unglücksstelle raus fährt. Es sei denn, dem Fahrer fiel während der Fahrt eine in einen weißen Leinensack verpackte Leiche ins Führerhaus. Jetzt mehr Interesse?" „Entschuldigung, Herr Meier, wir stehen hier zurzeit sehr unter Druck. Wohin müssen wir kommen?" „A 59 Richtung Bonn hinter der Abfahrt Flughafen, ungefähr drei Kilometer weiter nach der 2. Autobahnbrücke." „Danke, Kollege, und nicht böse sein. Wir kommen sofort." „Wie kann ich Ihnen böse sein, Frau Weber. Ich kenne Sie ja gar nicht."

„Theo, Asli, kommt ihr bitte mit. Wir haben die nächste Tote im Leinensack. Theo fährt. Wir müssen auf die A 59 Richtung Bonn." Zwanzig Minuten später rollte der zivile Mondeo auf die Unfallstelle zu. Kreuz und quer parkten Fahrzeuge der Feuerwehr, des Rettungsdienstes, der Gerichtsmedizin und der Spurensicherung. „Jetzt lernen wir uns doch noch persönlich kennen. Hallo, Frau Weber." „Hallo, Herr Meier, entschuldigen Sie…" „Jetzt lassen Sie mal stecken, Frau Kollegin. Schauen wir uns den Fall an. Übrigens bin ich heilfroh, dass ich den nicht lösen muss." „Wir haben noch einen weiteren von der A 61." „Ein Serientäter?" „Allmählich gewinne ich den Eindruck, ja." „Dann kommen Sie mal mit. Ist kein schöner Anblick." Biggi Wax war bereits in ihrem Element. Als sie Theo sah, warf sie ihm, ohne dass es bemerkt wurde, eine Kusshand zu. „Wir haben wieder eine unbekleidete Frauenleiche, verpackt in einem weißen Leinensack und mit entstellten Genitalien." „Das wollte ich dich gerade fragen, Biggi." „Ja, leider, es ist so gelaufen wie bei unserer ersten Toten, nur das der LKW Fahrer diesmal mehr abbekommen hat, weil der Sack eher mittig von der Brücke da vorn herabhing und ihm genau ins Gesicht flog. Was folgte war der Crash." „Und wir haben wieder absolut keine Anhaltspunkte?" „So wie es aussieht, nein. Fahrt zurück ins Präsidium. Ich schicke euch den Bericht, sobald ich die Leiche obduziert habe."

„Danke dir, Biggi." „Viel Glück, Frau Kollegin." „Danke, Herr Meier." Theo, Asli und Karin fuhren schweigend zurück ins Präsidium. Karin kochte wieder für alle Kaffee und ging mit Asli weiter alte Mordfälle durch.

Freitag gegen zehn Uhr meldete sich telefonisch die Wache Klettenberg bei Asli. Karin saß gerade mit Edith und Theo am großen Konferenztisch. „Auf der Wache Klettenberg hat sich gerade ein Bernhard Hasler gemeldet, der seine Frau seit letztem Freitag vermisst. Ich hab ihn gleich hergebeten." Kurz vor elf betrat ein sehr gepflegter Mann das große Büro der Mordkommission im Präsidium. Edith geleitete Herrn Hasler gleich zu Karin. „Weber, guten Tag, Herr Hasler, ich bin die Leiterin der Mordkommission. Bitte nehmen Sie doch Platz." „Guten Tag, Frau Weber. Mordkommission? Das gibt mir jetzt sehr zu denken." „Nun, Herr Hasler, uns gibt mehr als zu denken, dass Sie eine ganze Woche gebraucht haben, um Ihre Frau zu vermissen." „Das ist leicht erklärt. Hanna, so heißt meine Frau, stammt aus Leipzig und sie wollte am letzten Samstag dort ihre Verwandten besuchen. Weil die Verwandten aber nicht wussten, wann sie kommen wollte und ich die ganze Woche auf Dienstreise war, hat niemand meine Frau wirklich vermisst. Ich habe zwar ein paar Mal bei ihr angerufen, doch sie nahm das Gespräch nie entgegen. Heute in der Früh bin ich dann wieder zu Hause eingetroffen, doch meine Frau war nicht da. Ich habe gleich in Leipzig angerufen, aber dort ist sie nie angekommen. Was ist mit meiner Frau, Frau Weber?" „Wir haben den dringenden Verdacht, dass Ihre Frau ermordet wurde, Herr Hasler." „Ermordet? Aber warum? Wir sind nicht reich und auch nicht berühmt." „Nun, Herr Hasler, manchmal reicht es in der heutigen Zeit zur falschen Zeit am falschen Ort zu sein. Ich zeige Ihnen jetzt ein Foto. Ist das Ihre Frau, Herr Hasler?" Karin entnahm ein Foto der Toten von der A 59 aus der Handakte. „Ja, das ist Hanna. Was ist mit ihr geschehen? Sagen Sie es mir, Frau Weber. Ist sie wirklich tot?" „Ja, Herr Hasler. Sie wurde vermutlich das Opfer eines Serientäters. Wann haben Sie Ihre Frau das letzte Mal lebend gesehen?" „Das war letzten Freitag in der Früh. Ich habe mit ihr zusammen gefrühstückt und dann bin ich zur Pharmamesse nach Berlin gefahren." „Wann wollte Ihre Frau denn nach Leipzig fahren?" „Das wusste sie selbst noch nicht so genau. Letzten Freitagabend hat sie sich noch mit ihren Mädels verabredet. Sie hatten Karten fürs Senftöpfchen und wollten sich dort irgend so eine Travestieshow anschauen. Meine Frau und ihre Freundinnen machen so einen Abend einmal im Monat." „Wo waren Sie am letzten Freitagabend?" „Im Hotel in Berlin. Wir hatten Briefing um 18:00 Uhr und sind dann im Anschluss gemeinsam Essen gegangen. Dafür habe ich sicher 50 Zeugen. Gegen halb zwölf lag ich im Bett. So eine Messe ist verdammt anstrengend." Bernhard Hasler brach in Tränen aus. „Möchten Sie einen Kaffee oder ein Glas Wasser, Herr Hasler?" „Einen Kaffee bitte. Was soll denn jetzt geschehen?"

„Milch? Zucker?" „Schwarz bitte." „Sollen wir einen Arzt für Sie rufen?" „Nein, es geht schon, danke."

Karin ließ dem Ehemann des Mordopfers etwas Zeit zum Regenerieren. Als Herr Hasler den Kaffee getrunken hatte, begann Karin aufs Neue. „Herr Hasler, können Sie mir die Namen der Freundinnen Ihrer Frau nennen?" „Ja, natürlich, da ist zum einen Charlotte Schmitz und zum anderen Brigitte Schneider. Die drei sind.., waren unzertrennlich." Bernhard Hasler gab noch die Anschriften der Freundinnen seiner Frau an und legte soweit vorhanden noch Nachweise über seinen Messebesuch in Berlin vor. „Hatte Ihre Frau Feinde? Neider?, eventuell einen Liebhaber?" „Weder noch und einen Liebhaber ganz sicher auch nicht. Wir hatten niemals Geheimnisse voreinander und waren sehr glücklich miteinander." „Nun, Herr Hasler, für den Moment habe ich keine Frage mehr. Sie können dann gehen. Sollen wir Sie nach Hause bringen?" „Nein, es geht schon. Ich möchte meine Frau noch einmal sehen. Ist das möglich?" „Ja sicher, dann können Sie sie auch gleich identifizieren. Meine Kollegin Frau Bülent fährt mit Ihnen zur Gerichtsmedizin. Wir melden uns dann bei Ihnen, wenn wir noch Fragen haben. Auf Wiedersehen, Herr Hasler, und mein allerherzlichstes Beileid." „Danke, Frau Weber." Asli ging mit dem Mann des Mordopfers zum Fahrzeug und fuhr mit ihm nach Braunsfeld.

Kapitel 6

„Komm, Theo, wir fahren die beiden Freundinnen von der Hasler besuchen." Charlotte Schmitz wohnte mit ihrem Mann und dem studierenden Sohn in Köln Nippes in einer sehr geräumigen Altbauwohnung, die äußerst geschmackvoll eingerichtet war. Ansgar Schmitz betrieb eine gut gehende Rechtsanwaltskanzlei. „Nehmen Sie bitte Platz. Das ist ja furchtbar, was mit Hanna passiert ist." Charlotte Schmitz liefen die Tränen die Wangen herunter. „Hanna konnte keiner Fliege etwas zu leide tun und mit Bernhard hatte sie einen Traummann gefunden. Er hat sie, obwohl er ja nun beruflich viel unterwegs war, auf Händen getragen, brachte häufig Blumen mit nach Hause. Wissen Sie, da muss ich meinen schon mal dran erinnern, dass er mir mal Blumen mitbringt. Und stellen Sie sich vor, was er dann meistens sagt: Och, Schatz, die verwelken doch so schnell. Ist rausgeworfenes Geld. Na ja, Männer eben, aber mit Bernhard hatte sie einen Volltreffer dieser Gattung. Sind Sie verheiratet, junger Mann?" Theo verneinte den Kopf nach rechts und links drehend. „Und Sie, bekommen Sie oft Blumen von Ihrem Mann?" „Ich bin mit einer Frau verheiratet und bekomme auch keine Blumen." Charlotte Schmitz schaute anfangs etwas irritiert. „Haben Sie am Freitagabend alle zusammen das Lokal verlassen?" „Nein, Brigitte Schneider ist zuerst gegangen. Sie musste am nächsten Morgen wohl wieder früh raus. Hanna und ich haben noch ein Kölsch getrunken und sind dann zusammen los.

Hanna hat sich ein Taxi genommen und ich auch. Was mich ein wenig wunderte war, dass Hanna sich bis heute nicht mal kurz telefonisch gemeldet hat. Sie hat wohl Probleme mit ihrer Verwandtschaft in Leipzig und da wollte sie Samstag hinfahren. Deshalb habe ich mir nichts dabei gedacht, dass sie sich nicht mehr gemeldet hat und jetzt das." Charlotte begann wieder zu weinen. „Hanna war immer unsere Organisatorin. Sie besorgte Eintrittskarten für die Veranstaltungen, die wir besuchen wollten, buchte Bahn- oder Flugkarten, wenn wir unsere Touren planten. Es ist einfach furchtbar." „Ja, dann danken wir Ihnen für Ihre Aussage. Wir melden uns, wenn wir noch Fragen haben. Hier ist meine Karte, falls Ihnen noch etwas Wichtiges einfällt." Karin und Theo verabschiedeten sich von Charlotte Schmitz und verließen die Wohnung.

„Nun statten wir Brigitte Schneider einen Besuch ab. Sie wohnt in Klettenberg. Hier ist die Anschrift." Theo wendete und fuhr die Gürtel entlang bis zur Berrenrather Straße. Weil er hier vom Klettenberggürtel aus nicht links abbiegen durfte, setzte er das Blaulicht aufs Dach und schaltete die Sirene ein. Blitzschnell war er abgebogen. Einige hundert Meter weiter schaltete er das Blaulicht und die Sirene wieder aus und fuhr weiter. „Hör mal, junger Mann, wir sind nicht in einem wichtigen Einsatz. Wenn du dir keine Disziplinarstrafe einfangen möchtest, dann halte dich bitte zukünftig an die Straßenverkehrsordnung." „Ja, Chefin." „Merk es dir. Für solche Vergehen gibt es von Mama keine

Rückendeckung. Verstanden?" Theo nickte. „Warten wir es ab." Gerade als Theo den Dienstwagen geparkt hatte und sie der Haustüre entgegen liefen, traf auch Brigitte Schneider ein. „Guten Tag, wir möchten zu Frau Schneider." „Das bin ich." „Weber mein Name, das ist mein Kollege Zerfakis von der Mordkommission Köln. Wir möchten Sie als Zeugin sprechen." „Mord-kommission? Was ist passiert? Aber kommen Sie erstmal herein. Nehmen Sie bitte Platz. Mein Mann ist Arzt an der Uniklinik. Ist ihm etwas zuge-stoßen?" „Nein, es geht nicht um Ihren Mann. Es geht um Hanna Hasler. Sie wurde ermordet." „Ohhh nein, Hanna? Wann?" „Das können wir leider noch nicht genau sagen. Frau Hasler wurde am vergangenen Freitag das letzte Mal lebend gesehen." „Ja, wir waren wieder zu dritt unterwegs. Mädelsabend halt. Wir haben uns eine Travestie-show im Senftöpfchen angesehen und sind hinterher noch ins Brauhaus gegangen." „Wer war bei Ihnen?" „Nur Charlotte Schmitz und Hanna Hasler. Unsere Truppe besteht nur… bestand nur aus uns dreien." „Wann sind Sie nach Hause gegangen?" „Ich war die Erste, die gegangen ist, weil ich Samstag ins Büro musste. Wir spielen eine neue Software auf und das ist eine schwierige Angelegenheit. Ich bin an der Bushaltestelle beinahe noch vor Angst gestorben, weil sich mir ein junger Mann näherte, der mich aber nur um Feuer bat. Aber wenn man nachts so völlig alleine da steht, bekommt man schon Angst. Was ist denn nun mit Hanna geschehen?" „Dazu dürfen wir leider keine Aussagen machen. Sie wurde

vergewaltigt und anschließend ermordet." „Merkwürdig, Sie nimmt sich doch immer ein Taxi, wenn
Sie abends nach Hause fährt. Dann ist das auch
keine Sicherheit?" „Dazu können wir noch
überhaupt nichts sagen, weil wir erst am Anfang
der Ermittlungen stehen. Vielen Dank für Ihre
Aussage, Frau Schneider. Hier ist meine Karte für
den Fall, dass Ihnen noch etwas einfällt. Wir
melden uns, wenn wir noch Fragen haben." Nach
kurzer Verabschiedung fuhren Theo und Karin
wieder zurück nach Kalk ins Präsidium.

Karin setzte Kaffee auf und rief ihre Truppe
zusammen. „Der Mann von Hanna Hasler tat mir
verdammt leid. Er ist bei Biggi im Sektionsraum
beinahe zusammen geklappt. Ich glaube nicht,
dass er etwas mit ihrem Tod zu tun hat." „Warten
wir es ab. Was haben wir bisher, Asli?" „Zwei tote
Frauen in ähnlichem Alter und mit ähnlicher
Konstitution. Beide wurden furchtbar im Genitalbereich verstümmelt, vergewaltigt und in einen
weißen Leinensack verpackt, den der Täter von
wenig befahrenen Brücken über Autobahnen
herunter hängen lässt. Für unsere erste Leiche
fehlt noch jegliche Identität." „Sollten wir nicht
eventuell die Presse einschalten, um vielleicht
schneller in Erfahrung bringen zu können, wer
unsere erste Tote ist?" „Tja, Theo, das ist immer so
ein zweischneidiges Schwert, wie du weißt. Die
Gefahr ist groß, dass wir die Bevölkerung
verunsichern, weil es sich um einen Serienmörder
handeln könnte." „Aber wir brauchen einfach mehr
Informationen. Wir tappen noch völlig im Dunkeln."

„Hat jemand von euch noch irgendetwas, was ihm aufgefallen ist?" „Wir müssten wissen, ob Hanna Hasler tatsächlich in ein Taxi eingestiegen ist oder ob ihr der Mörder auf dem Weg vom Brauhaus zum Taxi aufgelauert hat. Ich glaube nämlich nicht, dass man Frau Hasler aus ihrem Haus entführt hat." „Das glaube ich auch nicht, aber der Mörder könnte sie auch am nächsten Tag unter irgendeinem Vorwand in einen Hinterhalt gelockt haben." „Asli, frag doch mal bei der Taxizentrale nach, ob ein Fahrer Frau Hasler am Freitag von der Innenstadt in die….Moment, ich hab`s gleich Castorfstraße 17 nach Rodenkirchen gefahren hat." „Theo, du könntest mal ein wenig ins Privatleben der drei Frauen schauen, ob es da eine dunkle Verbindung gibt." „Glaub ich nicht, Chefin, sonst würden die beiden Freundinnen die unbekannte Tote doch sicher kennen und vermissen." „Hast ja Recht, Theo. Ist alles verdammt dürftig. Setz einfach mal eine Anzeige in alle Zeitungen unter der Überschrift: Wer kennt diese Frau? Du weißt ja, wie das geht. Vielleicht haben wir ja Glück."

Irgendwo in diesem nur diffus beleuchteten Raum tropfte permanent Wasser in ein Behältnis. Jutta Greiner hatte sich an dieses nervtötende Geräusch bereits gewöhnt und nahm es kaum noch wahr. Ihr war kalt. Sie zitterte leicht. Doch dies konnte sie ihrem arg misshandelten Körper kaum verübeln, schließlich trug sie nur noch einen BH und einen Slip. Und viel zu essen gab es auch nicht. Langsam erhob sie sich von der schmuddeligen

45

Pritsche. Das Laken bedurfte sicher schon seit Jahren einer dringenden Wäsche. Die Einziehdecke und das Betttuch stanken nach allen möglichen menschlichen Ausdünstungen. Doch was sollte sie machen. Sie saß hier einfach fest. Der Mann, der täglich zweimal nach ihr sah, sprach kein einziges Wort, und ob er wirklich täglich kam, konnte sie auch nicht mehr so genau nachvollziehen, da kein Tageslicht bis in ihr Verließ durchdrang. Überhaupt wusste sie nicht, wie sie hier hergekommen war und auch das Warum bereitete ihr Kopfzerbrechen. Anfangs hatte sie geschrien und gegen die Türe getreten, bis ihre Füße zu schmerzen begannen. Als sie jedoch bemerkte, dass der Effekt gleich null war, unterließ sie es zu schreien und zu treten und wartete nur noch auf das, was auf sie zukommen würde. Angst hatte sie keine. Nur diese Ungewissheit nagte heftig an ihren Nerven.

Kapitel 7

Plötzlich vernahm sie wieder Schritte hinter der Türe, nicht laut, eher gedämpft, so wie Gummisohlen sie auf glattem Boden erzeugen. Quietschend öffnete sich die stählerne Feuerschutztüre. Der Schweiger, wie sie ihn genannt hatte, betrat den Raum. „Da sind Sie ja wieder. Ich möchte hier raus und zwar sofort. Sind Sie eigentlich schwerhörig?" Jutta Greiner sprang von der Pritsche auf. „Los, jetzt lassen Sie mich hier heraus!" Sie wollte schon in Richtung der offenen Türe lossprinten, als sie einen Tritt gegen ihren rechten Fuß spürte und der Länge nach hinschlug. „Bist du bescheuert oder was, Blödmann", keuchte sie mit stark schmerzverzerrtem Gesicht. Vorsichtig kroch sie weiter, bis ein kräftiger Tritt gegen ihren rechten Oberschenkel sie auf die Seite fallen ließ. „Au", schrie sie laut auf, doch der Mann im bunten Kittel verzog keine Miene. Er stand nur reglos da und schaute sie an. „Was ist, Blödmann? Gefällt dir das, mit anzusehen wie eine ältere Frau Schmerzen erleidet? Ich stehe jetzt auf und gehe hier heraus. Dann ist Schluss mit Ihren Spielchen." Etwas umständlich versuchte Jutta aufzustehen. Kurz bevor sie es geschafft hatte, packte der Fremde zu und griff sich ihren rechten Fuß. Wieder schlug Jutta auf den Boden. Diesmal jedoch kannte der Fremde keine Gnade. Er griff sich auch den linken Fuß und zog sie wie ein Stück Vieh hinter sich her. Er nahm die Kurve in den Gang etwas zu eng, sodass Jutta mit dem Kopf gegen den Türrahmen schlug. Der Fremde besaß Bärenkräfte und zog sie in einen anderen Raum. Als die Neonröhren aufflammten erkannte Jutta ein merkwürdiges altes Gestell. Es besaß die Kontur einer flach liegenden Holzfigur und war aus völlig glatten Edelholzbrettern hergestellt. Er packte sich den schmalen Körper von Jutta und legte ihn eher unsanft auf der Holzfigur ab. Behänd fesselte er Jutta Greiners Hände und die Füße an die Gliedmaßen der Bretterfigur. Gierig riss er ihr BH und Slip vom Leib und ergötzte sich an ihrer Nacktheit. „Gefällt Ihnen, was Sie sehen, Blödmann?" Ohne das Gesicht zu verziehen, verschwand der Fremde für wenige Minuten und kam mit einem Rasierpinsel, einem Töpfchen Rasierschaum und einer Rasierklinge im Griffstück zurück. Mit wenigen Handgriffen schäumte er Jutta Greiners Unterleib mit dem Fertigschaum ein und rasierte sie völlig kahl. Als er sich dann neben ihr Gesicht stellte, seinen bunten Kittel öffnete und sich ihr völlig nackt präsentierte, schrie Jutta Greiner ob des furchtbaren Anblicks laut auf. Doch auch der grelle Schrei seines Opfers gebot dem Treiben des Fremden keinen Einhalt. Er trat ans Fußende, schob die Bretter, auf denen Jutta Greiners Beine gefesselt lagen, weit auseinander und verging sich an ihr. Heftig grunzend und wie irre laut lachend ergoss er sich in sie. Sofort nach seinem Höhepunkt glitt er aus seinem Opfer heraus und holte vom kleinen Bestelltisch in der Ecke ein stählern glänzendes Skalpell. Jutta Greiner bekam von alldem nicht mehr viel mit. Sie war während der Vergewaltigung kurz in eine tiefe Ohnmacht verfallen. Lachend trat er wieder zwischen ihre Schenkel, wo er sogleich mit seinen grausamen Entstellungen begann. Die schier unerträglichen Schmerzen ließen Jutta Greiner rasch wieder erwachen, die daraufhin wie von Sinnen schrie, woraufhin der Fremde immer lauter lachte. Er ergötzte sich förmlich am schmerz- verzerrten Zucken seines Opfers, dem er zum Schluss noch die beiden Brustwarzen entfernte. Jutta Greiner war zu diesem Zeitpunkt bereits in eine tiefe Agonie gefallen. Der Fremde holte einen von seinen selbst angefertigten, weißen Leinen- säcken und steckte den leblosen, misshandelten Körper wie ein frisch geschossenes Stück Wildbret zum Abtransport hinein. Noch in der gleichen Nacht hängte er sein Opfer - wie die beiden anderen zuvor - an das Geländer einer wenig befahrenen Autobahnbrücke.

„Was gibt es für Neuigkeiten bei den Ermittlungen in unseren Fällen?", fragte Karin am Donnerstag beim allmorgendlichen Briefing in die Runde. „Im Fall des Türsteher-Mordes hat sich der Täter gestellt und gestanden, den Türsteher mit einem Messer erstochen zu haben. Die Tatwaffe hat er gleich mitgebracht. Ich überprüfe zurzeit noch sein Geständnis und habe die vermeintliche Tatwaffe in die KTU gegeben, um zu prüfen, ob es sich wirklich um das verwendete Messer handelt. So wie es scheint, gehört unser Täter einer Gang an, die ihn wohl zum Geständnis gezwungen hat. Warum, kann ich noch nicht sagen. Wahrscheinlich hat die Türsteher-Gang entsprechende Forde-rungen gestellt. Da werden wir aber niemals hinter kommen", berichtete Theo. „Vielleicht wollte die andere Gang mit ihrer Maßnahme nur freien Eintritt in die Disco erbitten?" „Wer weiß das schon, Asli." „Wie weit bist du in der Beziehungstat der russischen Frau gekommen, Edith?" „Der Staats-anwalt wird Klage wegen Totschlages erheben, nachdem die junge Frau gestanden hat. Sonst gibt es nichts Neues." „Ich habe über die Taxizentrale den Fahrer des Taxis ermittelt, der Hanna Hasler in der Nacht von Freitag auf Samstag nach Rodenkirchen gefahren hat. Ich habe ihn für heute 11:00 Uhr hierher bestellt." „Da bin ich aber mal gespannt, was der zu erzählen hat, Asli." „Was wird der wohl schon sagen. Ganz bestimmt, dass er die Kundin sicher nach Hause gebracht hat." „Das könnte so sein, Karin, warten wir es ab." Es waren zwei neue Tötungsdelikte hereingekommen. Ein Obdachloser war in der letzten Nacht erschlagen worden, und eine Fahrradfahrerin wurde angefahren. Der Unfallverursacher beging Unfallflucht und ließ sie einfach an der Unfallstelle liegen. Weil sich Niemand um sie kümmerte, verstarb sie zwei Stunden später noch am Unfallort. Ein junger Mann, der sie gesehen hatte, hielt noch an, um ihr zu helfen. Er rief sofort die Rettungskräfte, doch da war es schon zu spät. „Theo, übernimmst du die Unfallfluchtsache mit Todesfolge?" „Edith, du kümmerst dich bitte um den Tod des Obdachlosen."

Karin griff wieder nach dem äußerst schmal wirkenden Schnellhefter mit den Frauenmorden, um noch einmal nachzuschauen, ob sie eventuell etwas übersehen hatte, als sich ihr Telefon meldete. „Hauptkommissarin Boland, grüß Sie, Frau Weber, wir haben heute Morgen eine furchtbar zugerichtete Frauenleiche in einem weißen Leinensack, die auf der L83 hinter Bad Neuenahr von einer kleinen Brücke herunterhing, entdeckt. Ein LKW aus Litauen ist mit voller Wucht gegen den Sack geprallt. Es war ein furchtbarer Anblick." „Ganz ruhig, Frau Boland, sagen Sie Karin. Ich habe bereits zwei dieser Fälle zur Aufklärung auf meinem Schreibtisch liegen und komme keinen Schritt weiter. Wie kann ich Ihnen helfen?" „Ruth Boland, danke für dein Hilfsangebot. Ich habe

Anfang des Monats die Mordkommission für das gesamte Ahrtal übernommen und dann gleich so ein Fall. Ich bin ein wenig durch den Wind. Ernst Brandt, der Kölner Gerichtsmediziner, hat mich an dich verwiesen. Mir ist völlig schleierhaft, wie ich in diesem Fall vorgehen soll." „Wir sollten uns treffen. Wo liegt die Leiche zurzeit?" „In der Kölner Gerichtsmedizin." „Fährst du zur Obduktion hin?" „Ehhh ja, also eigentlich ...?" „Dann treffen wir uns dort. Ich kläre das mit den Kollegen ab und sage dir Bescheid. Einverstanden, Ruth?" „Ja, so machen wir das. Ich warte auf deinen Rückruf. Bis dann. Tschö, Karin." Karin Weber rief sofort Biggi Wax an. „Hallo, Biggi, wie geht's es dir?" „Och, außer dass ich reichlich Arbeit rein bekomme, jetzt sogar noch aus dem schönen Ahrtal, eigentlich ganz gut. Aber deshalb rufst du sicher an." „Ja, genau, wann machst du die Obduktion?" „Morgen gegen 10:00 Uhr. Warum?" „Ich möchte mit der jungen Kollegin aus Bad Neuenahr teilnehmen." „Gut, dass du mir das sagst. Dann warte ich, bis ihr morgen hier seid. Wann kommt ihr denn mal zu uns zum Essen?" „Sag wann, Biggi. Asli hat immer Hunger und ich freue mich schon darauf, dich einmal nicht im weißen Kittel herumlaufen zu sehen." „Wie wär`s mit Samstag um 19:00 Uhr?" „Wir sind dabei, Biggi. Ich freue mich schon." „Super, dann erstmal bis morgen." „Alles klar, ich gebe der Kollegin Bescheid." Karin rief kurz bei Ruth Boland an und bestätigte den Termin für die Obduktion."

Kapitel 8

Karin verließ ihr Büro und betrat das von Asli. „Ist der Taxifahrer noch nicht da?" „Nun ja, eine kleine Verspätungsfrist räume ich ihm ein. Er ist ja auch als Zeuge geladen und nicht als Tatverdächtiger." „Wir sind Samstagabend bei Biggi und Theo zum Abendessen eingeladen." „Das ist super. Dann brauche ich nicht zu kochen, und lustig wird es ganz sicher obendrein. Kommt Ernst auch?" „Gesagt hat Biggi nichts, aber ich gehe mal schwer davon aus. Er gehört doch schon mit zur Familie." „Das könnte der Taxifahrer sein. Ich frage ihn mal." Asli hatte eine eintreffende, männliche Person durch die großen Scheiben im Gang erblickt. Sie erhob sich aus ihrem Schreibtischsessel und trat auf den Gang. „Hauptkommissarin Asli Bülent. Haben wir miteinander telefoniert wegen der Fahrt vom letzten Freitag?" „Ja, ich denke schon." „Dann kommen Sie mal rein. Wie ist denn Ihr Name?" „Bachmann, Benjamin Bachmann." „Nehmen Sie bitte Platz, Herr Bachmann. Laut Fahrten-aufzeichnung der Taxizentrale haben Sie am letzten Freitag um 23:57 Uhr Frau Hanna Hasler von der Kölner Altstadt nach Köln Rodenkirchen in die Castorfstraße 17 gefahren. Ist das richtig?" „Also, wie die Dame hieß, weiß ich natürlich nicht, aber Castorfstraße 17 ist richtig." „Ich nehme das so zu Protokoll, Herr Bachmann. Fahren Sie hauptberuflich Taxi?" „Nein, ich bin Altenpfleger und fahre nur am Wochenende, um mir ein wenig Geld hinzu zu verdienen." „Ah ja. Wenn Sie an letzten Freitag zurückdenken, können Sie sich an irgendwelche Besonderheiten erinnern? Wirkte Ihre Kundin nervös? War Sie gesprächig?" „Ich glaube, Sie war ein wenig angetrunken. Aber gesprochen hat sie gar nicht. Sie hat mir € 25,00 für den Fahrpreis von € 22,10 und den Rest als Tipp in die Hand gedrückt und ist ausgestiegen." „Tja, dann sage ich vielen Dank für Ihre Aussage. Würden Sie mir bitte das Protokoll hier unter- schreiben?" „Ja, sicher." „Auf Wiedersehen, Frau Bülent." „Wiedersehen, Herr Bachmann. Wir melden uns bei Ihnen, falls wir noch Fragen haben."

„War er das?" „Ja, netter junger Mann. Er fährt Taxi, um sich etwas nebenher zu verdienen. Altenpfleger werden in der Regel schlecht bezahlt." „Das ist wohl wahr. Aber jetzt wissen wir nach wie vor nicht, wann Frau Hasler dem Mörder in die Finger gefallen ist." „Das ist ein schwieriger Fall, Karin. Wir haben bereits drei Tote, rechnen wir das Opfer vom Ahrtal mit dazu. Wir können unserer Stoffsammlung noch hinzufügen, dass unser Täter ein Auto und gute Ortskenntnisse besitzt. Er weiß genau, welche Brücken für seine Belange in Frage kommen." „Da kommt eine Mail aus der KTU. Schauen wir mal rein. Sie haben die Leinensäcke überprüft. Es sind keine Standardsäcke. Sie müssen vom Täter selbst aus Betttüchern gefertigt worden sein. Wie es scheint, hat er dafür sogar eine Art Schnittmuster angefertigt, weil jedes Einzelteil des Sacks absolut identisch zuge- schnitten und besonders an den Nähten verstärkt wurde." „Du hast Recht. Das wird noch eine schwierige Kiste, bis wir an den Täter rankommen. Hoffen wir mal, dass er sein Tempo reduziert und jetzt nicht jeden Tag weiter mordet. Vielleicht macht er ja auch einen Fehler." „Das käme uns sehr zu Gute. Gehen wir etwas in der Kantine essen?" „Gute Idee, Karin. Dann mal los. Du zahlst." „Nix, du bist jetzt mal wieder dran mit Kohle für Essen an die Sonne zu tun, Asli." Ohne dass es jemand sehen konnte, gab sie Karin einen Kuss. „Komm, ich gebe einen aus."

„Theo und ich fahren jetzt mal raus an die Stelle, wo der Obdachlose ums Leben gekommen ist, Karin." „Gut, Edith. Bis später." „Übrigens, die Unfallflucht mit der Todesfolge habe ich an die Kollegen der Mordkommission 2 gegeben. Wir sind für die Aufklärung so vieler Fälle einfach zu schwach besetzt." „Hast du gut gemacht, Edith. Warten wir ab, was mir die Kollegen dazu vorlegen." „Haut ab, ihr zwei, und bleibt anständig." „Ach Karin, glaubst du etwa, Theo möchte mit einer alten Frau durchbrennen?" „Wer weiß, wer weiß." Karin setzte sich mit Asli zusammen. „Wir müssen irgendwie die Zeit von der Ankunft Hanna Haslers zu Hause bis zu ihrem Verschwinden rekonstruieren." „Wie willst du das machen, Asli? Wir haben nicht einen einzigen Anhaltspunkt. Fakt ist aber, dass sie bereits Samstag nicht mehr ans Telefon gegangen ist, wie uns ihr Mann berichtet hat. Wir müssen unbedingt mal die Umgebung abklappern und in Geschäften und bei Nachbarn nachhören, ob sie irgendjemand am Samstag gesehen hat." „Ja, schnapp dir Theo und fahrt morgen mal in die Castorfstraße und schaut euch um."

Kurz vor halb sechs kamen Edith und Theo wieder von ihrem Auswärtstermin zurück. „Na, ihr zwei, alles ok?" „Soweit gibt es keine Klagen. Theo ist ein braver Beifahrer und fleißiger Ermittler. Aber Scherz beiseite: So wie es aussieht, wurde der Obdachlose Herbert Kranz aus pekunären Gründen erschlagen. Er hatte sich laut Aussage seines Kumpels Markus Rotwald heute Morgen seine Stütze von der Sparkasse geholt. Das beobachteten zwei Jugendliche und verfolgten ihn bis zu seinem Schlafplatz. Dort stellten sie ihn zur Rede und nahmen ihm sein Geld ab. Er hat sich wohl ziemlich heftig gewehrt, aber die beiden Jugendlichen waren stärker. Sie haben wohl mehrfach gegen seinen Kopf getreten, bis er sich nicht mehr bewegte. Markus Rotwald ist einseitig beinamputiert, weshalb er nicht wirklich eingreifen konnte. Als er bei seinem Kumpel eintraf, war Herbert Kranz bereits tot. Wir haben sogar recht aussagefähige Täterbeschreibungen von Herrn Rotwald erhalten. Fahndung nach den beiden Jugendlichen läuft bereits." „Was ist das für eine Welt?! Da werden sogar diejenigen beklaut, die eigentlich gar nichts haben." „Tja, Asli, was soll ich dazu sagen?!" „Da kann man nichts mehr zu sagen." „Machen wir für heute Feierabend. Es ist schon wieder kurz vor sechs." „Ja, dann bis morgen und schönen Feierabend."

„Kochst du uns heute etwas Leckeres?" „Worauf hast du denn Hunger, Karin?" „Lammkoteletts mit grünen Bohnen und Bratkartoffeln." „Das stellt deine liebe Ehefrau, Köchin, Putzfrau, Büglerin und Sexgespielin vor keine gewaltigen Aufgaben." „Sexgespielin? Seit wann bist du meine Gespielin? Du bist doch ständig müde oder hast Kopfschmerzen." „Los jetzt. Kopfschmerzen, von wegen. Kein Wunder, das ich ständig Kopfweh bekomme, wenn ich jeden Tag meine liebe Frau massieren muss. Da verkümmert man schon etwas." „Ohhhhh, mein kleiner Schlafteddy. Jetzt sorg erstmal für ein anständiges Abendessen und anschließend bekommst du ein Eis." Asli und Karin lachten. Die körperlich etwas kleinere Asli hakte sich bei Karin unter, während sie zu ihrem Wagen marschierten. Es hatte endlich aufgehört zu regnen. Bevor sie zu Hause eintrafen, kauften sie noch im Supermarkt ihres Vertrauens in Köln Pesch ein. Karin deckte den Tisch und suchte eine gute Flasche Rotwein aus, während Asli Kartoffeln schälte. Gegen acht warfen sich die beiden Frauen, nach dem Genuss eines leckeren Abendessens, in ihre Hollywoodschaukel auf der Terrasse. Asli kuschelte sich an Katrin heran. „Hast du mich eigentlich noch lieb?" „Wie könnte ich jetzt nein sagen, meine Kleine, und verheiratet sein heißt auch verzeihen können und vor allem Toleranz gelten lassen." „Was meinst du jetzt damit schon wieder?" „Nun, zum Beispiel das der Partner auf seine alten Tage leicht zunimmt." „Meinst du jetzt etwa mich?" „Also." „Ja, Karin?" „Nun, was halte ich denn hier in meiner Hand. Eine kleine Speckrolle." „Das ist ja jetzt wohl nicht wahr. Erst lässt sich Madame von mir kulinarisch nach

Strich und Faden verwöhnen und dann muss ich mir anhören, dass ich eventuell und nur weil ich gerade schief sitze, leichte Hüfterhebungen aufweise." Asli wollte gerade so richtig ihrem südländischen Temperament freien Lauf lassen und sich ihre Ehepartnerin vornehmen, als sie Karins sanfte Lippen auf ihrem Mund spürte. Asli wurde sofort umgestimmt und erwiderte ihre Zärtlichkeit. Als sie dann noch Karins Hand unter ihrem Sweatshirt fühlte, die sich ihren Weg zu ihrer rechten Brust bahnte und diese zu massieren begann, verdrehte sie nur noch vor Lust ihre Augen. Mit nur kurzer Unterbrechung schaffte sie es, sich ihr Oberteil und den BH auszuziehen, während Karins Lippen sich bereits an ihrer rechten Brustwarze festsogen. Asli legte sich genießerisch zurück. Karin ließ ihre linke Hand in den Bund von Aslis Jogginghose gleiten bis in den kleinen Slip. Feuchte Hitze empfing ihren Zeigefinger, der sofort damit begann, Asli zu stimulieren, bis sie, einen kurzen Lustschrei ausstoßend, einen entspannenden Orgasmus erlebte. Karin nahm sie danach sehr liebevoll in ihre Arme und kuschelte mit ihr noch eine ganze Zeit. Irgendwann schlief Asli schnurrend ein.

Kapitel 9

Das Anrichten des Frühstücks übernahm Karin. Sie hatte sich gerade ein Marmeladenbrot geschmiert, als Asli, nur mit einem Bademantel bekleidet, in die Küche trat und sich rittlings auf ihren Schoß setzte. „Morgen, mein Schatz, das war ein wundervoller Abend." Zärtlich küsste sie Karin. Da sie sich leicht vorbeugen musste, öffnete sich ihr Bademantel. Dabei entblößte sie ihre kräftigen Brüste. „Netter Anblick am Morgen, Süße, aber ich muss gleich pünktlich zur Obduktion der Frauenleiche von der Ahrtalbrücke. So fehlt mir leider die Zeit, auch wenn der Anblick noch so erotisch ist, mich mit deinen hübschen Brüsten zu befassen." „Dann verschieben wir das auf heute Abend. Ich würde mich auch gerne mit deinen befassen." „Hört sich verdammt gut an. Hoffen wir, dass der Tag schnell vorüber geht." Weil die Sonne sich heute vorgenommen hatte, den Menschen einen traumhaften Sommertag zu spendieren, fuhren die beiden Frauen mit Karins Mustangcabrio ins Präsidium. Mit vereinten Kräften öffneten sie das schwere Faltdach und verstauten es im Fach vor dem Kofferraum. Bevor sie eine CD in die Playeranlage schoben, die als einziges Zubehörteil nicht dem Originalzustand des Fahrzeuges entsprach, lauschten sie dem Brabbeln des Achtzylinders.

Karin schaute nur kurz bei allen Kollegen in den Büros vorbei, ob alles in Ordnung war. Sie zog sich in ihr Büro zurück und setzte sich einen Kaffee auf. Kurz vor halb zehn fuhr sie nach Braunsfeld zur Gerichtsmedizin. Biggi Wax hatte sich mit einer Klammer ihre Haare zu einem Dutt auf dem Kopf zusammengesteckt. „Hi, Karin, hast du meinen Verlobten nicht mitgebracht?" „Nein, komisch, er wollte dich einfach nicht besuchen." „Er ist halt mein kleiner Feigling. Mit Obduktionen hat er es in der Tat nicht so." Die beiden Frauen lachten. Natürlich gesellte sich auch sehr rasch Ernst Brandt zu ihnen. „Hallo, Karin, welch seltener Gast in unseren heiligen Hallen." „Morgen, Ernst, ist ja auch nicht gerade ein Vergnügen, an einer Obduktion teilzunehmen." „Uns macht das nichts aus. Nun ja, bis auf wenige Sonderfälle halt." Einige Minuten später erschien Ruth Boland, die Leiterin der Kripo Ahrtal Abteilung Gewalt-verbrechen. Die blonde Endzwanzigerin mit der sportlichen Figur begrüßte alle freundlich per Handschlag. „Du bist Karin Weber, nicht wahr?" „Ja, hallo, Ruth. Ich freue mich dich kennen zu lernen." „Geht mir auch so. Ich habe schon eine Menge von dir gehört." „Hoffentlich nur Gutes." „Auf jeden Fall bist du sehr erfolgreich, wenn du auch ordentliche Rückschläge hinnehmen musstest." „Bist ja gut informiert." „Möchtet ihr vorher noch einen Kaffee?", erkundigte sich Ernst Brandt. Karin und Ruth verneinten. „Dann wollen wir mal loslegen", forderte Biggi die beiden Kommissarinnen auf ihr zu folgen. Ruth Boland ging als Letzte und man sah ihr an, dass ihr das hier alles nicht ganz geheuer war. Jeder Schritt hallte durch den langen Gang. Biggi öffnete eine Türe, auf der Sektionsraum II stand. „Herein-spaziert in die gute Stube." Auch Karin konnte nicht von sich behaupten, dass ihr das ganze Drum und Dran hier nichts ausmachte. Ein Helfer schob den Wagen mit der abgedeckten Frauenleiche heran. Mit wenigen Handgriffen positionierten sie den Frauenleichnam auf den Sektionstisch. Biggi zog mit einem Griff das

Abdecktuch herunter und legte es ordentlich zusammen. Ruth Boland ließ einmal kurz ihren Blick über den Tisch streifen. Dann sackte sie zusammen. Karin stand taktisch so günstig, dass sie die eher zierliche Kollegin sofort auffing. Biggi trat gleich hinzu. Sie betteten Ruth Boland sofort auf eine Decke auf den Boden und hoben ihre Beine hoch. Wenig später erwachte die junge Kripobeamtin aus ihrer Ohnmacht. „Alles OK?", fragte Biggi nach. „Tut mir leid, Frau Dr. Wax." „Sag einfach Biggi, Ruth. So etwas kann immer und jedem passieren. Mach dir keinen Kopf deshalb. Setz dich da vorn auf den Stuhl. Ich leg schon mal los."

Auch Karin kannte erheblich schönere Beschäftigungen als einer Obduktion beizuwohnen. Biggi Wax legte sich das Befestigungsband des Mikrofons ihres Diktiergerätes um den Hals und begann zu sprechen. Sie startete mit den üblichen Formalitäten wie Datum und Uhrzeit und so einiges mehr. Mit „Äußerlicher Zustand" startete sie in die Obduktion. „Die weibliche Leiche weist im Bereich der Areola, der Mamille und der Pudendum femininum, hier besonders an den Labia majora pudendi wie auch den Labia minora pudendi, an der Glans clitoridis und auch dem Corpus clitoridis erhebliche Verstümmelungen auf, beziehungsweise wurden Teile davon unfachmännisch resiziert." „Du, Biggi, kannst du das für mich übersetzen", bat Ruth Boland. „Meine Lateinkenntnisse sind nicht die Besten." „Ja sicher, Ruth. Dem Opfer wurden die

Brustwarzen, deren Vorhöfe sowie die inneren und äußeren Schamlippen wie auch die komplette Klitoris entfernt." Es folgte ein leises, dumpfes Geräusch. Karin schaute als erste herüber und sah, dass Ruth vom Stuhl gefallen war und ohnmächtig auf der Decke lag. Biggi sprang gleich hinzu. „Weißt du was, Ruth, setz dich nach nebenan zu Ernst, der dich wieder aufpäppeln wird. Das hier ist wirklich nichts für dich." Noch etwas verstört wankte Ruth der Türe entgegen. Karin half ihr noch ins Büro von Ernst Brandt. Recht schnell hatte sie den Sektionsraum verlassen. Karin wohnte auch nicht der kompletten Sektion bei. Dazu fehlte ihr die nötige Zeit und vor allem die Freude am Leichen öffnen. „Wir sehen uns morgen zum Essen. Grüße an Asli", rief Biggi Karin noch nach, als sie den Sektionsraum verließ. „Ja, bis morgen."

Ruth Bolands Teint hatte wieder die Farbe eines lebenden Menschen angenommen und die Plauderei mit Ernst Brandt schien ihr auch nicht unangenehm zu sein. Karin setzte sich noch kurz auf einen Kaffee dazu. „Wir müssen als nächstes herausbekommen, wer die Tote ist. Mein Kollege hat sich diesbezüglich mit der Presse in Verbindung gesetzt, weil uns ebenfalls noch die Identität der ersten Toten fehlt und eine entsprechende Suchmeldung herausgegeben. Eine ähnliche Maßnahme empfehle ich dir auch. Wenn ihr neue Erkenntnisse habt, melde dich bitte bei mir, Ruth. Ich rufe dich auch an, falls es etwas Neues gibt." „Das ist mir jetzt furchtbar peinlich,

dass ich eben umgefallen bin. Tut mir leid, Karin."
„Muss es aber nicht, Ruth. Das passiert den besten Ermittlern." „Meinst du, dass es sich bei dem Mörder um einen Serientäter handelt?" „Ich hoffe es nicht, aber die Erfahrung hat uns gelehrt, dass das Schema und die Vorgehensweise auf einen Serientäter schließen lassen. Ich habe mein ganzes Team sensibilisiert, damit wir den Mörder so schnell wie möglich fassen." „Ja, dann bis bald. Wir telefonieren." „Gute Heimfahrt, Ruth."
„Das war ihr sichtlich peinlich, dass sie im Sektionsraum zusammengeklappt ist." „Ach, Ernst, das ist auch irgendwie tagesformabhängig. Ich glaube, ich war auch nicht mehr weit davon entfernt. Wenn ich darüber nachdenke, was dieser Wahnsinnige den Frauen angetan hat." „Ja, Karin, die Zahl der Irren wird nicht kleiner. Wir sehen uns aber Morgen zum Essen bei Biggi und Theo, nicht wahr?" „So ist es. Dann sei noch schön fleißig, Ernst." „Du auch, Karin." Hauptkommissarin Weber verabschiedete sich vom Leiter der Gerichtsmedizin und fuhr zurück nach Kalk ins Präsidium. Die Sonne schien aus einem wolkenlosen Himmel. Doch selbst wenn sie alle Fenster des Dienstmondeos herunter ließ, war dies nicht annähernd ein so tolles Feeling wie eine Fahrt in ihrem Cabrio. Eine halbe Stunde später traf sie im Büro ein. Edith arbeitete intensiv am Mordfall des Obdachlosen. „Hallo, Edith. Sind die beiden noch unterwegs?" „Ja, sie sind so gegen 10:00 Uhr losgefahren. Ich denke mal, lange wird es nicht mehr dauern, bis sie zurück sind. Oder hast du etwa Angst um deine Ehepartnerin?" Edith grinste.

„Glaubst du wirklich, unser Kleiner würde es bei der alten Asli versuchen?" „Quatsch, der ist doch so glücklich mit Biggi." „Davon kann ich ihm auch aus gesundheitlichen Gründen nur abraten. Ich würde ihm ordentlich den Hintern verdreschen und Asli natürlich auch." Jetzt mussten Edith und Karin lachen. „Gibt es bei dir schon etwas Neues?" „Leider noch nicht. Wir fahnden immer noch nach den beiden Jugendlichen, die vermutlich den Obdachlosen erschlagen haben." „Was ist das für ein beschissenes Geschäft geworden." Karin lief in ihr Büro und setzte Kaffee auf.

Kapitel 10

„Da seid ihr ja endlich. Hast du unseren Kleinen verführt oder warum hat es so lange gedauert?" „Hallo, zusammen. Nein, Asli hat mich nicht ent-jungfert. Ich glaube, dafür war sie einfach zu müde." „Was behauptest du da gerade, Kleiner? Ich zeig dir gleich wer hier müde ist! Wer hat denn den ganzen Vormittag nur rumgegähnt? Biggi hat dir gestern sicher die Nachtruhe geraubt." „Sag ich ja auch immer, dass Asli immer müde ist." „Fängst du jetzt auch noch an, Karin? Dich lege ich später übers Knie, meine Liebe." „Aber jetzt mal Scherz beiseite. Die Hasler hat am Samstag niemand gesehen. Weder im Supermarkt beim Einkauf noch im Friseurladen. Einige Häuser weiter konnte sich jemand daran erinnern, sie am Samstag gesehen zu haben." „Nun ja, Asli, das muss natürlich nichts heißen. Entweder hat der Mörder sie noch in der Nacht entführt oder sie hat Samstag in der Früh das Haus mit uns unbekanntem Ziel verlassen." „Wir kommen keinen Zentimeter weiter in unseren Ermittlungen." „Ich weiß, Asli, aber zaubern ist ja nicht so unser Ding." Karin schenkte allen am Konferenztisch einen Kaffee ein, als ihr Telefon summte. „Moment, bin sofort wieder bei euch." Karin lief zu ihrem Schreibtisch. „Weber? Guten Tag, Frau Müller. Was kann ich für Sie tun? Danke schön. Das war eine sehr wichtige Information. Wir kommen gleich vorbei." Karin legte auf und setzte sich wieder an den Tisch. „Das war die Leiterin der Rezeption vom Interconti Hotel in der Innenstadt. Sie hat im Internet unsere Suchmeldung gesehen. Laut ihrer Aussage passt unsere Personen-beschreibung und das veröffentliche Bild zu unserer ersten Frauenleiche. Wir fahren sofort zum Interconti, Asli. Bis gleich."

Knapp fünfzehn Minuten benötigten sie vom Präsidium über die Zoobrücke bis zum Hotel Inter-conti in der Nähe des Heumarktes. „Frau Müller?" „Ja." „Hauptkommissarin Weber, das ist meine Kollegin Bülent. Wir sind von der Mordkommission Köln. Sie hatten uns angerufen."

„Ja, richtig, kommen Sie doch bitte in mein Büro. Nehmen Sie bitte Platz. Kaffee, Tee, Wasser?" „Danke nein. Was haben Sie für uns, Frau Müller?" „Eher durch einen Zufall sah ich gestern das Bild der Frau im Fernsehen, die als vermisst gilt. Sie hat vor zehn Tagen hier alleine eingecheckt. Ihr Name lautet Beate Auster und sie wohnt in Hamburg. Wir haben eine Kopie ihres Personal-ausweises. Sie hat bis heute das Zimmer fest gebucht." „Dürfen wir das Zimmer mal sehen?" „Ja, sicher. Ich hole den Schlüssel." Asli und Karin schauten sich sehr genau im Zimmer der Toten um. „Alle Kleidungsstücke liegen ordentlich im Schrank. Von hier wurde sie jedenfalls nicht entführt." „Wenn sie denn wirklich unsere Tote ist. Wir müssen die Spurensicherung vorbei schicken, die alle DNA Spuren sichern soll. Kannst du das gleich organisieren, Asli?" „Bin schon dabei." „Hat Frau Auster Ausflüge oder Karten für Veranstaltungen über Ihr Haus gebucht?" „Da müssen wir mal unsere EDV befragen." Die beiden Kripobeamtinnen folgten der Hotelangestellten in die Lobby. „Ja, schauen Sie hier. Sie hat sich ein Schauspiel im Kellertheater angeschaut und sie hat sich Köln im Verlauf einer großen Sightseeing Tour angesehen. Die Karten hat sie stets bar bezahlt." „Gab es Anrufe oder hat Frau Auster telefoniert?" „Nein, aber das ist nichts Ungewöhnliches. Die meisten Gästen besitzen heute ein Mobiltelefon und benutzen dieses, wenn sie anrufen möchten." „Die Spurensicherung wird sich bei Ihnen melden und sich ganz diskret im Zimmer von Frau Auster umsehen. Viele Dank für Ihre Mithilfe. Ohne Menschen wie Sie, die mit offenen Augen durch die Welt gehen und uns unterstützen, wäre es noch schwerer, alle Fälle aufzuklären. Danke, Frau Müller. Auf Wiedersehen."

„Die Müller war sehr nett und nicht unattraktiv." „Kein Wunder, dass du so mit ihr rumgesäuselt hast." „Rumgesäuselt? Spinnst du jetzt völlig, Asli. Ohne die Aussage der Frau säßen wir immer noch ohne Hinweise auf unsere erste Tote da. Außerdem war sie sehr nett." „Ja und eben attraktiv. Jetzt schau nicht so. Du hast ihr doch auch auf ihre Brüste geschaut. Waren ja auch nicht zu übersehen." „Du etwa nicht, Asli?" „Doch, hab ich. Sie hat aber auch sehr schöne Hände." „Können wir denn jetzt wieder zum Tagesgeschäft übergehen?" „Von mir aus. Ich hab ja hier nicht rumgeschwärmt." „Also gut jetzt. Du nimmst bitte gleich Kontakt mit den Kollegen in Hamburg auf und versuchst etwas über das private Umfeld von Beate Auster herauszubekommen, Freunde, Lebensumstände, das ganze Programm eben. Ich werde die Kollegin Ruth Boland anrufen, sie über unsere Neuigkeiten informieren und hören, ob sie schon mehr über die unbekannte Tote von der Ahrtalbrücke in Erfahrung gebracht hat." „Na, ihr beiden, Neuigkeiten?" „Also, so wie es aussieht wissen wir jetzt, wer unsere erste Tote ist. Beate Auster aus Hamburg. Wenn die DNA übereinstimmt, sind wir ein kleines Stück weiter." „Wenigstens etwas. Ach, Karin, du möchtest bitte Frau Schmidt anrufen." „Dann will der Chef sicher wieder etwas von mir. Mach ich sofort."

„Hallo, Frau Schmidt, Karin Weber hier, Sie hatten nach mir gefahndet, da bin ich." Angelika Schmidt musste lachen. „Gefahndet ist schön formuliert. Der Chef hätte Sie gern kurz gesprochen. Wann können Sie vorbei schauen?" „Ich komme direkt hoch, wenn der Chef jetzt Zeit hat." „Ja, bis gleich, Frau Weber. Herr Krausmann erwartet Sie dann." „Alles klar, bis später." Karin legte den Hörer zurück auf die Einheit. Sie steckte kurz den Kopf ins Büro ihrer Mitarbeiter. „Der Chef hat Sehnsucht nach mir. Ich fahre mal eben hoch, falls jemand von euch nach mir sucht." Karin stieg in den Lift und ließ sich in die 12. Etage heben. „Hallo, Frau Weber, hereinspaziert." „Hallo, Frau Schmidt, da bin ich." „Gehen Sie gleich durch, der Chef erwartet Sie." Karin klopfte kurz an die Türe des Polizeipräsidenten und betrat sein Büro. „Guten Tag, Herr Krausmann." „Guten Tag, Frau Weber, nehmen Sie doch bitte Platz. Kaffee?" Wenn der Polizeipräsident gleich nach seinem Angebot, doch Platz zu nehmen, Kaffee anbot, wollte er etwas von ihr, ging ihr gleich durch Kopf. „Danke, nein." „Nun ja, Frau Weber, die Angelegenheit ist mal wieder prekär. Der Herausgeber der drei Kölner Zeitungen rief mich an und fragte, was es mit den Autobahnbrückenmorden auf sich hat und wie der Stand der Dinge sei?" „Deshalb ruft Sie der Zeitungsherausgeber selber an? Sonst bearbeitet so eine Story doch der Chefredakteur?" „Wie er mir berichtete, ist diese Hanna Hasler eine Schul-freundin seiner Frau und die beiden treffen sich wohl häufiger. Nun erfuhr sie von Bernhard Hasler, dass seine Frau Hanna ermordet wurde. Haben Sie schon etwas in der Sache?" „Leider nicht viel. Wir haben wahrscheinlich heute durch eine Vermisstenmeldung in der Presse endlich die Identität des ersten Opfers ermitteln können. Das dritte Opfer von der Ahrtalbrücke ist noch nicht identifiziert." „Wenn Sie mehr Mittel oder Kollegen brauchen, sagen Sie mir, was Sie benötigen. Sie bekommen jede Unterstützung." „Das alles, weil die Gattin des Verlegers sich nach dem Stand der Dinge erkundigt hat?" „Es ist weit delikater, Frau Weber, und ich vertraue jetzt ganz auf Ihre Verschwiegenheit." „Sie wissen doch, Chef, dass Sie sich ganz auf mich verlassen können." Nun, also das Mordopfer, diese Frau Hasler, ist im gleichen Kegelclub wie die Frau des Verlegers und wie auch die Gattin unseres Innenministers. Jetzt verstehen Sie vielleicht?" „Ehrlich gesagt nicht, Herr Krausmann, aber Sie werden es mir sicher erklären." „Es soll nicht publik werden, das die Ehefrauen aus höchsten Kreisen mit einem skurrilen Mordfall und einem Serientäter in Verbindung gebracht werden. Sie verstehen?" „Nein, Herr Krausmann, ich verstehe es nicht. Eventuell sollte ich die beiden Frauen sogar befragen und nachhören, ob sie etwas zum Privatleben von Hanna Hasler sagen können." „Gott bewahre, Frau Weber. Genau das wollen wir doch vermeiden. Nein, bitte keine Befragungen der beiden Damen." „Dass ich das nicht richtig finde, darf ich Ihnen gegenüber aber äußern, Herr Präsident?" „Sie können hier alles äußern, Frau Weber, solange es hier im Raum verbleibt." „Gut, dann weiß ich ja Bescheid." „So ist es, Frau Weber. Viel Erfolg bei Ihrer Fahndungsarbeit." „Danke, Chef." Karin erhob sich und verließ mit einem kurzen Gruß den Raum. „Tschöö, Frau Schmidt", rief sie der Sekretärin des Präsidenten noch zu, während sie deren Büro verließ. Jetzt allerdings war sie reif für einen Kaffee. Sie warf sich in ihren Sessel und studierte eingegangene Mails, während sie ihren heißen Kaffee schlürfte.

Ein wenig schreckte sie hoch, als Asli plötzlich in ihrem Türrahmen erschien. „Machen wir Feierabend? Die anderen sind schon alle weg." „Hast ja Recht. Irgendwann ist genug." Karin fuhr den PC herunter. Gemächlich liefen sie Karins offenem Mustang entgegen, der im Parkhaus des Präsidiums schlummerte.

Kapitel 11

Die beiden Kommissarinnen saßen einsilbig nebeneinander, während Karin das offene Cabrio durch den Feierabendverkehr lotste, bis Asli die Stille unterbrach. „Theo sagte kurz bevor er nach Hause fuhr, dass wir morgen pünktlich um 19:00 Uhr erscheinen möchten." „Das schaffen wir schon. Wir haben doch den ganzen Tag Zeit, uns auf den Schmaus vorzubereiten. Was gibt es denn bei uns heute Abend zu speisen, werteste Gattin?" „Ich denke, wir essen Brote. Wir haben noch eine Menge Wurst und Käse im Kühlschrank, die wir auch mal aufessen müssen. Wir könnten uns noch ein paar Brötchen besorgen." „Ja ok, dann halte ich beim Bäcker." „Mhhhh, die duften aber lecker. Sie sind noch ganz warm. Erstaunlich, dass der Bäcker um diese Zeit noch Brötchen backt. Egal, uns kann es Recht sein." Karin fuhr ihr Schmuckstück in die Garage. „Mein Gott, ist unser Briefkasten voll. Sind das wieder die vielen Prospekte, die keiner haben möchte?" „Nein, Karin, da steckt ein dickes Kuvert im Briefkasten. Merkwürdig, es ist an mich adressiert." „Dann schau doch einfach mal rein." „Es ist zugeklebt."

„Dann reiß es doch der Einfachheit halber auf."
„Ich öffne es drinnen mit dem Brieföffner." „Ich decke draußen für uns ein. Bei dem Wetter können wir unsere Brote im Freien verspeisen. Wer weiß, wie lange das sommerliche Wetter noch anhält." Karin verschwand in der Küche, während Asli sich an ihren Schreibtisch setzte, um den DIN A4 Umschlag zu öffnen. Zuerst fiel ihr ein feinsäuberlich, handgeschriebenes Blatt Papier in die Hände mit folgendem Text:

Liebe Asli Bülent, ich sah Ihr Bild unter der Vermisstenanzeige der Polizei in der Zeitung als Ansprechpartnerin mit Ihrem Namen in meiner Mordsache. Ich habe sofort Vertrauen zu Ihnen gefunden. Ihr liebes Lächeln, Ihr Blick aus Ihren warmen Augen und die Art, wie Sie mich angeblickt haben, sind genau die Gründe, weshalb ich Ihnen schreibe, denn ich bin Ihr gesuchter Mörder, aber dieser nicht wirklich. Denn eigentlich bin ich das Opfer, das sich nun zu wehren versucht gegen die jahrelang andauernden Misshandlungen und Demütigungen. Niemand kennt bisher meine wahre Geschichte, die ich sorgfältig für Sie aufgeschrieben habe. Bis auf die beiden weiblichen Verwandten, die mich zu dem gemacht haben, was ich heute bin: Ein für die Menschheit unheimlicher und brutaler Serienkiller, der in Wirklichkeit nicht einmal eine Fliege erschlagen kann. Asli, verzeih mir bitte, dass ich dich nun beim Vornamen nenne, aber mit dieser Maßnahme erzeuge ich für uns beide eine größere Vertrautheit, die ich dringend benötige, um dir alles zu erklären, vor allem das Warum. Denn ich habe sonst niemanden. Ich werde dir ab jetzt von Zeit zu Zeit immer wieder neue Abschnitte aus meinem vergangenen Leben aufschreiben und dir zukommen lassen, damit du das Warum verstehst. Ich freue mich schon darauf, dich persönlich kennen zu lernen, wenn du mich festnehmen darfst. Doch bis dahin muss ich noch mein Werk vollenden, um innerlich für immer frei zu werden und meinen Frieden zu finden. Lies einfach meine Geschichte und leg deine Hände in den Schoss, dann wirst du verstehen, was mich treibt. Wenn du jedoch versuchst, mich zu finden, bevor ich mein Werk vollendet habe, wäre ich gezwungen, auch dich und deine Ehepartnerin zu töten. Also, Asli, es liegt ganz in deiner Hand und nun das erste Kapitel.

„Meine Leiden begannen als ich im Alter von zwölf Jahren nach dem Unfalltod meiner Eltern zur Vollwaise wurde. Die einzigen aus unserer ohnehin sehr kleinen Verwandtschaft, die mich in Obhut nehmen wollten, waren Tante Elise und Tante Clarissa. Die beiden Frauen lebten in einem ziemlich großen, alten Haus am Stadtrand direkt am Wald gelegen. Weil meine Eltern mir eine ordentliche Lebensversicherung und eine nicht unerhebliche Waisenrente hinterlassen hatten, kündigten meine beiden Tanten ihre Jobs als Arzthelferinnen, um sich nur noch speziell um mich kümmern zu können. Und dies taten sie mit einem Höchstmaß an Brutalität, an Niedertracht, perfidesten sexuellen Wünschen und Gebräuchen und gepaart mit einem Sadismus, der bis dato seines Gleichen suchte."

„Asli, was machst du? Ich sitze hier mit knurrendem Magen und warte auf dich." „Unser Mörder hat mir geschrieben. Schau selbst." „Wie bitte?" „Ja, unser Brückenmörder hat sich mit dem dicken Briefumschlag bei mir gemeldet. Er schreibt, dass er durch unsere Suchanzeige auf mich aufmerksam geworden ist. Hier, lies es selber." Karin hielt in der rechten Hand ihr Leberwurstbrötchen, in das sie eben mit Wonne hineingebissen hatte und in der Linken den Brief des Mörders. „Jetzt patsch hier nicht mit deinen Wurstfingern drauf herum, Karin. Ich werde das Kuvert in einen Beweismittelbeutel legen und morgen der KTU zukommen lassen. Karin?" „Ja, ja, ich lese gerade. Das ist ja nicht zu glauben. Wir haben es in diesem Fall ganz sicher mit einem gefährlichen Psychopathen zu tun. Aber jetzt müssen wir ganz besonders aufpassen. Der Kerl schreckt sicher nicht davor zurück, auch uns umzubringen." „Wie schön. Das hatten wir ja noch nie, dass uns mal ein Mörder nach dem Leben trachtete, sieht man mal von dem Wahnsinnigen ab, der mir beinahe wie den anderen Frauen auch die Gesichtshaut entfernen und mich danach töten wollte." „Weil du auf eigene Faust ermittelt hast und die Lorbeeren der Festnahme alleine einheimsen wolltest." „Wollte ich nicht. Ich war nur als erste ganz nah dran." „Was kein Grund war zu versuchen, ihn alleine festzunehmen." „Und dann dieser klerikale Mörder, der seine Opfer kastrierte und dem ich die Narbe von der Schusswunde oberhalb meiner linken Brust zu verdanken habe. Jetzt haben wir mal zur Abwechslung einen irren Frauenmörder, der mir all seine Zuneigung schenkt." „Das macht der nur, weil er dich nicht persönlich kennt." „Du bist ja so doof, Hauptkommissarin Weber. Bis heute weiß ich noch nicht, warum ich dich geheiratet habe." „Na, weil ich dir Wurstbrote serviere, während du mit anderen Lovern brieflich kommunizierst. Aber jetzt mal ohne Blödsinn. Der Kerl weiß ganz genau, wo wir wohnen und das er gefährlich ist, haben wir ja schon dreimal erleben dürfen." „Lass uns mal weiterlesen, Karin." „Dann mach erstmal deinen Mund leer."

„Als ich in das mir vom ersten Tag an unheimliche Haus einzog, teilten mir meine beiden Tanten das kleinste und einfachste Zimmer zu, das das Haus zu bieten hatte. Mein Bett bestand aus grob zusammengehauenen Brettern mit einer muffigen Matratze darauf. Sie nahmen mir gleich beim Einzug mein ganzes Spielzeug weg. Nur wenn ich nach ihrer Ansicht besonders fleißig und gehorsam war, durfte ich im Spielzimmer ein paar Stunden damit spielen. Mein Tag begann um 05:00 Uhr. Noch vor dem Frühstück musste ich den Vorplatz vor dem Haus und die Terrasse kehren. Danach durfte ich unter Aufsicht von einer der beiden Tanten duschen, wobei ich immer von ihnen eingeseift wurde und dies am ganzen Körper, auch meine Genitalien ließen sie nicht aus. Es folgte ein eher karges Frühstück. Ich durfte mir noch ein Pausenbrot für die Schule schmieren, bevor ich zur Bushaltestelle rannte, um noch meinen Bus zu bekommen. Nach der Schule hatte ich unter Aufsicht und Anleitung der Tanten das Mittagessen zu kochen. Wenn es ihnen nicht schmeckte, und das war leider häufig der Fall, packten sie mich, legten mich bäuchlings über den großen Küchentisch, zogen mir Hose und die Unterhose herunter und schlugen mich heftig, meistens mit einer alten Gerte. Ich hatte solche Angst nach Hause zu kommen, dass ich mir häufig in die Hose machte oder gar nachts mein Bett benässte. Wenn die Tanten dies bemerkten, schleppten sie mich in den rundum gefliesten Waschkeller. Ich musste mich dann ganz ausziehen. Tante Elise fesselte mir meine Hände über Kopf und hing mich mittels eines Flaschenzuges unter die Decke, sodass meine Füße nicht mehr den Boden berührten, während Tante Clarissa den Schlauch anschloss und mich sodann abspritzte. Sie stülpten mir meine mit Urin benetzte Hose über den Kopf und misshandelten mit ihren Händen meinen Unterleib. Zu guter Letzt verpackten sie mich in einen weißen Leinensack und ließen mich eine ganze Weile so hängen. Manchmal schlugen sie auch unvermittelt mit ihren Gerten gegen den weißen Sack. Das, liebe Asli, war jetzt der erste Teil meiner Beschreibung. Wenn es meine Zeit erlaubt, sende ich dir den nächsten Abschnitt zum Lesen. Schönes Wochenende, auch für deine Ehefrau."

„Das ist ja ungeheuerlich, was der Junge da erleben musste, nicht wahr, Karin?" „Wenn es nicht gelogen ist, was er da schreibt, schon, ja. Trotzdem berechtigen seine Erlebnisse nicht, dass er jetzt mordend durch die Lande zieht. Wir sollten allerdings ab sofort sehr vorsichtig sein. Wenn er der Presse entnimmt, dass du weiter ermittelst, sind wir beide in Lebensgefahr. Der Kerl ist unberechenbar und er hat angekündigt, uns etwas anzutun, wenn wir weiter ermitteln. Wir müssen also auf der Hut sein." „Ist eigentlich kaum zu glauben, was er als Kind alles erlebt hat." „Wenn er sich das nicht alles einbildet. Unser Mörder ist hochgradig schizophren, vergiss das nicht, Asli." Die beiden Frauen ließen sicherheitshalber, nachdem sie auf der Terrasse zu Abend gegessen hatten, alle Sicherheitsrollladen herunter und verschwanden im Bett.

Kapitel 12

Asli und Karin wurden recht früh durch das Vogelgezwitscher in ihrem Garten aufgeweckt. „Ach, wie schön wie das Amselmännchen um seine Holde buhlt und wie er sich müht, sie mit einem schönen Lied zu umgarnen?" „Haben wir gestern Abend etwas getrunken oder woher stammt auf einmal deine lyrische Ader, Asli?" „Ist doch schön zu hören, wie die Natur ihr Balzverhalten allen kundtut. Ich werde dir jetzt auch etwas singen." „Nein, bitte nicht, Asli, das übersteigt jegliches Maß an verordneten, ehelichen Pflichten, wenn du singst." Und doch begann Asli zu singen. Karin griff nach ihrem Kopfkissen und zog es sich über ihren Kopf. „Aufhören!!!" Asli trällerte jetzt erst recht und immer lauter aus tiefster Seele. Plötzlich warf Karin ihr Kissen zur Seite und schnappte sich ihre Ehefrau. Sie drückte Asli ihre Lippen auf den Mund und begann sie liebevoll zu küssen. Was nun folgte, ließ die Erfüllung von Karins Wunsch, bald ausgiebig frühstücken zu können, wie eine Seifenblase platzen. Was sich ihr jedoch alternativ bot, sättigte zwar nicht den Magen, sorgte dafür aber für ein äußerst wohliges Befinden. Kurz vor zehn saßen sie dann doch am Frühstückstisch, schlürften leckeren, heißen Kaffee und knabberten die frisch gebackenen Frühstücksbrötchen mit selbstgemachter Marmelade. „Wir müssen mal wieder putzen, Asli." „Dann sollten wir das jetzt gleich machen, sonst habe ich später noch weniger Lust dazu als jetzt." Zwei Stunden später hing die frisch gewaschene Wäsche auf der Leine und ihr Heim glänzte auf beiden Etagen. Dafür lagen die beiden Frauen völlig kaputt auf ihren Liegestühlen im Garten und dösten vor sich hin.

„Hörst du das auch, Asli?" „Ich höre nix." „Da vorn rechts in der Ecke raschelt irgendetwas." „Ja und?" „Vielleicht beobachtet uns unser Serienmörder?" „Ach, Karin, das glaubst du doch nicht wirklich. Ich gehe mal schauen." Asli erhob sich vorsichtig von der Liege, den allmählich einsetzenden Muskelkater vom Putzen ignorierend, und stapfte barfuß der Gartenecke entgegen. Blitzschnell schob sie die Äste der Hecke auseinander, doch dahinter verbarg sich niemand. Lediglich ein Amselmännchen flatterte auf und flog in den nächsten Baum. „Das war nur der Amselmann, Karin." „OK, kann leg dich einfach wieder hin", was sich Asli nicht zweimal sagen ließ. Ganz gemütlich legte sie sich wieder auf ihre bequeme Liege. Wenig später schliefen die beiden Frauen ein. Erst als die Sonne um den Häusergiebel marschiert war und es leicht abkühlte, erwachten sie. „Boh, hab ich gut geschlafen." „Ich auch. Hast du eine Uhr an, Asli?" „Nein, aber ich muss mal. Gleich sag ich es dir." „Fast fünf Uhr. Wir sollten uns langsam landfein machen, damit wir heute Abend nicht nur optisch, sondern auch olfaktorisch ein Highlight darstellen." „Und du meinst, ich sollte auch duschen, Asli?" „Du brauchst eigentlich nicht zu duschen, wenn ich sehe, was du so Hausputz nennst." Karin griff nach ihrem Kissen und schleuderte es Asli entgegen, die jedoch geschickt abgetaucht war und so ungeschoren davon kam. Um sich nicht mit zwischenmenschlichen, neckischen Spielchen weiter in Zeitverzug zu versetzen, duschten sie nicht gemeinsam. Kurz nach sechs standen beide Frauen im feinen Ausgehzwirn vor dem großen Spiegel zur letzten Qualitätskontrolle. „Mein Gott, hast du dich rausgeputzt, mein Zuckerhase. Hast du nicht Angst, dass dir die Möpse aus der Bluse fallen, Asli?" „Also, wenn ich mir dein Minikleid so anschaue, würde ich mir eher um mein Höschen Sorgen machen, dass es nicht verschmutzt, wenn wir gleich mit dem Bus fahren." Die beiden Frauen sahen wirklich toll aus in ihren sexy Outfits mit den hochhackigen Riemchensandalen. „Ich nehme den kleinen Rucksack mit. Da passt meine Kanone mit zwei Reservemagazinen und der Brief des Mörders nebst Umschlag hinein, den ich Biggi für die KTU mitgeben möchte." „Du nimmst deine Waffe mit?" „Hast du schon vergessen, was uns dein Mörderfreund angedroht hat?" „Mein Mörderfreund? Das ist ja wohl Unsinn." „Also, ich nehme meine Dienstwaffe mit." „Gut, dann mache ich das auch." Asli nahm ebenfalls eine gut gefüllte Handtasche mit. Da ihnen vom Gastgeber untersagt war irgendetwas mitzubringen, brauchten sie sich über Mitbringsel keine Sorgen zu machen.

Mit dem Bus fuhren sie erst zum Mauenheimer Gürtel, wo sie in die Bahn der Linie dreizehn der Kölner Verkehrsbetriebe umstiegen. Um diese Zeit war nicht viel los auf den Straßen. Die meisten Menschen saßen in ihren Gärten und grillten oder verbrachten den lauen Sommerabend in einem Gartenrestaurant. Vier Stationen mussten sie mit der Straßenbahn zurücklegen, um an ihr Ziel zu gelangen. Karin und Asli schlenderten ganz nach hinten ins Heck des Triebwagens und nahmen dort auf einer Sitzbank Platz. Drei halbstarke Jungs im Alter zwischen 18 und 20 Jahren beobachteten die beiden Frauen. Langsam erhoben sie sich von ihren Plätzen und folgten Karin und Asli in den hinteren Teil der Bahn, wo sie sich zu ihnen gesellten. „Ihr seid ja richtig geile Chicas und dann so alleine." „Das ist ja erfreulich, dass wir zur Bereicherung eurer Bahnfahrt beigetragen haben. Aber wir möchten keine weitere Unterhaltung mit euch führen. Schönen Abend noch", antwortete Karin und schaute wieder aus dem Fenster. „Wer wird denn so grantig sein! Wir verschönern euch gleich auch noch den Tag." Der Rädelsführer der

Drei griff mit seiner rechten Hand nach Karins Haaren und streichelte eine Locke. „Nehmen Sie die Finger weg! Ich sage dies für Neugierige nur einmal. Also?" „Ich sehe noch ganz andere Teile, die ich gleich mal anfasse, Chica." Gerade als der freche Typ Karin an die Brust fassen wollte, griff Karin zu. Sie fackelte nicht lange, packte fest das Handgelenk des Jugendlichen und drehte ihm gleich den Arm rum. „So, mein Lieber, jetzt ist Schluss mit lustig! Noch so einen Versuch und ich nehme dich fest." Asli zog bereits ihr Mobiltelefon aus ihrer Handtasche und hielt ihren Polizeiausweis hoch. „Fickt euch doch selber", lautete der Kommentar des Rädelsführers, während er mit seinen Kumpels enttäuscht ob der Abfuhr an der nächsten Haltestelle fluchtartig die Bahn verließ. Zwei Stationen weiter stiegen auch Asli und Karin aus und schlenderten dem Altbau entgegen, in dem Biggi und Theo wohnten.

Das Hallo war entsprechend, als Karin und Asli in ihren sexy Outfits auftauchten. Ernst hatte sich auf die Sofalandschaft zurückgezogen, um beim Anrichten der Speisen nicht im Weg zu stehen und schlürfte einen selbst gemixten Kir Royal. „Hallo, ihr beiden. Ihr seht aber toll aus. Geht ihr noch zur Modenschau?" „Hallo, Ernst, wir wollten dir als Amuse Gueules dienen und deinen Appetit anregen." „Wenn ich euch Beide so anschaue, denke ich nicht unbedingt ans essen." „Na, Ernst, wirst du jetzt sexistisch?" „Aber nicht doch, Asli. Ich erfreue mich nur eures Anblickes." Biggi fiel ihren Gästen erst einmal um den Hals. „Schön, dass ihr gekommen seid. Was möchtet ihr trinken?" „Hallo, Chefin, hi, Asli", mischte sich auch Theo ein. „Gebt mir eure Taschen. Ich stelle sie auf die Kommode in der Garderobe. „Gott, sind die schwer." „Wir haben unsere Dienstwaffen da drin." „Warum das, Karin?" „Weil Asli einen neuen Verehrer hat." Dann begann Asli zu erzählen und legte eine Kopie des ersten Briefes des Mörders für alle zum Lesen bereit. „Wir wollen uns aber heute Abend amüsieren und über nichts Dienstliches reden. Wo also bleibt unser Abendessen?" Alle lachten und doch war es anfangs nicht die gelöste Stimmung, die sonst aufkam, wenn sie sich zum Essen trafen.

Biggi Wax hatte sich richtig rein gehangen und ein leckeres Menü gezaubert, während Ernst Brandt die passenden Weine dazu mitgebracht hatte. Als Vorspeise servierte Biggi geräucherte Lachs-röllchen gefüllt mit Kräuterfrischkäse. Der Burgun-derbraten als Hauptspeise mit den Servietten-knödeln, der kräftigen Rotwein-Sahnesauce dazu und dem jungen Rosenkohl, nur in Butter ge-schwenkt, schmeckte einfach vorzüglich. Zum Dessert gab es noch Vanilleeis mit heißen Kirschen, obwohl keiner der Gäste mehr wirklich zuschlagen konnte. Nach dem Essen servierten die Hausherren noch Espresso und es wurde weiter Wein getrunken. Doch dann wurde ihr neuester Fall wieder das Gesprächsthema des Abends.

„Wir können eigentlich nur hoffen, dass der Mörder einen Fehler macht. Aber ich glaube, er ist gerissen genug, dies zu vermeiden. Wir haben sogar seine DNA, und das ist dem Mörder voll und ganz bewusst. Er wird mit dir spielen, Asli. Du musst nur verdammt aufpassen, dass er dich nicht erwischt." „Ja, Ernst, wir müssen aufpassen und Asli aus der Schusslinie nehmen. Nur dann ist gewährleistet, dass er nicht versuchen wird, ihr etwas anzutun." „Wir tun, was wir können, Karin." „Das weiß ich doch, Ernst."

Kapitel 13

Monika Ringel war ganz in ihrem Element. Tango tanzen war zu ihrer liebsten Beschäftigung geworden und ihr Tanzpartner Robert Stark ein äußerst liebenswerter Mensch, der sich dank seiner homosexuellen Neigung nicht dauernd als Bettpartner empfahl wie sein Vorgänger. Den hatte Monika eiskalt abserviert, als er ihr während einer Tanzveranstaltung unverblümt in den Rückenausschnitt ihres Kleides griff und auf diesem Weg versuchte, ihr an eine Brust zu greifen. Robert Stark war da schon ein völlig anderes Kaliber. Natürlich spürte sie auch seine Hand auf ihrem nackten Rücken, doch diese war ihr sehr angenehm und sie machte keine Anstalten in ihre Wäsche zu gleiten. Heute war es einfach sehr warm in der Tanzbar und der Schweiß lief in Strömen. Roberts Hemd wies deutliche Schwitzflecken auf. An ihrem kurzen Paillettenkleid blieben solche Spuren allerdings unsichtbar. Sie gönnten sich eine Verschnaufpause an der kleinen Bar und jeder einen Bacardi Cola. Ach, wäre das schön, wenn sie auch einmal mit Bert, ihrem Ehemann, so tanzen könnte. Doch Bert Ringel zog es samstags abends vor, mit seinem Verein kegeln zu gehen und heute Morgen reiste er mit seinem Club für vier Tage nach Bacharach auf Kegeltour. Eine für sie eher öde Freizeitbeschäftigung. Aus diesem Grund war Monika besonders froh, mit Robert Stark tanzen zu können, der den Tango genauso liebte wie sie selbst, und der sie ob ihrer Tanzkünste bevorzugte und nicht wegen ihres zweifelsfrei sehr ansehnlichen Körpers. Kurz nach Mitternacht waren die Batterien dann aber leer. Robert Stark brachte sie noch zum Taxistand, bevor er im Getümmel der lauen Sommernacht in irgendeiner Gaybar nach einem adäquaten Lover für die Nacht Ausschau hielt.

Karin und Asli empfanden den Abend als sehr gelungen. Das Essen schmeckte hervorragend. Die Gespräche wiesen eine Bandbreite von herumblödeln bis intensiv diskutieren auf, sodass für jeden etwas dabei war. Zum guten Schluss halfen sie Biggi noch beim Spülen, bevor sich die Gästeschar langsam gen Heimat bewegte. „Wollen wir laufen, Asli?" „Mit den Schuhen? Lass uns lieber ein Taxi nehmen." „Da vorn kommt gerade die 13. Nehmen wir die?" „Ja, warum nicht." In der Straßenbahn befanden sich kaum Fahrgäste und die beiden Frauen konnten sitzend die vier Stationen bis zur Bushaltestelle hinter sich bringen. Leider waren die Fahrpläne von Bahn und Bus nicht sorgsam aufeinander abgestimmt, sodass sie fünfzehn Minuten auf den Bus warten mussten, der sie dann jedoch beinahe bis vor ihre

Haustüre chauffierte. Da sie beide ordentlich dem spendierten, sehr guten Weinen von Ernst Brandt zugesprochen hatten, waren sie froh, als sie endlich sehr müde in ihre Federn fallen konnten. Sonntag schliefen sie erst einmal aus. Es folgte ein brunchähnliches Frühstück, das bis in den Nachmittag hineinreichte. Weil es wie aus Eimern schüttete, flegelten sich die beiden Frauen auf ihre Sofalandschaft und lasen ein Buch. Asli liebte gut geschriebene Liebesromane mit einer nachvollziehbaren Handlung, während Karin eher Psychokrimis bevorzugte. Abends schauten sie noch ins Fernsehprogramm hinein, doch weil immer noch Urlaubszeit war, wurden auf fast allen Kanälen nur Wiederholungen gezeigt. Gegen zweiundzwanzig Uhr verschwanden die beiden Frauen im Bett und schliefen gleich ein.

Der Montagmorgen begrüßte das Team um Karin Weber mit Routinearbeit und Papierkrieg. Das Wochenende hatte sich kapitalverbrechenstechnisch ruhig verhalten. Tötungsdelikte wurden keine gemeldet, ebenfalls keine Suizidfälle und auch die Familientragödien, die gerade an den Wochenenden die Regel waren, schienen die Protagonisten offensichtlich an ihren Urlaubsorten auszutragen. Die vermeintliche Ruhe endete jedoch abrupt, als das Team um den Konferenztisch zur Lagebesprechung saß. Karin nahm das eingehende Telefongespräch entgegen. „Weber? Hallo, Kollege. Ja, ich weiß, wo das ist. Wir sind schon unterwegs. Bis später." Mit sorgenvoller Miene legte Karin den Hörer auf. „So wie mir der Kollege der Schutzpolizei gerade berichtete, hat unser Serientäter wieder zugeschlagen. Auf dem Militärring in Höhe der Abfahrt Richtung Widdersdorf, wo es zum Max-Planck-Institut geht, befindet sich eine Fußgängerbrücke, von der der Täter wieder ein Opfer hat herunterhängen lassen. Der Fundort und die Tote müssen sehr übel aussehen. Das Opfer wurde von einem Sprinter erfasst, der es mit der auf diesem Straßenabschnitt geltenden Geschwindigkeitsbeschränkung von 70 km/h offensichtlich nicht so genau genommen hat. Laut Tachostand fuhr er über 100 Stundenkilometer. Der Fahrer wird gerade schwerstverletzt mit einem Rettungshubschrauber in die Kölner Uniklinik geflogen. Es besteht laut Notarzt wenig Hoffnung für ihn. Wer fährt mit mir?" Theo Zerfakis hob als erster die Hand. „Ich fahre mit dir, Karin." „OK Theo, fahren wir hin."

Die Fahrt bis zum Tatort dauerte am Montagmorgen trotz Urlaubszeit bedingt durch das hohe Verkehrsaufkommen ungewöhnlich lange. Mit Blaulicht und Martinshorn kämpften sich Karin und Theo beinahe 35 Minuten lang durch die staugeplagte Innenstadt. Weil der Streckenabschnitt auf dem Militärring für den Verkehr bereits gesperrt war, kam es zu erheblichen Verkehrsstörungen. Entlang der breiten Ringstraße hatte sich eine große Menge Gaffer eingefunden. Somit waren die Einsatzkräfte gezwungen, den Tatort mit Stellwänden und Planen gegen Einsichtnahme zu schützen. Karin und Theo sprangen aus ihrem

Dienstmondeo und trafen auf Biggi Wax und Ernst Brandt, die mit den Kollegen der Spurensicherung mit der Sicherstellung der Spuren befasst waren. Theo und Biggi winkten sich kurz zu. Karin ging gleich schnurstracks auf den Einsatzleiter der Verkehrspolizei zu. „Hallo, Josef." „Hallo, Karin, da hast du dir aber einen schönen Fall an Land gezogen. Die Hälfte meiner Leute hat sich erstmal das Frühstück aus dem Leib gekotzt, als sie die Sauerei vorgefunden haben. Sag mal, was mag das für eine Kreatur sein, die so etwas macht?" „Tja, Josef, wenn wir das immer vorher wüssten, brauchten wir uns hier nicht die Beine in den Bauch zu stehen und hässliche Eindrücke über uns ergehen zu lassen. Bringen wir es hinter uns. Wo liegt die Tote?" „Wenn das mal so leicht zu sagen wäre, Karin. Wegen der hohen Geschwindigkeit des Sprinters ist der weiße Leinensack beim Aufprall gleich ganz aufgeplatzt. Der Unterleib mit einem Bein liegt da vorn. Das andere Bein findest du direkt unter der Brücke. Oberkörper und Arme des Opfers liegen stark deformiert in der Fahrerkabine des Sprinters. Nach dem Kopf haben wir lange gesucht. Wir fanden ihn im Straßengraben. Übrigens ist der Fahrer des Sprinters beim Transport in die Klinik verstorben. Er sah auch nicht besonders gut aus nach dem Crash. Komm, Karin, gehen wir zum Fahrzeug."

Die Sonne hatte sich zwischenzeitlich durch die Wolken gekämpft. Eine unangenehme schwüle Wärme legte sich nach der verregneten Nacht über die Landschaft und ließ den Asphalt dampfen.

Das Summen und Brummen tausender Fliegen, die sich auf den blutüberströmten Torso des Opfers gestürzt hatten, zeigten Karin gleich den Weg. Dann stand sie plötzlich vor der völlig deformierten Kabine des Mercedes Sprinters. Der Torso der weiblichen Toten hatte sich beim Aufprall durch die Frontscheibe in die Fahrerkabine gebohrt. Karin hatte häufiger darüber nachgedacht, dass sie mit den Spurensuchern und den Gerichtsmedizinern keinesfalls den Job tauschen wollte, doch heute wollte sie nicht einmal mehr Polizistin sein. Was hatte sich dieser Wahnsinnige in seinem schizophrenen Hirn da nur einfallen lassen! „Lass uns mal hoch auf die Brücke gehen, Karin", vernahm sie die Stimme des Einsatzleiters nur dumpf im Hintergrund. Schweigend folgte sie ihm. Immer wieder mussten sie auf dem Weg auf die Brücke erleben, wie Gaffer heimlich versuchten, sich durch die Absperrungen zu drängen, um sich an dem schaurigen Inferno zu ergötzen. Waren diese Menschen nicht genau so geistig fehlgeleitet wie der Täter selbst? Immer wieder musste Josef Michalek seine Einsatzkräfte per Funk umdirigieren, damit kein Schaulustiger sich zum Tatort durchwursteln konnte, um Fotos zu machen, die dann wenige Momente später bereits in irgendeinem sozialen Netzwerk in die ganze Welt gepostet wurden. „Was ist das nur für eine Welt?! Hier stirbt eine Frau durch die Hand eines irren Mörders - wahrscheinlich noch unter höllischen Schmerzen - und andere betrachten die Fotos als wären es Urlaubsbilder und ergötzen sich daran, einfach ekelhaft." „Tja, Josef, Moral und Ethik sind offensichtlich durch die schnelllebige Zeit völlig ins Hintertreffen geraten." Schweigend liefen sie weiter zu der Stelle auf der Brücke, wo der Mörder das Seil des Baumwollsackes am Brückengeländer befestigt hatte. „Hier hat er den Knoten gemacht. Ist noch gut zu erkennen. Und dann hat er im richtigen Moment das Opfer heruntergelassen." Zwei Kollegen der Spuren-sicherung nickten stumm zum Gruß, als sie Karin erblickten. „Komm, wir müssen auch unten weiter schauen, Karin." Ohne Hast schlichen sie von der Brücke herunter zurück auf die Straße. Als sie sich dem Punkt näherten, wo der Unterleib mit einer Gliedmaße und wenig weiter entfernt das abgerissene Bein lagen, war es auch um Karin geschehen. Sie sagte noch: „Entschuldige, Josef", während sie sich zu Seite wegdrehte, um sich zu übergeben. Josef Michalek kannte Karin schon gute zwanzig Jahre und wusste genau, was für eine brillante Ermittlerin sie war. Er nahm sie in den Arm und schob sie weg von den Überresten des Opfers. „Fahr zurück ins Büro, Karin, und schnapp dir den Kerl. Hier kannst du nichts mehr ändern." „Ja, mach ich. Danke dir, Josef." „Wofür, Karin?"

Sie verabschiedete sich von Josef Michalek und ging zu ihrem Dienstwagen zurück. Doch Theo fehlte noch. Sie schaute sich um und dann sah sie ihn. Gut hundert Meter von ihrem Dienstwagen entfernt hockte Theo zitternd in eine Decke gewickelt und flankiert von Biggi und einem Rettungssanitäter am Straßenrand. Karin lief sofort zu ihm herüber. „Was ist los, Theo?" „Ich mach nicht mehr weiter. Ich will einfach nicht mehr. Ich höre auf, Bulle zu sein." Biggi nahm Theo fest in ihre Arme. „Bleib ruhig, Theo." Wenig später erschien der Notarzt. „Hallo, Frau Weber, wir nehmen Ihren Kollegen mit ins Krankenhaus. Er hat einen schweren Schock erlitten, als er den Kopf des Mordopfers dort vorn am Straßenrand gefunden hat." „Ist Ok, Herr Doktor. Fährst du mit ihm ins Krankenhaus, Biggi?" „Das geht nicht. Ich werde hier noch gebraucht. Ernst schafft das alleine nicht." „Gute Besserung, Theo, ich fahre zurück ins Präsidium." Stumm wand sich Karin weg von diesem grauenvollen Szenario, das selbst für hartgesottene Beamte einfach zu viel war.

Kapitel 14

Die Stimmung war sehr gedrückt, als Karin das Büro von Edith und Theo betrat. Asli stürmte gleich aus ihrem Büro und stellte sich zu Karin. „Was ist mit Theo? Biggi hat uns bereits informiert." „Dazu kann ich euch nichts sagen. Er wird ganz sicher ein paar Tage zur Beobachtung im Krankenhaus bleiben." „Wir fahren auf dem Heimweg bei ihm vorbei. Was denkst du, Karin?" „Ja, klar, machen wir." „Gibt es Hinweise zur Identität der Toten?" „Nein, überhaupt nichts. Wir werden wieder warten müssen, bis sie jemand als vermisst meldet. Gab es hier etwas?" „Ruth Boland hat für dich angerufen. Nachdem sie ein Foto der Toten von der Ahrtalbrücke in den Medien veröffentlicht hatten, meldete sich eine Freundin der Toten im

Präsidium und gab eine detaillierte Personenbeschreibung ab. Daraufhin konnte die Tote identifiziert werden. Die Frau heißt Beate Auster. Ich habe dir den ganzen Vorgang auf deinen Schreibtisch gelegt. Die Bonner Gerichtsmediziner haben aus dem gefundenen Sperma die gleiche DNA herausgefiltert, wie sie bei unseren Opfern auch vorliegt. Es war der gleiche Täter." „Da braut sich wieder etwas verdammt Gefährliches zusammen. Ich spüre das. Wir haben es hier ganz sicher mit einem äußerst gefährlichen, schizophrenen Wahnsinnigen zu tun, der gar nicht realisiert, was er hier anstellt. Für ihn stellt das alles nur einen gewöhnlichen Rachefeldzug an seinen Tanten dar." „Mal bloß nicht den Teufel an die Wand, Karin." „Wenn erstmal die Presse so richtig in die Sache einsteigt, bekommen wir wieder ordentlich Druck. Wartet es ab."

Kurz vor Dienstschluss war es dann soweit. Als Karins Telefon summte, erkannte sie sofort die Apparatnummer von Angelika Schmidt, der rechten Hand des Polizeipräsidenten. „Hallo, Frau Weber, können Sie kurz zum Chef kommen?" „Bin schon unterwegs." Der Polizeipräsident sah angeschlagen aus. Und dies bedeutete nichts Gutes. „Hallo, Frau Weber, nehmen Sie bitte Platz." „Guten Tag, Chef." „Wie kommen Sie im Fall des Serientäters voran?" „Ehrlich gesagt treten wir nur auf der Stelle. Es gibt nicht den Hauch eines Verdachts." „Schrecklich, dieser Fall! Die Kollegin aus Bonn hat mich soeben kontaktiert. Auch dort gibt es noch keinen Hinweis. Die leitende Kollegin

Boland aus dem Ahrtal hat den Fall an die Kripo Bonn abgegeben, aber auch die können nun mal nicht zaubern." „Wir aber auch nicht, Herr Krausmann." „Natürlich nicht, Frau Weber, aber jetzt sitzt mir mal wieder die Presse im Nacken und Sie wissen ja, wie unnachgiebig die sind. Wir müssen für morgen eine Pressekonferenz einberufen. Bereiten Sie bitte alles dafür vor. Ich verlasse mich da ganz auf Sie. Leider kann ich morgen nicht daran teilnehmen, aber Sie machen das schon. Wie geht es dem Kollegen Zerfakis?" „Das erfahren wir leider erst nachher. Ich fahre mit Frau Bülent später in der Uniklinik vorbei." „Grüßen Sie ihn bitte von mir." „Mache ich, Chef, ich bereite alles für die Pressekonferenz vor." „Sehr gut, Frau Weber. Sie berichten mir bitte, wie es gelaufen ist. Schönen Feierabend." „Ihnen auch, Herr Krausmann."

„Was bist du doch für ein korinthenkackender Feigling, lieber Chef", sprach Karin leise vor sich hin, während sie mit dem Lift auf die dritte Etage hinunter fuhr." „Und? Was wollte der Boss von dir?" „Ich muss für morgen eine Pressekonferenz vorbereiten. Komm, setz dich, Asli. Wir müssen uns etwas einfallen lassen. Ich melde die Konferenz jetzt erstmal bei unserer Pressestelle für Morgen 10:00 Uhr an." Zwei Stunden später lagen die Pressemitteilung sowie alle Erklärungen fertig auf dem Tisch. „Schauen wir einfach mal, wie es läuft." Karin sah auf die Uhr. „Verdammt, es ist schon wieder halb sechs?" „Ja, es ist mal wieder ziemlich spät geworden. Lass uns aufbrechen. Wir wollen doch noch bei Theo in der Uniklinik vorbei fahren." Gegen kurz nach achtzehn Uhr standen sie vor dem Krankenzimmer von Theo Zerfakis. Gemeinsam traten sie ein. Ihr Kollege lag apathisch in seinem Bett und starrte zur Decke. „Hi, Theo", sprach Asli ihn an. „Wie geht es dir?" „Geht so. Ich sehe ständig diesen Kopf und das Gesicht der Toten vor mir. Ich kriege diesen Anblick nicht mehr aus meinem Kopf." Plötzlich öffnete sich die Türe. Biggi Wax und der Dienst habende Arzt betraten das Krankenzimmer. Theo schien sich richtig zu freuen, nicht mehr alleine zu sein. Biggi Wax nahm Karin zur Seite. „Gehen wir ein paar Schritte?" „Ja, komm." „Theo wird eine ganze Zeit lang ausfallen, wenn sich sein Zustand nicht schnellstens bessert. Er ist stark trauma-tisiert. Hoffen wir mal das Beste. Ich habe übrigens den Torso und die übrigen Überreste unserer Toten obduziert. Wir fanden wieder das Sperma mit der gleichen DNA, was bedeutet, dass es sich bei dem Mörder wieder ganz sicher um unseren Serientäter handelt." „Verdammte Scheiße! Wir haben nichts, und ich muss morgen eine Pressekonferenz abhalten, weil die Presse und vermutlich auch bald Düsseldorf unserem Chef im Nacken sitzen." „Übrigens habe ich den Zahnstatus unserer Toten an die Zahnärzte-kammer mit der Bitte weitergegeben, diesen an die niedergelassenen Zahnärzte weiterzuleiten, in der Hoffnung, dass wir unser Opfer schneller identi-fizieren können. Mehr können wir zurzeit einfach nicht tun." „Ich weiß, Biggi. Aber auch wir wissen nicht mehr weiter. Die Opfer entstammen keinem bestimmten Kreis oder irgendeiner ethnischer Herkunft. Der Täter bevorzugt keine bestimmte Haarfarbe oder einen besonderen Hauttyp. Lediglich das Alter der Toten ist sehr ähnlich. Alle unsere Toten sind um die fünfzig. Und die Art der Tötung ist völlig abgedreht. Ich werde morgen mal mit Dr. Kreuz sprechen." „Dem Polizeipsychologen?" „Ja, genau mit dem. Vielleicht kann er uns einen Profiler nennen. Laut dem Brief an Asli muss unser Täter Furchtbares erlebt haben. Wir müssen schauen und nach jedem Strohhalm greifen." Die beiden Frauen gingen zurück ins Krankenzimmer. Während sich Karin und Asli verabschiedeten, setzte sich Biggi zu Theo ans Bett und hielt seine Hand.

Der Himmel hatte sich zugezogen und es nieselte leicht, als Asli und Karin nach Hause fuhren, was nicht gerade zur Erheiterung der beiden beitrug. „Ich habe Hunger. Wie sieht es bei dir aus, Karin?" „Hab ich auch. Lass uns im Imbiss bei Ahmed einkehren. Ich lade dich auf eine Lahmacun ein." „Bist ja heute richtig spendabel. Ich gebe besser etwas Gas, bevor du es dir noch anders überlegst." Endlich huschte mal wieder ein Lächeln über die Gesichter der beiden Frauen, auch wenn sich die Situation nicht verbessert hatte. Neben der Tatsache, dass sie immer noch keinen Hinweis auf den Mörder hatten, fiel jetzt auch noch ein sehr guter Kollege und Ermittler aus.

Ahmed und seine Familie freuten sich immer ganz besonders, wenn die beiden Frauen zum Essen einkehrten. Ahmeds älteste Tochter, die mit sehr guten Zeugnissen aufwartete, hatte Karin mit ihren guten Beziehungen bei der Polizei untergebracht. Ahmed rannte bereits zur Türe und öffnete diese, als er Karin und Asli durch den Regen auf seinen Imbiss zulaufen sah. „Kommt herein. Setzt euch. Lahmacun spezial für euch beide?" Die beiden Frauen zogen sich ihre Jacken aus und nahmen im gemütlichen, hinteren Teil des Imbiss Platz. Wenig später servierte Ahmed zwei große Teller mit Türkischer Pizza und zwei Cola Zero dazu. Mit Heißhunger stürzten sich seine beiden Gäste auf den knackigen Salat und das knusprig gebratene Fleisch im dünnen Pizzateig. Ahmeds Frau Hatice setzte sich dazu und unterhielt sich mit Asli in deren Landessprache. Nach dem Essen gesellten sich noch die beiden jüngeren Töchter zu der lustigen Runde. Es wurde viel gelacht und herumgealbert. Als Karin gegen halb zehn auf ihre Uhr schaute, bemerkte sie erst, wie spät es bereits geworden war. Asli gähnte und trommelte zum Aufbruch. Karin zahlte ihre Rechnung, auf der sich noch einige Eis am Stiel wiederfanden, die sie ausgegeben hatte. Gegen kurz vor zehn fuhren sie dann endlich nach Hause.

Während Asli noch die Post dem Briefkasten entnahm, schlenderte Karin hoch ins Bad und befreite sich von aller Garderobe. Sie sprang kurz unter die Dusche, trocknete sich anschließend ab und schlüpfte in ihren Bademantel. Gemächlich lief sie die Treppe hinunter. Sie hatte nicht gehört, ob Asli auch nach oben gelaufen war. In der Küche brannte jedenfalls Licht. Doch es war totenstill im Haus. Ein Kribbeln im Nacken keimte bei Karin auf, als sie die Küche betrat. Erst als sie Asli am Küchentisch sitzen sah, die noch immer ihren Blouson trug, ging ihr Herzschlag allmählich auf Normalniveau zurück. „Hast du im Lotto gewonnen oder warum liest du so intensiv die Post?" „Unser Mörder hat wieder geschrieben. Ich lese gerade seinen Brief." Karin pflanzte sich gähnend Asli gegenüber. „Morgen in der Früh zwischen 08:00 Uhr und 09:00 Uhr kommt der Ableser für die Wasseruhr. Hier ist die Karte. Ich bin morgen um 10:00 Uhr zum Gesundheitscheck bei unserer Frauenärztin. Ich warte dann erstmal auf den Ableser und fahre dann zu Frau Dr. König." „Warum kommen die denn ablesen?" „Wahrscheinlich weil wir in den letzten Jahren unsere Zahlen immer online geschickt haben und sie jetzt überprüfen wollen, ob wir nicht gemogelt haben." „Wir doch nicht." „Das können die vom Wasserwerk ja nicht wissen, was für anständige Bürgerinnen wir doch sind." „Stimmt, gibst du mir mal den Brief?" „Ja, hier aber zieh dir den Einmalhandschuh über." Karin streifte sich einen Handschuh über und begann zu lesen.

„Geliebte Asli, da bin ich wieder wie versprochen. Tut mir übrigens sehr leid für deinen Kollegen Zerfakis, dass er so zart besaitet ist und nun nach dem schweren Schock einige Zeit im Krankenhaus verbringen muss. Ich verbuche dies als bedauerlichen Kollateralschaden. Ich gebe ihm jedoch recht, dass der Anblick der durch den Aufprall

zerteilten Frauenleiche eher als gewöhnungs-
bedürftig einzustufen war. Und doch gibt es nichts
Schöneres als den Anblick dieser Frauenleichen,
wie sie starr und mit gebrochenem Blick ins Leere
schauen. Erst wenn ich sehe, dass die Frau tot ist,
bin ich mit ihr fertig. Geschändet und gequält habe
ich sie dann ihrem Schicksal zugeführt. Dies
geschieht noch elf Mal. Für jedes Jahr meiner
Qualen im Haus der Tanten, also mithin 15 Mal
muss dafür eine Frau sterben. So lautet meine
Prophezeiung." „Das bedeutet, dass er noch 10
Morde begeht, wenn wir ihn nicht vorher fassen.
Unvorstellbar. Wieso ermordet er auf grausame
Weise völlig unschuldige Frauen?" „Er lässt sie
sterben, nur weil er mit Frauen Furchtbares erlebt
hat?" „Hast du dir mal überlegt, Karin, dass der
Kerl heute neben dir gestanden hat, ohne dass du
ihn bemerkt hast? Er hat Theo gesehen, wie er
zusammenbrach und auch dich beobachtet." „Das
heißt, er hat sich eine Polizeiuniform besorgt?"
„Nicht unbedingt. Vielleicht eine Notarztjacke oder
die eines Rettungssanitäters oder gar die eines
Mitarbeiters der Straßenwacht. Eins steht fest: Der
Typ ist hochgradig schizophren, aber verdammt
clever. Wir sollten mit der Schutzpolizei
vereinbaren, dass wir während der Einsätze in
unseren Mordfällen einen bestimmten Anstecker
tragen, von denen unser Täter nichts weiß.
Derjenige, der ihn nicht trägt, könnte dann unser
Mörder sein." „Das ist eine hervorragende Idee. Ich
rufe gleich morgen Josef Michalek, den Leiter der
Schutzpolizei, an und kläre das mit ihm ab. Jetzt
lese ich mal weiter."

Kapitel 15

„Nun, meine liebe Asli, wie gern hätte ich heute Morgen in deine warmen und weichen Augen geblickt, dich in den Arm genommen und über dein sanftes Gesicht gestreichelt. Aber du warst nicht da, nur deine Ehefrau. Ich glaube, sie mag mich nicht besonders. Sie macht ziemlich Druck, damit ihr mich bald fasst. Doch dies wird euch nicht gelingen. Erst wenn ich es möchte, lasse ich zu, dass ihr mich aufspürt und den Ruhm einfahrt, den Serienkiller gefasst zu haben, der eigentlich das Opfer ist. Aber lass mich weiter erzählen, Asli. Als ich mit fünfzehn in die Pubertät kam, erwischten mich eines Morgens die beiden Tanten mit Ejakulat in meiner Schlafanzugshose. Von diesem Zeitpunkt an benutzten sie mich wie der Landwirt seinen Zuchtbullen. Beinahe täglich, wenn ich aus der Schule nach Hause kam, fesselten sie mich nach dem Mittagessen nackt auf die flache Bank im Keller. Dann stimulierten sie mich mit Elektroschocks, Pornos, Gerten sowie mit Händen und Füssen und steckten mir allerlei Werkzeug oder Küchengerät in Penis und Anus. Zeigte ich dann eine perfekte Erektion banden sie mir Hoden und Penis ab, um einen raschen Blutrücklauf zu verhindern, damit ihnen genügend Zeit verblieb, sich an mir zu verlustieren. Hielt ich ihrer Gier nicht lange genug stand, brachten sie meinem Penis winzig kleine Schnitte bei, die zu hässlichen Narben verwuchsen. Du kannst dir sicher düster vorstellen, wie mein Penis jetzt aussieht. Ich muss aufhören, weil mich die Vergangenheit wieder übermannt. Schon bald werde ich nach einem weiteren Opfer Ausschau halten, um meine Prophezeiung zu verwirklichen. Bis bald, Asli, du meine große Liebe." „Ich werde verrückt, Asli. Der Kerl war tatsächlich heute Morgen vor Ort. Wahrscheinlich hat er mich sogar noch blöd von der Seite angegrinst. So eine Dreistigkeit ist mir wohl noch nie untergekommen!" „Dreistigkeit? Das ist der Wahn, der ihn solche Dinge tun lässt." „Hör ich da jetzt Mitleid aus deinem Mund deinem Liebling gegenüber?" „Ganz sicher nicht, Karin, aber sein verwirrtes Hirn suggeriert ihm, dass er sich im Recht befindet. Wir müssen ihn unbedingt ganz schnell schnappen. Er wird versuchen seine, wie nennt er es gleich, Prophezeiung zu realisieren, was bedeutet, dass er noch zehn Frauen ohne Skrupel töten wird und ich habe nicht den blassesten Schimmer, wo wir ansetzen können." „Komm, lass uns schlafen gehen, Asli. Heute fangen wir diesen Irren sowieso nicht mehr. Ich bin hundemüde." „Hast Recht. Gehen wir hoch." Asli zog sich ihren Blouson aus und folgte Karin ins Schlafzimmer. Nach dem Besuch des Badezimmers kuschelte sich Asli in Karins Arm. „Unser Familienleben leidet immer häufiger unter unserer Arbeit. Wollen wir nicht mal schön wegfahren? Vielleicht in so ein Wellnesshotel? Selbst eine kleine Tour mit dem Auto am Wochenende wäre doch schön. Einfach mal rauskommen und etwas anderes sehen. Meinst du nicht, Karin?" „Sightseeing oder mal wieder shoppen wäre nicht schlecht, aber nicht die Karosserie durchkneten lassen. Das ist überhaupt nicht meins. Das weißt du doch." „Wenn wir den Fall gelöst haben, fahren wir in die Flitterwochen." „Au ja, nach Italien in die Toskana fände ich toll." „Andalusien oder Portugal wäre auch nicht schlecht." Ein wenig gerieten die beiden ins Schwärmen, bis sie endgültig einschliefen.

„So, Kleine, ich fahre jetzt arbeiten. Bestell Frau Dr. König schöne Grüße. Kannst für mich auch einen Termin zur Vorsorge mit ihr ausmachen und zieh ein sauberes Höschen an, Asli, damit du einen ordentlichen Eindruck hinterlässt." Karin bog sich fast vor Lachen. „Du bist so was von doof, Karin Weber." Asli schlug Karin ordentlich auf ihren Hintern. „Ich meine, die Spannkraft deiner Hinterbackenmuskeln hätte arg nachgelassen." Jetzt war es Asli, die heftig lachen musste und das vor allem über den völlig konsternierten Blick von Karin. „Lass du mal bloß die Finger von dem Wasserableser. Sonst komme ich her und nehme ihn fest wegen des Versuchs des Ausspannens der Ehefrau." „Ich mag doch keine Männer im Bett. Aber so ein fesches Ablesemäuschen mit einem Knackarsch…" Asli verzog sich laut lachend rasch hinter das Geländer und rannte die Treppe empor. Karin folgte ihr rasant und schnappte sie sich, noch bevor sie die erste Etage erreichte. „Von wegen Ablesemäuschen mit Knackarsch. Du hast mich geheiratet inklusive meinem Knackarsch, Zwerg. Ich glaube, ich muss dir mal den Hintern versohlen." „Au ja, hast du noch soviel Zeit?" „Später, Süße." Es folgte ein liebevoller Abschiedskuss und schon hatte Karin das Haus verlassen.

Weil das Wetter traumhaft schön zu werden versprach, griff sich Karin ihre Sommerlederjacke und den Helm und bestieg ihre 12hunderter BMW, die sofort Gas annahm, als sie auf den Starter-knopf drückte. Mit ordentlichem Röhren brauste sie davon.

Ihr erster Griff, nachdem sie dem PC aufgetragen hatte, hochzufahren, galt der Kaffeemaschine. Weil Asli nicht vor Mittag eintreffen würde und Theo im Krankenhaus lag, setzte sie für sich und Edith nur eine halbe Kanne Kaffee auf, der bereits nach kurzer Zeit ein köstliches Aroma verbreitete. Doch bevor sie sich einen leckeren Becher davon gönnen konnte, rief sie Biggi Wax in der Gerichts-medizin an. „Morgen, Biggi, Karin hier. Was macht unser Patient?" „Hi, Karin, es geht ihm schon besser. Er hatte allerdings diese Nacht heftige Alpträume. Wenn die Ärzte es erlauben, will er morgen das Krankenhaus verlassen und sich diensttauglich schreiben lassen. Die Versorgung des Patienten in der Nacht muss dann wohl ich übernehmen." Karin hörte wie Biggi grinste. „Machst du das nicht ohnehin schon eine ganze Weile?" „Da hast du recht, Karin. Ich sollte ihm die Behandlungen in Rechnung stellen." „Na, ob du für diese Art von Behandlungen Positionen in der Gebührenordnung findest, bezweifle ich allerdings stark." Karin und Biggi lachten los. „Grüß ihn und sag ihm, dass ich mich schon sehr darauf freue, ihn wieder hier zu sehen. Seine Tagesbetreuung übernehmen dann Edith, Asli und ich." „Mach ich, Karin. Ach, übrigens habe ich eine Rückmeldung von einem Zahnarzt zu unserer Toten von gestern erhalten. Die Tote heißt Monika Ringel. Sie ist sechsundvierzig Jahre alt und verheiratet mit Bert Ringel, der zurzeit auf Kegeltour in Bacharach weilt. Diese Information habe ich von der Mutter von Bert Ringel, die im Haus der Ringel Eheleute wohnt. Hier ist seine Handy-Nummer." „Danke dir, Biggi. Ich werde ihn später informieren. Habe ich mir mal wieder einen Traumjob eingehandelt." „Da gebe ich dir Recht, Karin. Hoffen wir mal, dass er seine Frau nicht noch einmal sehen möchte. Bis bald." „Ja, in dem Zustand sollte sie ihm besser nicht in Erinnerung bleiben. Schönen Tag, Biggi."

Kapitel 16

Bevor Karin den nächsten Anruf tätigte, nahm sie sich von der leckeren, heißen Flüssigkeit und goss Edith einen Becher davon voll. „Ich hab dir einen Kaffee eingeschüttet, Edith", gab sie durch die Gegensprechanlage an ihre Kollegin weiter, die gleich in ihr Büro stürmte, um sich ihren Becher abzuholen. Gerade als sie den Hörer abnehmen wollte, um den Leiter der Schutzpolizei anzuwählen, summte ihr Telefon. „Morgen, Karin, Mechthild hier. Ich freue mich, dass du im Büro sitzt und schwitzt. Svenja und ich haben nämlich heute frei. Wir gehen nachher ins Freibad und…." „Gut jetzt, Mechthild, du hast mir jetzt lange genug die Nase lang gemacht. Hallo, liebe Nachbarin, was gibt es so Dringendes, dass du mich im Büro anrufst?" „Wir wollen Samstag grillen. Es kommen nur ein paar Freunde. Habt ihr Lust vorbei zu kommen?" „Das hört sich lecker an. Ich sage einfach mal zu. Sollen wir etwas vorbereiten und mitbringen?" „Bringt einfach nur gute Laune mit." „Die haben wir eigentlich immer. Du kannst aber auch rasch bei Asli vorbeischauen, die wartet auf den Ableser vom Wasserwerk. Der müsste doch auch bei euch ablesen kommen?" „Karin, das machen die Wasserwerke doch schon seit Jahren nicht mehr. Die Wasseruhren sind doch digitalisiert." „Stimmt, jetzt wo du es sagst. Wurden die Teile nicht vor zwei Jahren neu eingebaut?" „Ich glaube ja." „Wir hatten aber gestern eine Karte im Kasten, dass heute zwischen 08:00 Uhr und 09:00 Uhr ein Ableser vorbeischaut." „Also bei uns war nix im Kasten." „Steht Aslis Auto noch vor der Türe?" „Ja, ich kann den Golf sehen. Was hast du, Karin?" „Ich habe da so eine Scheißvorahnung. Ich muss Schluss machen. Wir kommen, tschöö Mechthild."

„Edith, ich glaube unser Mörder ist gerade bei Asli in unserem Haus. Ich erzähle dir alles später." „Verdammt! Los, dann fahren wir hin." „Nimm du den Dienstwagen. Ich fahre mit dem Motorrad. Das geht definitiv schneller." Karin schob die Dienstwaffe in das Schulterhalfter, das ihr für die Motorradfahrt geeigneter erschien und streifte die Lederjacke über. Im Laufschritt rannte sie zum Parkplatz ihrer BMW. Noch bevor sie ihre Maschine erreichte, zog sie sich ihren Helm an. Wenig später drosch sie die schwere BMW Richtung Kölner Norden. Karin spielte so geschickt mit dem Gaszug ihrer Maschine, dass trotz der hohen Geschwindigkeit keiner der Starenkästen auf der Zoobrücke auslöste. Nach etwa zwanzig Minuten Fahrzeit stoppte sie die BMW vor ihrer Haustüre und sprang vom Sattel. Sie riss sich den Helm vom Kopf und rannte dem Hauseingang entgegen. Als sie jedoch sah, dass die Türe sperrangelweit offen stand, stoppte sie abrupt ab. Im Augenwinkel nahm Karin wahr, dass gerade auch Edith eingetroffen war. Blitzschnell stand sie neben ihr. „Sollen wir eine SEK-Einheit anfordern?" „Nein, das kriegen wir auch so hin, es sei denn, er hat Asli als Geisel." „Dann lass uns auf drei ins Haus gehen." „OK, dann komm du von links, ich nehme die rechte Seite." Rasch bewegten sich die beiden erfahrenen Polizeibeamtinnen der Haustüre entgegen. Karin spürte ihren Herzschlag und das Blut durch ihre Ohren sausen. Als sie das kleine Tor des Vorgartens passierten, zogen die beiden Frauen ihre Waffen. Obwohl die Sonne gleißend aus einem wolkenlosen Himmel hinunter schien, wirkte der Eingang ins Haus wie ein schwarzes, eiskaltes Loch. „Ich geh vor", flüsterte Karin ihrer Kollegin zu. Edith nickte nur kurz. Totenstille schlug ihr entgegen, als sie ihr Haus betrat. Weil sie wegen der angekündigten, hohen Sonneneinstrahlung am Morgen die Rollläden herunter gelassen hatten, blinzelten die Sonnenstrahlen nur spärlich durch die Lammellenritzen und sorgten für diffuses Licht. Da Karin im Haus jeden Zentimeter bestens kannte, fiel es ihr leicht, sich zurecht zu finden. Mit dem Ellbogen öffnete sie die Türe zum Wohnzimmer und zur Gästetoilette. Doch beide

Räume waren leer. Schweiß tropfte ihr in den Nacken und ließ sie für einen Moment unaufmerksam werden. Kein Laut war zu vernehmen. Die Küchentüre lag jetzt noch vor ihr, deren Türblatt einen Spalt weit offen stand. Hatte sie gerade das Stöhnen eines Menschen vernommen? Lebte Asli? Karins Bluse klebte an ihrem Körper. Mit dem rechten Fuß schob sie vorsichtig die Türe auf.

Veronika Scharpe hatte sich für heute einen freien Tag genommen. Als Chefsekretärin in einem Dax-notierten Unternehmen blieb ihr nicht viel Zeit für Freizeitaktivitäten. Doch zweimal im Monat in Ruhe shoppen zu gehen und den Tag völlig nach eigenem Gusto zu verplanen, gönnte sie sich schon. Urlaub brauchte sie dafür nicht einmal zu nehmen, da die Zahl ihrer Überstunden bedingt durch ihre Reisetätigkeit, wenn sie ihren Chef begleiten musste, in astronomische Höhen gestiegen war. Sie traf sich um 10:30 Uhr, nachdem sie genüsslich ausgeschlafen hatte, mit ihrer besten Freundin Marlene zum Frühstück im Cafe Reichard am Dom. Wegen der hohen Temperaturen verzogen sich die beiden Frauen unter einen schattenspendenden Sonnenschirm. Die beiden äußerst attraktiven Frauen nahmen sich nun eine Menge Zeit zum Plaudern, Kaffee trinken und für die ein oder andere Zigarette. Als Krönung ihres Frühstücks gönnten sie sich stets eine halbe Flasche Champagner, dessen Inhalt sie gut gekühlt verkosteten. Da beide Frauen aufgrund ihrer gehobenen Einkommen kein Haushaltsbuch führen mussten, orderten sie stets eine herausragende, französische Markenware. Fröhlich beschwingt verließen die Chefsekretärin und die plastische Chirurgin den geschmackvoll eingerichteten Außenbereich des Kölner Cafes und schlenderten der Hohe Straße entgegen. Sehr schnell hatten die beiden Frauen die Zeit vergessen, während sie ein Schuh- und Modegeschäft nach dem anderen auf ansprechende Beute inspizierten.

Rechts neben dem Küchentisch saß Asli Bülent auf einem Küchenstuhl gefesselt mit einem Knebel im Mund. Sofort stürzte Karin in die Küche hinein und befreite sie von Knebel und den Fesseln. Edith sicherte noch so lange die Umgebung, bis Karin grünes Licht gab. „He, Kleine, was lädst du dir denn für Besuch ein?" Asli legte ihren Kopf zurück und atmete erstmal tief durch. „Soll ich einen Arzt holen?" „Nein, lass mal gut sein, Edith. Es geht schon. Der Typ hat einen gewaltigen Knall. Das steht fest. Und er liebt mich heiß und innig. Er hat kein einziges Wort gesprochen. Diese DIN A4 Seite Text mit weiteren Auszügen aus seinem Leben hat er mir per Cassettenrecorder vorgetragen, nachdem er mich hier an den Stuhl gefesselt und geknebelt hatte. Dann ist er einfach verschwunden. Er wird weiter morden und das ganz sicher sehr bald wieder. Ich konnte es irgendwie in seinen Augen ablesen." „Würdest du ihn wiedererkennen?" „Leider nein. Er trug eine Sturmmaske. Nur seine stechenden, tiefblauen Augen konnte ich sehen." „So ein Mist!" „Glaubst du wirklich, der Kerl hätte nicht von Anfang an einkalkuliert, dass ich ihn wiedererkennen würde? Der trug nicht umsonst die Maske. Er sagt, dass er sich zu erkennen gibt, wenn er seine Rache beendet hat." Unerwartet begann Asli zu weinen. Karin nahm sie in ihre Arme. „Leg dich etwas hin, Asli." „Nein, ich fahre jetzt zur Frauenärztin und komme dann ins Büro. Wenn ich hier im Bett liege, drehe ich durch. Musst du nicht in zwölf Minuten zu deiner Pressekonferenz?" „Verdammt, ja. Das schaffe ich schon. Auf ein paar Minuten kommt es ohnehin nicht an. Dann sehen wir uns alle nachher im Präsidium." Edith nickte und spazierte zu ihrem Dienstwagen. Karin zog sich ihren Helm auf und brauste mit dem Motorrad davon. Asli schloss die Haustüre ab. Noch bevor sie sich umdrehte, erkannte sie einen Schatten, der in der weißen Haustüre sichtbar wurde. Gemächlich und um Zeit zu gewinnen, steckte sie langsam ihren Hausschlüssel in ihre Handtasche. Innerlich fluchte sie laut vor sich hin, weil sie die Sicherung um das Haus herum völlig vernachlässigt hatten. Wenn der Mörder noch in der Nähe war, hatte sie jetzt wohl keine Chance mehr zu entkommen. Angriffsbereit stellte sie das linke Bein leicht vor. Mit einem Ruck ließ sie ihre Tasche fallen. Ihr nächster Griff galt ihrer Dienstwaffe, die sie umgehend aus dem Halfter riss. Sie nahm den Schwung mit, ging leicht in die Knie, entsicherte die Waffe und drehte sich dem Schattengeber schussbereit entgegen. „Was ist los, Asli? Wir wollten dich nur fragen, ob ihr beiden Samstag zum Grillen rüber kommt. Karin hat schon zugesagt." Asli schob den

Sicherungsbügel hoch und die Waffe zurück in ihr Halfter. „Ihr zwei habt mir gerade noch gefehlt." „Das ist aber eine nette Begrüßung. Karin war schon so merkwürdig am Telefon." „Wir hatten gerade einen Serienmörder im Haus. Deshalb nehmt uns unser Verhalten bitte nicht übel." „Ach so. Einen Serienmörder? Du machst jetzt Scherze oder?" „Nein, leider nicht. Ist aber alles ok. Wir kommen übrigens am Samstag." „Ja, dann viel Erfolg bei der Jagd nach eurem Killer. Es geht euch beiden aber soweit gut, oder?" „Danke, ja. Wir leiden nicht unter Verfolgungswahn. Euch beiden noch einen schönen Tag." Asli winkte den Nachbarinnen hinterher, die kopfschüttelnd in ihrem Hauseingang verschwanden.

Kapitel 17

Karin traf zehn nach zehn im Präsidium ein. Mit einem kurzen Spurt nahm sie die Treppen hoch in die dritte Etage in ihr Büro, wo sie erst einmal die Toilette aufsuchte. Aus ihrer Handtasche kramte sie ihre Haarbürste hervor, damit sie ihrer etwas unvorteilhaft wirkenden Helmfrisur wieder zu menschlichen Zügen verhelfen konnte. Im Büro trank sie noch ein Glas Wasser, bevor sie sich ihre Mappe mit den Unterlagen schnappte und ins Erdgeschoss in den großen Konferenzsaal begab, wo bereits etwa 20 Vertreter der Presse auf sie warteten. Herbert Siebertz, dem Pressesprecher des Kölner Präsidiums, fiel ein Stein in der Größe eines Felsbrockens vom Herzen, als er Karin erblickte, die etwas abgehetzt den Saal betrat. „Ich

106

muss mich bei Ihnen entschuldigen, dass es etwas später geworden ist, meine sehr geehrten Damen und Herren, aber dringende, dienstliche Umstände hielten mich davon ab, pünktlich zu sein. Bevor Sie Fragen stellen, möchte ich Ihnen in kurzen Worten erklären, was wir im Fall des Frauenmörders bereits an Fakten haben. Unser Täter ist männlich, um die dreißig Jahre und von eher normaler Statur. Er verfolgt bei der Auswahl seiner Opfer kein festes Schema. Lediglich beim Alter legt er sich fest: Alle getöteten Frauen waren um die 50 Jahre alt. Viel mehr haben wir leider noch nicht" „Hochkegel, Kölner Express. Frau Weber, Sie kennen in etwa die Größe und das Alter des Mörders. Hatten Sie bereits Kontakt zu ihm?" „Frau Hauptkommissarin Bülent scheint aus uns bisher unerfindlichen Gründen für den Täter eine Art Vertraute geworden zu sein. Ihr hat er sich einmal genähert. Außerdem schreibt er ihr Briefe, in denen er versucht, ihr seine Motive zu erklären. Unser Täter scheint hoch schizophren zu sein und darüber hinaus äußerst gefährlich, allerdings wohl nicht von Geburt an, sondern ausgelöst durch einen familiären Schicksalsschlag. Das entnehmen wir seinen Briefen an Frau Bülent."

„Küpper, Bild Zeitung. Frau Weber, warum stellen Sie dem Täter keine Falle, indem Sie ein Date mit Frau Bülent und ihm organisieren?" „Weil wir keinen Kontakt zum Täter haben. Er stellt ihn ausschließlich selber her. Außerdem hat er angekündigt, falls Frau Bülent aktiv in die Jagd auf ihn einsteigt, wird er zuerst mich und dann sie selbst töten. Wir müssen diese Warnungen ernst nehmen." „Höre ich da etwa heraus, dass Sie das Leben vieler Bürgerinnen aufs Spiel setzen, nur weil Sie Ihre Ehepartnerin schützen möchten?" „Das ist wohl eine äußerst unpassende Bemerkung, Herr Küpper. Nicht nur Frau Bülent befindet sich in Lebensgefahr, sondern auch ich selbst." „Das ist ja wohl Berufsrisiko." „Wenn Ihre weiteren Fragen auf diesem Niveau basieren, Herr Küpper, werde ich sie nicht mehr beantworten. Danke schön." „Noch mal Hochkegel, Express. Wie werden Sie weiter vorgehen, Frau Weber?" „Dazu möchte ich hier zu diesem Zeitpunkt aus ermittlungstechnischen Gründen keine Stellungnahme abgeben. Seien Sie aber versichert, dass wir ihn kriegen und das ganz sicher sehr bald." „Seybold, Kölner Stadtanzeiger. Und was macht Sie da so sicher?" „Der Stand der Ermittlungen sowie die Tatsache, dass wir zwischenzeitlich die DNA des Täters ermitteln konnten. Er hat bereits Fehler gemacht und diese nutzen wir aus." Nach gut einer Stunde des eher nutzlosen Erzählens, wie sie später ihrer Kollegin Edith Steinbach berichtete, beendete Karin die Pressekonferenz. Ziemlich abgekämpft ließ sie sich vom Lift auf ihre Büroetage heben. Müde betrat sie ihr Büro und ließ sich in ihren Bürostuhl fallen. Gegen kurz nach zwölf klopfte es an ihrer Türe und Asli trat ein. „Da bist du ja wieder. Alles im grünen Bereich?" „Ja, hallo, Karin. Bei mir ist alles OK." „Das ist ja mal etwas Positives." „Ich habe für dich am nächsten Dienstag um 09:00 Uhr einen Termin bei der König gemacht. Sie lässt dich herzlich grüßen." „Danke schön." „Was ist los mit dir, Asli?" „Ich glaube, ich brauche etwas Geborgenheit und ein paar Streicheleinheiten. Ich hatte heute Morgen so eine verdammte Angst, als der Typ mit der Maske plötzlich vor mir stand." „Das müssen wir aber noch bis heute Abend verschieben." „Ich weiß, Karin, aber so lange halte ich noch aus." „OK, dann lass uns in der Kantine etwas essen gehen."

Karin und Asli schlenderten durch die Kantine zu einem ruhigen Zweiertisch. Sie wussten nur allzu gut, dass man hinter ihrem Rücken tuschelte, vor allem über Karin, die ihre Liebe zu Frauen erst entdeckte, als sie Asli kennen lernte. Doch davon ließen sie sich keinesfalls aus der Ruhe bringen. Der Leiter der Abteilung Raub zwei Bürotüren weiter lebte auch mit einem Mann zusammen, und auch hinter ihm tuschelte man her. „Sag mal, Asli, du hattest doch heute eine Menge Zeit den Kerl zu studieren. Gibt es Einzelheiten, die du dir jetzt, nachdem einigen Stunden des Abstandgewinnens vergangen sind, wieder ins Gedächtnis zurückrufen kannst und die eventuell für unsere Ermittlungen relevant sein könnten?" „Das frage ich mich auch schon eine ganze Weile. Aber an wirkliche Auffälligkeiten kann ich mich nicht erinnern. Er trug einen blauen Overall und eine schwarze Sturmmaske und schwarze Handschuhe dazu. Nirgends konnte ich Markenschilder an den Kleidungsstücken erkennen. Einmal rutschte der Ärmel des Overalls hoch. Daran kann ich mich erinnern. Und es wurden dunkelblonde Haare auf den Handgelenken sichtbar." „Das ist doch schon mal etwas. Dann könnte unser Täter rothaarig oder dunkelblond sein." „Ja, das wäre möglich. Linkshänder ist er, wenn er sich nicht verstellt hat. Den Cassettenrecorder schaltete er mit dem linken Daumen ein." „Was trug er für Schuhe?" „Sportschuhe der Marke Nike." „Siehst du, da kommen doch schon interessante Details ans Licht." „Und stahlblaue, stechende, eiskalte Augen hat er. Daran kann ich mich ganz genau erinnern. Wobei diese wahrscheinlich von speziellen Kontaktlinsen erzeugt wurden. Die Starre der Pupillen machten mich etwas stutzig." Karin notierte alles, was Asli berichtete, auf einem Blatt Papier eines kleinen Schreibblocks, den sie stets bei sich trug. „Ist dir sonst noch etwas aufgefallen? Kratzt er sich auf dem Kopf? Oder an der Nase?" „Nein, sonst gibt es wirklich nichts. Wir müssen den Kerl schnellstens schnappen. Seine Art vorzugehen ist unmenschlich und tierisch grausam. Ich musste immer an die armen Frauen denken, wie er ihnen bei vollem Bewusstsein die Schamlippen entfernte. Die Angst, dass er dies auch bei mir machen könnte, war einfach unerträglich." Asli weinte. Karin griff nach ihrer Hand. „Wir kriegen ihn und dann wandert er auf Lebenszeit hinter Gittern. Ich muss gleich unbedingt noch Josef Michalek anrufen." „Den Leiter der Schutzpolizei?" „Ja, genau den. Ich wünsche, dass jeder Beamte, der sich einer unserer Frauenleiche nähert, die wir unserem Serientäter zuschreiben können, einen roten Button am Revers trägt. Nur so können wir verhindern, dass unser Mörder sich unter unsere Leute mischt und seelenruhig zwischen den

110

Ermittlern und Sicherungskräften spazieren geht, ohne erkannt zu werden. Taucht einer auf, der keinen Button trägt, muss dieser sofort festgenommen werden." „Eine sehr gute Idee." „Das denke ich auch. Ich werde dies nachher mit Josef besprechen. Du siehst sehr blass aus, Asli. Willst du nicht lieber nach Hause fahren und dich hinlegen?" „Nein, es geht schon. Ich möchte zurzeit nicht alleine zu Haus sein." „Das habe ich mir schon gedacht. Wir sollten ein paar besondere Sicherheitsvorkehrungen treffen." „An was denkst du?" „Zum Beispiel abends im Erdgeschoss die Rollläden herunter lassen. Sie sind aus Stahl und bieten die höchstmögliche Einbruchshemmung. Haustüre abschließen gehört auch dazu. Asli, wir kriegen den Typen schon. Dann herrscht wieder Ruhe und wir fahren in die Flitterwochen." Asli lächelte und dieses Lächeln gefiel Karin ganz besonders und war mit einer der Gründe, warum sie Asli so liebte.

Bevor Karin wieder ihr Büro betrat, brachte sie Asli ins Krankenzimmer des Präsidiums. „Leg dich hin und versuch etwas zu schlafen. Ich wecke dich, wenn wir nach Hause fahren, wenn ich es nicht vergesse." „Du bist ein altes Ungeheuer, Karin Weber." „Das hättest du dir vorher überlegen müssen. Jetzt bist du mit deinem lieben Hausdrachen verheiratet." Asli lachte herzlich und legte sich auf die Pritsche. Karin setzte sich noch einen Moment zu ihr, bis sie eingeschlafen war.

„Grüß dich, Josef. Alles soweit im grünen Bereich?" „Hallo, Karin, es ist ein Tag geprägt vom ganz normalen Wahnsinn. Wir haben einen LKW-Unfall auf der A57 kurz vor der Abfahrt Longerich. Vier meiner Teams sind dort bestens beschäftigt. Es gibt einen Toten und sechs Schwerverletzte. Ich hätte dann noch zwei Straßenbahnunfälle im Angebot. Einer am Wienerplatz mit einem Schwerverletzten und einen in Braunsfeld auf der Aachener Straße. Weiter als Bereicherung meines Tagwerks einen Tankstellenüberfall auf der A59 Nähe Flughafen, acht Geschwindigkeitsüber-wachungen und jede Menge Verkehrsvergehen. Ein ganz normaler Tag halt. Aber ich denke, dir sind solche Tage keinesfalls fremd." „Wie kommst du denn darauf? Wir trinken den ganzen Tag nur Kaffee und passen darauf auf, dass unsere Akten nicht von den Schreibtischen fallen." Die beiden Beamten lachten und doch war es reiner Sarkasmus, der ihre Heiterkeit auslöste. „Aber du hast etwas auf dem Herzen, Karin. Spuck´s aus." „Du hast mich erwischt, Josef. Folgendes ist geschehen." Karin erzählte Josef Michalek, was sie bezüglich ihres Serienmörders in Erfahrung gebracht hatte. „Das soll heißen, der Kerl ist zwischen uns durchgelaufen als wäre es das Normalste der Welt, als Serienkiller zwischen den Sicherheitskräften herumzustöbern so als gehöre er zu uns?" „So ist es, Josef." „Der ist ja wirklich völlig durchgeknallt und dreist obendrein." „Das sehe ich genauso und deshalb habe ich folgendes vor." „Ja, Karin, das scheint mir die simpelste Lösung zu sein." „Kabelbinder hat doch jeder unserer Straßenbeamten in der Tasche, und wenn ein solches Teil unter die Schulterklappe gezogen wird, wenn es zu einem solchen Einsatz geht, können wir uns damit bestens kennzeichnen." „Ich gebe diesen Befehl sofort an alle Beamten aus. Wer ein solches Teil nicht trägt, wird umgehend verhaftet." „Sehr gut. Dann sage ich danke und bis die Tage, Josef." „Nicht dafür, Karin. Wir ziehen doch alle an einem Strang, auch wenn das nicht alle Kollegen so sehen. Bis bald, aber möglichst nicht an einem Tatort." „Wunderbare Idee. Vielleicht zu einem guten Kaffee in deinem Büro, Karin?" „Darüber lässt sich reden, Josef. Mach´s gut." „Du auch und grüß mir Asli."

Kapitel 18

Karin legte nachdenklich den Hörer zurück auf die Station und griff nach ihrem Becher Kaffee. Langsam ließ sie sich in ihrem Sessel zurück fallen. Was hatte dieser Irre noch vor? Wo und wie gelangte er an seine Opfer? Der Mörder ging ohne festes Schema vor. Lediglich das Alter der Opfer lässt Übereinstimmungen erkennen. Die Tanten waren wohl um die Fünfzig, als sein Martyrium begann. Karin dachte darüber nach, ob sie eventuell etwas übersehen hatten. Aber sie kam zu keinem Ergebnis. Das Summen ihres Telefons ließ sich hochschrecken. „Weber?" „Hallo, Theo, wie geht es dir?" Sie ließ ihren Kollegen in Ruhe ausreden. „Und was willst du jetzt damit sagen?" „Das ist sicher viel zu früh, Theo. Wenn du hier morgen wieder aufläufst, konnte sich deine Psyche überhaupt nicht regenerieren. Ok, dann auf deine Verantwortung. Auf jeden Fall wirst du hier dringend gebraucht." Sie erzählte Theo noch in kurzen Sätzen, was Asli widerfahren war. „Ja, dann lass dich heute Abend noch schön von Biggi pflegen. Bis morgen dann." Ein wenig stolz war Karin auf ihre Mitarbeiter, wie sie sich ins Zeug legten. Bei Theo war ihr das eigentlich noch viel zu früh mit der Diensttauglichkeit. Niemand konnte besser beurteilen als sie selbst, wie schlimm es sein konnte, wenn man sich stark traumatisiert viel zu früh diensttauglich meldete. Aber Theo war alt genug, und wenn es nicht ging, würde sie ihn sofort wieder nach Hause schicken. Wieder griff sie nach der Fallakte und las sich hinein. Immer und immer wieder versuchte Karin etwas zu entdecken, was sie bisher übersehen hatten, doch es fand sich einfach nichts. Gegen halb sechs fuhr sie ihren PC herunter. Sie nahm sich ihre Handtasche und ging dem Arztraum entgegen.

Arm in Arm schlenderten Veronika und Marlene dem Ausgang der Hanse Stuben, dem Sterne-Restaurant des Hotel Excelsior, entgegen. Sie hatten soeben fürstlich und nicht ganz preiswert gespeist. Doch die kulinarischen Höhepunkte waren es ihnen wert gewesen. Sie hatten jeder zwei Gläser Champagner zum Entree zu sich genommen, zum Essen einen phantastischen Riesling getrunken und zum abschließenden Milchkaffee jeder einen uralten Cognac geschlürft. Damit waren die alkoholischen Kapazitäten der beiden Damen allerdings auch ausgeschöpft. Mehr hätte ihr Orientierungsvermögen allzu sehr eingeschränkt. Lächelnd, beinahe ein wenig albern kichernd, verließen sie das 5 Sterne Hotel und traten auf die Straße. „Zu dir oder zu mir?" Veronika lachte sich halb schief über ihren Joke, während Marlene sich etwas zurücknahm. „Ach, Süße, wir zwei passen im Bett nicht zusammen. Da fehlt doch immer ein kleines Stück. Nein, ich fahre nach Hause. Georg ist sicher auch schon da." „Wohl der, die einen Kerl zu Hause sitzen hat. Dann mach es gut. Nächsten Dienstag gleiche Zeit und wieder Kaffee Reichard?" „Ja, aber immer doch. Vielleicht kaufe ich mir die Riemchensandaletten ja doch noch? Wir telefonieren." „Machen wir. Grüß Georg von mir. Bis nächste Woche." „Ja, werde ich tun. Komm gut nach Hause." „Mach ich. Vielleicht vergewaltigt mich ja noch ein Taxifahrer?" „Mal bloß den Teufel nicht an die Wand." Die beiden Frauen winkten sich noch zu, während Marlene gleich in das erste Taxi einstieg, das vor dem Hoteleingang anhielt. Wenig später eilte bereits ein weiteres Fahrzeug herbei. „Nach Lindenthal in die Claasen-Kappelmann-Straße, bitte." Veronika machte es sich auf der Rücksitzbank hinter dem Fahrer gemütlich und beobachtete das rege Treiben der Menschen in der Kölner Innenstadt, wie sie, egal welcher Nationalität, friedlich nebeneinander herliefen. Veronika legte ihren Kopf gegen die Kopfstütze des Mercedes und schloss ihre Augen. Sie ließ den schönen Tag mit Marlene Revue passieren. Mein Gott, hatten sie mal wieder viel geratscht, ein paar Sachen geshoppt und sehr lecker gegessen.

Zufrieden schlummerte sie ein wenig vor sich hin, bis der Wagen sanft abbremste. Sie öffnete die Augen und las mit einem Blick auf der Uhr den Fahrpreis ab. „Zweiundzwanzig Euro dreißig. Ist das der richtige Betrag?" Der Fahrer nickte still ohne ein Wort zu verlieren. Veronika fischte fünfundzwanzig Euro aus ihrem Portmonee und drückte sie dem Fahrer in die Hand. Irgendwie war der Mann merkwürdig. Gut, er sprach nicht, aber das hätte sie heute auch gar nicht gewollt. Jetzt öffnete der Fahrer seine Türe. Irgendetwas hielt er in der linken Hand. War es ein Tuch? Etwa eines mit Äther, um sie zu betäuben? Schon legte der Fahrer seine rechte Hand auf den Türgriff der hinteren, linken Türe. Mit einem Ruck zog er am Griff und riss den Schlag auf. Die linke Hand hielt er hinter seinem Rücken versteckt. Veronika überlegte, auf der anderen Seite auszusteigen, doch selbst wenn sie dies versuchte, war der Fahrer mit wenigen Schritten um den Wagen herumgelaufen. Sie verwarf die Idee rechts auszusteigen. Mit Schwung setzte sie den linken Fuß auf die Straße und ließ den rechten folgen. Der Fahrer griff mit seiner rechten Hand nach ihrer linken und zog sie aus dem Wagen. Dann plötzlich ließ er seine linke Hand vorschnellen.

Asli schlief nicht mehr. Sie saß am Fenster und schaute einfach nur hinaus auf das bunte Treiben der vielen unterschiedlichen Menschen aus allen Herren Ländern, die in Köln Kalk friedlich nebeneinander lebten. „He, Kleine, was ist los? Geht es dir nicht gut?" „Hallo, Karin. Doch, es geht

116

schon." Asli erhob sich langsam von ihrem Platz und trat auf Karin zu. Sie legte ihr ihre Arme um den Hals und schmiegte sich an sie. „Ich brauche jetzt ein paar Streicheleinheiten." Karin trat mit dem Fuß die Tür zum Gang zu und umarmte Asli. „Du zitterst ein wenig." „Ich habe Angst, Karin. Der Typ ist brandgefährlich und unberechenbar. Er wird ganz sicher wieder einen Weg finden, bei uns oder sonst wo in unser Leben einzudringen. Ich habe Angst, dass er erst dich und dann mich tötet." „Du solltest ein paar Tage Urlaub nehmen und nach Düsseldorf zu deiner Tante ziehen. Die Adresse wird er nicht kennen. Da findest du sicher etwas Ruhe." „Das ist lieb von dir, mein Schatz, aber ich möchte dich bei den Ermittlungen jetzt nicht alleine lassen. Das meistern wir zusammen, Karin. Jetzt fehlt doch auch noch Theo." „Er möchte morgen wieder arbeiten kommen, hat er mir gesagt, als er mich heute anrief. OK, mein Zwerg, dann hauen wir eben gemeinsam unserem Mörder ganz kräftig auf die Glocke." „Ich liebe dich, Karin." Wieder nahm Asli Karin fest in ihre Arme und drückte sie. Karin spürte, wie sehr Asli sie jetzt wirklich brauchte. „Ich liebe dich auch, Kleine. Wir schnappen den Kerl und dann geht es in die Flitterwochen." „Ja, so machen wir es." „Jetzt fahren wir aber erstmal nach Hause.

Da Karin mit dem Motorrad ins Büro gefahren war und Asli mit ihrem Auto, fuhren sie getrennt nach Köln Pesch, wobei Karin sich mit ihrer Maschine immer wieder zurück fallen ließ, um Asli im Auge zu behalten. Bevor sie zu Hause eintrafen, kauften sie noch gemeinsam im Edekaladen ihres Vertrauens ein. Asli stürzte gleich in die Küche. Mit viel Knoblauch, Rosmarin, Pfeffer und Salz machte sie sich gleich über ihre Lammkoteletts her und briet sie in der Pfanne. Dazu schnitt sie ein Stangenweißbrot auf und rührte eine Salatsauce mit Essig und Öl für den Bohnensalat an. Wie es schien, gab es für die kleine Deutschtürkin keine bessere Ablenkung, als ihre Ehepartnerin kulinarisch verwöhnen zu dürfen. Zwanzig Minuten später saßen sie auf der Terrasse und schlemmten ihr Abendessen. Hätten nicht beide Frauen ihre Gürtelhalfter mit den Dienstwaffen anbehalten, hätte man glatt glauben können, die Ladies genossen einen entspannten Feierabend. Karin hatte noch eine Flasche Rotwein aufgemacht. Gluckernd ließ sie den roten Rebensaft aus dem Rioja in die bauchigen Gläser laufen. „War das lecker! Du hast dich mal wieder selbst übertroffen." „Na ja, ein paar Koteletts in Knoblauch braten ist ja auch nicht unbedingt eine Kunst." „Es hat mir auf jeden Fall sehr gut geschmeckt." „Das freut mich. Ich meine, du hättest auch etwas zugenommen, Karin." „Das ist ja jetzt wohl nicht wahr." „Schau dir mal deine Hüften an. Aber wo sind sie denn hin, deine Hüften?" Karin machte einen Satz aus ihrem Stuhl. Doch sie verfehlte um ein Haar die bereits flüchtende Asli, die diesen Angriff erahnt hatte und sich aus dem Staub machte. Im Schlafzimmer fing Karin Asli endlich ein. Wild fielen die beiden Frauen übereinander her. Asli griff nach Karins T-Shirt und riss es ihr über den Kopf während sie sich selbst blitzschnell völlig auszog. „Was habe ich denn hier für feine Speckröllchen", lästerte Karin, während sie sich zwischen Aslis Beine drängte, um sie mit ihrer Zunge zu verwöhnen. Asli machte sich erst gar nicht die Mühe, Karin auch zu verwöhnen. Sie wollte jetzt einfach nur genießen. Karin nahm es ihr nicht übel. Sie wusste, dass Asli sie keinesfalls vernachlässigen würde. Eine gute halbe Stunde später lag Aslis Kopf auf Karins Brust. „Das war einfach genial, Karin. Ich fühle mich, als ob ich auf Wolke sieben fliege." „Mir hat es auch super gefallen." Sie blieben noch eine ganze Weile so liegen und kuschelten, bis die beiden Frauen beschlossen, die Küche nach dem Festmahl aufzuräumen. Blitzschnell schlüpften sie in ihre Freizeitkleidung. Sie verzichteten auf den Einsatz ihrer Spülmaschine. Mit vereinten Kräften gingen die Arbeiten schnell von der Hand. „Trinken wir noch ein Glas Wein auf der Terrasse?" „Ja, eine gute Idee. Ich geh noch eben mal im Briefkasten nachschauen, ob Post gekommen ist." Asli trug ihre beiden Gläser und die Flasche auf die Terrasse. Da es etwas abgekühlt hatte, entnahm sie der großen Truhe zwei Kissen-auflagen und legte diese auf die Stühle. „Hier ist schon wieder Post für dich. Und der Schorn-steinfeger hat einen Kostenvoranschlag geschickt für den Bau einer Kaminanlage. Ups, zweitausend Euro ohne Kaminofen ist aber happig. Wir holen uns noch ein Alternativangebot von dem Ofen-bauer ein, der uns den Ofen liefern und aufbauen soll. Sag mal, hörst du mir überhaupt zu, Asli? Asli?" Asli hob kurz den Kopf. Dicke Tränen spielten mit ihren großen, schönen braunen

Augen. „Du bist ja ganz blass. Was ist los?" „Er hat schon wieder geschrieben. Hier lies."

Karin griff ohne weiter nachzufragen nach den beiden DIN A4 Seiten. Dann begann sie still zu lesen. „Geliebte Asli. Dir heute Morgen so nah zu sein war einfach nur wunderschön. Allerdings hatte ich den Eindruck, dass du Angst vor mir hast. Aber du brauchst doch keine Angst vor mir zu haben. Ich liebe dich doch. Jedoch nur so lange, wie du nicht damit beginnst, mich zu jagen. Dann allerdings werde ich mich zutiefst enttäuscht von dir abwenden, dich fangen, schänden und töten wie all die anderen Frauen auch, die mich nur gebrauchen wollten, so wie es meine Tanten auch immer getan haben. Also lege deine Hände in den Schoß und warte, bis du mich endgültig festnehmen darfst. Doch dies wird noch eine ganze Weile dauern. Lass mich noch ein wenig von meiner Vergangenheit berichten. Wo war ich stehen geblieben? Ja, hier bei den ständigen Vergewaltigungen und Züchtigungen. Irgendwann wuchs die Gier der Tanten zum Sadismus. Sie begnügten sich nicht mehr damit, mich zu vergewaltigen oder ein wenig zu traktieren. Sie wollten mehr, viel mehr. Besonderen Gefallen fanden sie daran, wenn ich mich wie ein Aal vor Schmerzen in meinen Fesseln wand. Immer wieder verletzten sie mich anal, versahen meinen Penis mit kleinen Schnitten oder sie drückten ihre Zigaretten daran aus. Es war unglaublich schmerzhaft. Ich traute mich nicht mehr in die Schule, damit man meine Wundmale beim

Duschen nicht sah. Ich betete täglich zu Gott, dass es endlich aufhörte. Doch es dauerte noch eine ganze Zeit, bis sich das Blatt zu wenden schien und ich endlich an die Reihe kam, es ihnen nach so langer Zeit, den vielen ertragenen Schmerzen und Demütigungen, heimzahlen zu können. Davon jedoch berichte ich dir allerdings erst das nächste Mal."

Kapitel 19

Weil sie die halbe Nacht darüber diskutiert hatten, wie sie in diesem Fall auch in privater Hinsicht weiter vorgehen und damit umgehen sollten, gähnten sich Asli und Karin auf der Fahrt ins Büro mehr als einmal an. „Ich werde heute eine Überwachungskamera für unser Haus bestellen, die wir ganz versteckt montieren lassen. Das dient dann schon mal zum Schutz von uns beiden. Aber wie wir in dem Fall weiter vorgehen sollen, dazu habe ich einfach noch keinen blassen Schimmer." „Ich auch nicht, Karin. Der Täter ist wie ein Phantom und doch stets gut informiert. Mal schauen, was uns heute so präsentiert wird." „Ja, ich bin auch mal gespannt." Im Büro lief ein normaler Routinetag an. Theo saß wieder an seinem Schreibtisch und zerbrach sich den Kopf darüber, wo der Täter angreifbar war. Er hatte sich die Akte von Karin geholt und versuchte, wie seine Chefin am Tag zuvor, zu entdecken, was sie wohl bisher übersehen hatten. „Morgen, Theo, na, wie fühlst du dich?" „Morgen, Karin, hallo, Asli, ach, es geht schon. Ich finde nur einfach keinen Weg, den wir einschlagen können, um unserem Täter näher zu kommen." „Das habe ich mich gestern auch schon gefragt. Ich habe die Akte auch von hinten bis vorn durchgeackert, aber wir haben nichts übersehen. Ich mache jetzt für alle Kaffee und dann setzen wir uns zusammen." „Morgen zusammen. Hat schon jemand von euch die Zeitung gelesen?" „Morgen, Edith. Nicht wirklich, wieso?" „Na, unsere liebe Presse geht nicht gerade sanft mit uns um." „Lass mal schauen, Edith." Karin nahm sich die beiden Zeitungen mit in ihr Büro und las die jeweiligen Artikel. Als der Kaffee durch den Filter gelaufen war, traf sich das Team zur Besprechung. „Ich habe die Presseartikel gelesen. Egal, wer nun anhebt und aufspringt, um uns zu verteufeln. Wir können uns nun mal keinen Täter schnitzen und egal, wer sich den Fällen jetzt annimmt, ob LKA oder BKA, keiner wird schneller vorankommen als wir. Es wird noch viel Kleinarbeit nötig sein, bis wir den ersten Verdächtigen festnehmen können." Karin hatte noch nicht ganz ausgesprochen, als ihr Telefon summte. „Weber? Morgen, Frau Schmidt. Lassen Sie mich raten: Der Chef hat Sehnsucht nach mir." „Morgen, Frau Weber, genauso ist es. Kommen Sie hoch zu uns?" „Bin schon auf dem Weg. Bis gleich." Karin legte den Hörer zurück auf die Station. „Der große Boss wird jetzt genau das von mir zu hören bekommen, was ich euch auch gerade gesagt habe. Hexen ist nicht unser Job und Glaskugeln stehen auch nicht neben unseren Bildschirmen."

122

„Morgen, Frau Weber. Kommen Sie doch bitte herein und nehmen Sie Platz. Haben Sie die Zeitungen heute Morgen schon gelesen?" „Morgen, Herr Krausmann, ja, ich habe zwei Artikel gelesen. Welche Prominententusse verlangt jetzt danach, dass wir uns einen Täter aus dem Hut zaubern?" „Also, Frau Weber, ich muss doch schon sehr bitten! Es ist eine Katastrophe! Die Polizei, dein Freund und Helfer, aber ohne Biss und Ahnung. Sind Sie den Presseleuten etwa heftig auf die Füße getreten?" „Eigentlich nicht. Ich habe nur kein „Mehr" an Informationen zur Verfügung und das haben mir die Schreiberlinge offensichtlich übel genommen. Wir halten definitiv nichts an Infos zurück. Es gibt einfach keine Hinweise auf den Täter. Nur die Briefe von ihm an Frau Bülent und sein Besuch bei uns." „Der Täter war bei Ihnen zu Hause?" Karin berichtete ihrem Chef, was geschehen war. „Wir müssen unbedingt für Sie beide Personenschutz einplanen, Frau Weber. Sie spielen mit Ihrem Leben." „Ich habe Überwachungskameras bestellt, die im Laufe des morgigen Tages bei uns zu Hause montiert werden sollen. Personenschutz halte ich für übertrieben. Frau Bülent und ich unternehmen zumeist alles gemeinsam. Wir sind beide in Kampfsport und Schießtechnik sehr gut ausgebildet. Ich sehe da keinen Handlungsbedarf." „Nun ja, immerhin war der Täter bereits bei Ihnen im Haus. Lassen Sie unbedingt prüfen, ob er eventuell eine Abhörwanze zurückgelassen hat. Damit könnte er jeden Ihrer Ermittlungsschritte nachvollziehen und entsprechend reagieren.

Willbrand von der KTU soll sich das bei Ihnen zu Hause mal ansehen. Soll ich ihn anrufen und anweisen oder regeln Sie das direkt mit ihm, Frau Weber?" „Das mache ich schon, danke für den Hinweis." „Bevor Sie jetzt wieder an Ihre Arbeit gehen, Frau Weber, der Herr Innenminister ist sehr daran interessiert, dass der Fall so schnell als möglich aufgeklärt wird. Ich hatte Ihnen bereits gesagt warum." „Herr Krausmann, wir tun wirklich alles, um an den Täter heranzukommen. Aber er ist verdammt geschickt und verhält sich wie ein Phantom. Er hat sich sogar unter die Kollegen der Schutzpolizei während einer Tatortermittlung gemischt. Das haben wir aber jetzt durch eine Absprache zwischen Herr Michalek und mir hoffentlich ausgeschlossen." Karin erläuterte dem Polizeichef kurz die Maßnahme mit den Kabelbindern unter den Rangabzeichen. „Sehr gut gemacht, Frau Weber. Solange Sie und Michalek in unseren Reihen ihren Dienst verrichten, ist mir nicht bange um den Erfolg unserer Ermittlungen. Halten Sie mich bitte auf dem Laufenden." „Mach ich, Chef. Ich melde mich, sobald es etwas Neues gibt." Krausmann konnte sein wie er wollte und seine Vorgesetzten nach Strich und Faden umschleimen, aber er machte sich wirklich Sorgen um Karin und Asli. Das war ihm anzusehen, als Karin sein Büro verließ.

Kurz nach elf Uhr summte Karin Webers Telefon. „Josef hier, hallo, Karin. Wir haben wieder eine Tote. Der Fall ist jedoch etwas anderes gelagert. Diesmal wurde das Opfer nicht von einem

Fahrzeug erwischt. Die Leiche hängt von einer Fußgängerbrücke auf dem Militärring herunter, in der Nähe des Geißbockheims in Köln Deckstein. Kommst du raus?" „Hallo, Josef, danke für die Benachrichtigung. Denk bitte an unsere Schutzmaßnahme." „Ist alles veranlasst, Karin." „Sehr gut. In zwanzig Minuten sind wir vor Ort. Bis gleich. Die Jungs wissen Bescheid?" „Ja, Karin, meine Leute sind alle informiert. Bis gleich." „Asli, wir haben wieder eine Tote. Wir fahren zusammen raus." „Soll ich nicht lieber mitkommen?" „Nein, Theo, auch wenn der Leib der Toten diesmal nicht deformiert wurde, ruhst du dich bitte noch weiter aus." Asli stand schon zur Abfahrt bereit. „Du hast ja sogar deine schusssichere Weste angezogen." „Ja, Karin, ich habe dem Mörder schon einmal in die Augen geschaut. Sein Blick ist eiskalt und wenn er eine Waffe besitzt, wird er sie einsetzen, wenn er sich wieder in der Nähe des Tatortes aufhält." „Ist ja OK. Ich ziehe meine Weste auch gleich an." Karin Weber schenkte dem Dienstwagen nichts und drosch ihn über die Zoobrücke, die Innere Kanalstraße entlang bis zur Berrenrather Straße, auf die sie rechts abbog. An der Kreuzung auf den Militärring, auf den sie wieder rechts abbog, passierte sie die Sperre aus zwei Fahrzeugen der Schutzpolizei. Jetzt waren es nur noch etwa vierhundert Meter, bis sie die Fußgängerbrücke erreichten. Karin fuhr rechts ran und entstieg dem Fahrzeug. Auch sie streifte sich, noch während sie auf Josef Michalek zulief, ihre schusssichere Weste über und verschloss sie. „Hallo, Karin, hallo, Frau Bülent." „Sagen Sie Asli.

Hatten wir, glaub ich, sogar schon mal geklärt."
„Ich meine, mich auch daran erinnern zu können. Kein Problem, ich bin der Josef. Wir haben weiträumig abgesperrt, um Gaffer fernzuhalten. Wenn ihr beim Umschauen auf einen Beamten ohne roten Kabelbinder an der Schulterklappe stoßt, gebt sofort Signal und nehmt ihn fest." „Machen wir, Josef." „Ernst Brandt und zwei Feuerwehrleute bergen gerade die Tote." „Hat sie Papiere bei sich?" „Nein, sie ist unbekleidet." Nickend begaben sich Asli und Karin zu der Stelle, wo Ernst Brandt und Biggi Wax, unterstützt von zwei Feuerwehrleuten, gerade den Leichnam auf eine Trage betteten, die sie vorher aus dem Leinensack gezogen hatten. „Eine gut aussehende Frau, Ende vierzig, Anfang fünfzig. Todeszeitpunkt wahrscheinlich vor etwa vierundzwanzig Stunden", gab Ernst gleich in sein Diktiergerät ein." „Hallo, ihr beiden. Mal wieder kein schöner Anblick." „Hallo, Ernst, hallo, Biggi. Was habt ihr?" „Wie schon gesagt, wir haben eine weibliche Tote Ende vierzig, Anfang fünfzig mit erheblichen Verstümmelungen der Genitalien wie der Mamillen. Er ist äußerst brutal vorgegangen, wie man hier und dort sieht. Mehr können wir noch nicht sagen. So wie es aussieht gleichen die Verstümmelungen denen der anderen Opfer. Wenn nichts dazwischen kommt, machen wir morgen die Autopsie. Aber ich glaube, ich kann den Bericht von unserer letzten Toten einfach kopieren. Das Verletzungsschema scheint gleich." „Danke, Biggi. Wir schauen uns hier noch etwas um." „Ja, bis morgen. Ich rufe dich an Karin."

„Komm, wir gehen mal die Brücke hoch, Asli. Der Täter kann die Leiche nur mittels einer Sackkarre oder ähnlichem hier herauf gebracht haben. Für Autos ist die Brücke nicht breit genug. Und die Tragfähigkeit reicht bei weitem auch nicht aus. Dafür muss es doch Zeugen geben?" „Das denke ich auch. Ich werde nachher einen Aufruf in den Medien schalten. Schau mal, da vorn liegt etwas im Dickicht." Asli und Karin überquerten die Brücke. „Hier, sieh dir das an. Das ist eine Sackkarre." Asli zog sich bereits ihre Gummihandschuhe an. Karin folgte ihrem Beispiel. Mit vereinten Kräften zogen sie die ziemlich neue, schwarze Karre aus dem Unterholz. Völlig unerwartet sprang plötzlich eine männliche Gestalt hinter einem Baum hervor. Asli sah ihn zuerst und identifiziert ihn sofort an Hand seiner blauen, stechenden Augen als den Täter, der ihr bereits stumm gegenüber gesessen hatte. Doch es dauerte zu lange, bis sie ihre Dienstwaffe aus dem Gürtelhalfter gezogen hatte. Der unerwartet und gezielt abgefeuerte Strahl aus der Pfefferspraydose traf Asli direkt in ihre Augen und machte sie sofort sehunfähig. Auch Karin wurde von einem Schwall Pfeffer aus der Spraydose getroffen, doch sie hatte frühzeitig ihren Kopf zur Seite gedreht und behielt ihre Sehfähigkeit. Schemenhaft sah sie den Täter davonlaufen. Karin zog ihre Waffe und schoss zweimal hinter ihm her. Durch den Lärm der Schüsse angelockt, fanden sich sofort mehrere Beamte bei ihr ein und nahmen die Verfolgung auf, aber der Täter war wie vom Erdboden verschluckt.

„Scheiße!", rief Karin und beugte sich über Asli, die tränenüberströmt auf dem Waldboden lag. Nur Minuten später lag Asli auf der Trage eines Rettungswagens. Der Notarzt begann sofort mittels einer Augenspülflasche Asli den Pfeffer aus ihren Augen zu waschen. „Das wird wieder, Kleine." Asli lächelte sogar schon wieder. „Ich hol dich später im Krankenhaus ab." „Frau Hauptkommissar?" wurde Karin angerufen. Eine noch sehr junge Streifenbeamtin lief auf sie zu. „Was gibt`s, Kollegin?" „Wir haben da vorn frische Blutspuren gefunden. Sie müssen den Täter erwischt haben." „Dann müssen wir das Gelände weiträumig absperren, damit uns der Mörder nicht entkommt. Machen Sie schnell Meldung bei Ihrem Chef." Karin befahl zwei anderen jungen Kolleginnen ihr zu folgen. Schnellen Schrittes rannten die drei Polizeibeamtinnen zu der Stelle, wo sie die Blutspuren gefunden hatten. Wenn der Mörder nicht auf allen Vieren gekrochen war, musste Karin ihn von der Höhe der Blutspritzer an den Farnen her etwa in Hüfthöhe erwischt haben. Dies konnte bedeuten, dass ihn die Verletzung erheblich beim Laufen einschränken dürfte. Weil sie keine weiteren Spuren oder gar den Mörder selbst fanden, ließ sich Karin das Funkgerät einer der Streifenkolleginnen geben und forderte eine Hundestaffel an. Mittlerweile verstärkten zehn weitere Schutzpolizisten Karins Team. „Schwärmt aus und sucht weiter die Gegend ab." Auch Karin durchstöberte Meter für Meter mit gezogener Waffe das Waldgelände des Kölner Grüngürtels. Doch der Täter blieb unentdeckt. Auf dem kleinen

Parkplatz links neben der Fußgängerbrücke fanden sie ein mit Blut bespritztes Hemd, das noch ein Einschussloch auf der rechten Seite in Höhe des Unterbauches oder der Hüfte aufwies. Wie es schien hatte sich der Täter mit Mullbinden, Fixierpflaster und Wundauflagen aus seinem Autoverbandkasten selbst versorgt. Nur die aufgerissenen Verpackungsmaterialien lagen noch überall verstreut herum. Auch eine blutdurchtränkte Wundauflage sammelte die Spurensicherung später noch ein. Eines schien der Täter jedoch übersehen zu haben: Weil all die Reste seiner Behandlungsaktion an einem Ort gesammelt lagen und daneben Reifenspuren sichtbar wurden, nahm die Surensicherung diese auf. Vielleicht ergaben sich ja daraus Hinweise auf das Fahrzeug des Mörders.

Kapitel 20

Abgespannt ließ sich Karin in ihren Bürosessel fallen. Sie hatte kurz mit Asli telefoniert, der es bereits wieder gut ging. Sie wollte noch einige weitere Tests in der Augenklinik machen lassen, um letzte Zweifel an ihrer Sehfähigkeit auszuschließen. Beruhigt lauschte Karin dem Blubbern ihres Kaffeeautomaten. Was ist das doch für eine beschissene Welt und ein noch beschissenerer Fall!? Menschen wurden geboren, um sich hinterher auf die brutalste Weise umzubringen. Was trieb diesen Täter? Hass gegen seine Tanten? Einerseits brachte sie ja Verständnis dafür auf, dass der Mörder sich rächen wollte, aber doch nicht an völlig unschuldigen Menschen.

Hinzu kamen die Qualen, die die Opfer vor ihrem Tod erleiden mussten. „Wir müssen diesen Drecksack schnellstens finden." Karins rechte Hand begann leicht zu zittern. Plötzlich sah sie wieder den Mann vor sich, den sie einstmals so geliebt hatte, Dr. Udo Stein. Wie sehr hatte sie ihm vertraut. Sie war sogar beinahe geneigt gewesen, ihren Job für ihn zu kündigen, um nur noch gemeinsam mit ihm durch die Welt zu reisen. Und dann plötzlich die jähe Erkenntnis, dass dieser Udo Stein einer der gefährlichsten Mörder war, den Köln je ertragen musste. Sie sah wieder Asli auf dem OP-Stuhl vor sich und ihre große Liebe Udo Stein mit dem blinkenden Skalpell davor, der sich gerade daran machte, ihrer Kollegin bei lebendigem Leib die Gesichtshaut zu entfernen. Jetzt spürte sie wieder dieses harte Zucken in ihrer rechten Hand, dass ihre Neun-Millimeter verursachte, als sie zweimal abdrückte, um Asli zu retten und diesen Serienmörder endlich für immer auszuschalten.

Tief in Gedanken bemerkte sie gar nicht, dass ihre Kollegin Edith Steinbach ihr Büro betreten hatte. „Karin?" Ein wenig zuckte Karin Weber zusammen. „Ja, was gibt es?" „Na, du warst jetzt aber gerade ganz weit weg. Wie geht es Asli?" „Sie hat noch einmal Glück gehabt. Ihre Augen werden keinen Schaden nehmen." „Gott sei Dank. Der Leiter der Hundestaffel rief gerade an. Die Hunde haben die Spur bis zum Parkplatz verfolgt. Einmal muss der Täter wohl noch im Unterholz eine kurze Verschnaufpause eingelegt haben, bevor er weiter zu seinem Wagen gelaufen ist. Er muss eine Menge Blut verloren haben." „Das sind alles gute Nachrichten, aber wir haben ihn immer noch nicht. Wohin wird er wohl gefahren sein? In eine Klinik, zum Arzt oder einfach nur nach Hause? Ganz sicher wird er in den nächsten Tagen nicht wieder morden können, weil ihm die Kraft dazu fehlt. Das ist ja auch schon mal etwas." „Da hast du allerdings recht. Hattest du die Radiosender um Mithilfe gebeten, einen Aufruf an die Bevölkerung zu richten wegen der Toten von heute Morgen?" „Ja, ich hatte Theo damit beauftragt, die Sender einzuschalten. Warum?" „Weil schon mehrere Leute deshalb angerufen haben." „War denn etwas Brauchbares darunter?" „Nicht wirklich, Karin. Magst du einen Kaffee?" „Ja, gern, ich nehme mir meinen Becher aber mit an meinen Platz." „Mach das." Gerade als Karin sich die Fallakte wieder vornehmen wollte, um sie um einige gewonnene Erkenntnisse von heute zu erweitern, klopfte es an ihrer Türe. „Bitte schön!" Etwas zaghaft und vorsichtig wurde die Türe geöffnet. Ein gutaussehender Mann Anfang/Mitte fünfzig betrat etwas ängstlich ihr Büro. „Guten Tag, Frau Weber, mein Name ist Georg Schmitt. Ich vermisse meine Frau. Sie hat sich gestern mit ihrer besten Freundin Veronika Scharpe in der Innenstadt getroffen und ist hinterher nicht nach Haus gekommen. Das hat sie noch nie gemacht. Wir führen eine sehr gute Ehe, wissen Sie." „Nehmen Sie doch bitte Platz, Herr Schmitt. Einen Kaffee?" „Ja, gern." Karin servierte ihrem Gast einen Becher Kaffee. „Nun, Herr Schmitt, es wäre doch sicher möglich, dass

Ihre Frau noch mit zu Ihrer Freundin gefahren ist, um dort zu übernachten?" „Das macht sie aber nie. Außerdem habe ich Veronika heute Morgen an ihrem Arbeitsplatz angerufen. Sie sagte mir, dass Marlene, so heißt meine Frau, sich nach dem gemeinsamen Abendessen in den Hanse Stuben ein Taxi genommen hat und dann gleich nach Hause fahren wollte." „Sie befinden sich jetzt in der Mordkommission, Herr Schmitt. Sie sollten mal nicht gleich mit dem Schlimmsten rechnen." „Als ich den Aufruf im Radio hörte, hatte ich sofort das schlechte Gefühl, das meine Frau das Opfer ist." „Ich fordere ein Foto der Toten aus der Gerichtsmedizin an. Augenblick bitte." Karin telefonierte gleich mit Biggi Wax, die ihr sofort ein Foto der Toten zumailte. Wenig später traf das Bild von Marlene Schmitt bei Karin ein. „Da ist das Foto gekommen. Ich drehe Ihnen den Bildschirm zu." Als Georg Schmitt das Bild vor sich sah, begann er zu weinen. „Frau Weber, das ist meine Frau." „Mein herzliches Beileid, Herr Schmitt." Karin drehte das Foto gleich wieder von ihm weg. „Sie sind ganz blass. Soll ich einen Arzt rufen?" „Nein, danke, ich bin selbst Mediziner, wie meine Frau im Übrigen auch. Es geht schon." Nichts hasste Karin mehr als solche Situationen. Sie hätte dem sympathischen Herrn gern geholfen, aber der Tod war einfach grausam, endgültig, irreparabel und nicht mehr umkehrbar. „Darf ich mir dann Ihre Personalien notieren, Herr Schmitt?" „Ja, selbstverständlich." Ihr Gegenüber zog eine Visitenkarte seiner Frau und seinen Personalausweis aus der Brieftasche. „Ihre Frau ist Dr. Marlene Schmitt und

Sie sind Professor Dr. Georg Schmitt?" „Ja, richtig." Karin stellte noch alle möglichen Fragen. „Es tut mir leid, dass ich Sie jetzt mit all den Fragen quälen musste." „Ich verstehe das. Wenn bei mir in der Klinik ein Tumorpatient sitzt und ich ihm sagen muss, dass er austherapiert ist, fällt mir dies genauso unendlich schwer." „Sollen wir Sie nach Hause bringen?" „Danke, nein, Frau Weber. Ich möchte meine Frau noch einmal vor der Sektion sehen. Ich fahre jetzt gleich zur Gerichtsmedizin, um von ihr Abschied zu nehmen. Vielleicht könnten Sie mich bei meinem Freund Ernst Brandt anmelden." „Das mache ich gern. Ernst ist auch ein guter Freund von mir." Professor Schmitt trank noch seinen Becher Kaffee aus und verabschiedete sich von Karin. Als er Karins Büro verlassen hatte, rief sie gleich bei Ernst Brandt an.

„Hallo, Karin. Natürlich kenne ich Georg Schmitt. Er ist ein sehr guter Gynäkologe. Marlene Schmitt war eine bezaubernde Frau. Ich darf nicht darüber nachdenken, was der Mörder ihr angetan hat. Ich war noch vor etwa sechs Wochen Gast im Hause Schmitt. Es ist einfach furchtbar. Danke, dass du mich vorgewarnt hast. Es fällt mir schon verdammt schwer, Marlene auf dem Tisch liegen zu sehen. Ein Glück, dass Biggi die Sektion macht." „Du weißt auf jeden Fall Bescheid. Bis dann, Ernst. Tschöö." Bis kurz vor halb sechs vergrub sich Karin in die Akte. Irgendwann klappte sie den Ordner zu. Morgen früh gleich um neun hatte sie zwischenzeitlich einen Termin mit Veronika Scharpe, der Freundin von Marlene Schmitt, vereinbart. Karin erhoffte sich von ihr ein paar Hinweise für den Zeitraum, nachdem sie das Restaurant verlassen hatten und vor dem Mord. Morgen würde sie auch das Resultat der Obduktion von Biggi Wax auf dem Tisch haben. Und doch war das alles nur Makulatur. Wirklich dem Täter nähergekommen waren sie nicht einen Millimeter. Karin verließ das Präsidium durch den Haupteingang. Gemächlich spazierte sie dem Parkhaus entgegen, wo Aslis Golf parkte. Ohne Hast schwamm sie im Feierabendverkehr mit, bis sie in der Kerpener Straße in die Tiefgarage der Uniklinik einbog. Zwanzig Minuten benötigte Karin, bis sie sich orientiert und endlich die Augen-ambulanz gefunden hatte. Asli saß dort ganz still und döste vor sich hin. „Na, Süße, wie geht es dir?" „Ach, geht so. Die Untersuchungen waren teilweise sehr anstrengend. Ich bin jedoch wieder ganz fit. Aber ich benötige eine Lesebrille." „Ich denke, das werden wir überstehen. Gibt zwar bei der Beurteilung deiner Optik Abzüge, aber damit kann ich leben." „Wie? Was erzählst du da?" „Jetzt jammere hier mal nicht rum, Kleine, du wirst eben alt." „Ich gebe dir gleich alt." Asli hing sich bei Karin unter und folgte ihrer Ehepartnerin zum Auto. „Gibst du mir meine Pistole zurück, Karin?" „Ich hab deine Waffe nicht, Asli." „Scheiße, wo ist sie denn abgeblieben?!" „Denk mal ganz scharf nach. Das wäre eine Katastrophe, wenn unser Mörder sie hat." „Ich hatte die Waffe in der Hand. Plötzlich stand der Kerl vor mir und sprühte mir das Spray in die Augen. Entweder liegt die Waffe noch im Unterholz oder der Mörder hat sie." „Dann fahren wir jetzt noch mal in den Grüngürtel zum Parkplatz gegenüber dem Geißbockheim."

Als die beiden Kriminalkommissarinnen auf dem Parkplatz ausrollten, lief es Asli eiskalt den Rücken herunter. „Was hast du, Asli?" „Ist eben ein komisches Gefühl, jetzt wieder hier zu sein, wo ich eben noch unserem Mörder begegnet bin." „Wird es gehen?" „Ja, sicher, kein Thema." „Findest du den Platz noch wieder?" „Ich denke schon. Da vorn muss es sein, wo die Farne neben dem Brückenabgang wachsen." Karin ging vor. Das hier noch vor wenigen Stunden ein ziemlich großer Polizeieinsatz stattgefunden hatte, war nicht mehr zu erkennen. Einige wenige Trassierbandreste, die noch am Brückengeländer hingen und flatterten, waren die einzigen Hinweise auf den Einsatz. Karin krabbelte als erste ins Unterholz. Asli folgte ihr. Immer wieder versuchte sie, sich zu erinnern, wo sie auf den Mörder getroffen war. Nach gut einer Stunde, sie wollten gerade die Suche aufgeben, trat Karin auf etwas Festes, dass auf dem Waldboden unter dem Laub lag. „Da ist sie." Karin bückte sich und zog die völlig verdreckte 9 Millimeter Pistole unter einem Berg von Laub hervor. „Was hast du für einen Massel, Kleine. Der Chef hätte mir den Kopf abgerissen, wenn er erfahren hätte, dass du deine Kanone verloren hast." Asli strahlte und fiel Karin ganz spontan um den Hals. „Danke, Karin." „Jetzt kannst du dein Zittern beenden." Mehr als beruhigt schlenderten sie zum Parkplatz zurück. Der Sommer hatte sein Zenit überschritten. Die Dämmerung setzte bereits ein. Nur insgesamt drei Fahrzeuge standen auf dem kleinen Waldparkplatz abgestellt nebeneinander. „Schau mal, dort ist eine Schrebergartensiedlung. In einem der Häuschen brennt Licht." „Möchtest du dich hier einmal umsehen?" „Warum nicht. Solange die Reifenspuren von der KTU noch nicht ausgewertet sind, kann jedes Fahrzeug hier unserem Täter gehören." „Dann lass mich eben die Waffe im Auto sauber machen." „Ja, klar." Mit einem Mikrofasertuch reinigte Asli oberflächlich die Waffe und prüfte anschließend die mechanischen Funktionen. „Scheint alles OK zu sein." Beherzt schob sie das Magazin ins Griffstück. „Dann lass uns jetzt los." „Ich nehme noch eine Lampe mit, Karin." Mittlerweile konnte man die Hand nur noch schwer vor den Augen erkennen. Auch Karin zog ihre Mini-Maglite aus der Jackentasche. Die äußerst gepflegten Gartenlauben auf den kleinen Parzellen standen verwaist eine neben der anderen. Ohne großes Aufsehen bewegten sie sich leise der Laube entgegen, hinter deren kleinem Fenster Licht brannte. Lautlos schob Karin das kleine Gartentor auf. Nach wenigen Schritten standen Asli und Karin vor der Türe der Datscha. Karin klopfte. „Hallo, ist da jemand?" Doch drinnen blieb es absolut still. Langsam drückte Karin den Türgriff herunter. Die betagte Holztür quietschte ein wenig in ihren Scharnieren, während Karin sie aufdrückte. Süßlich, modriger Geruch schlug den beiden Frauen entgegen. Den Grund dafür fanden sie neben der alten Couch. Dort lag der leblose Körper eines bereits sehr betagten Mannes. Asli zog

136

gleich ihr Handy aus der Tasche und verständigte den Notarzt. Zwanzig Minuten später war es vorbei mit der Ruhe in der Kleingärtneranlage. Es dauerte eine ganze Weile, bis die beiden Herren des diensthabenden Beerdigungsinstituts als letztes den Leichnam des alten Mannes abgeholt hatten. Asli knipste das Licht aus. „Meinst du, wir sollten uns jetzt noch etwas umschauen?" „Nein, lass uns nach Hause fahren. Für heute hatten wir genug Action." „Da hast du allerdings Recht, Karin. Ich komme mir vor wie Clint Eastwood in einem seiner Filme mit dem Titel: Leichen pflastern seinen Weg." „Du gehst zu Hause am besten gleich ins Bett. Du beginnst ja schon zu spinnen. Leichen pflastern seinen Weg. Mein kleines Cowgirl. Nicht zu glauben."

Kapitel 21

„Brauchen Sie mich heute noch, Frau Doktor?" „Nein, Jenny, du kannst auch nach Hause gehen. Die anderen Mädels sind auch schon weg. Schönen Feierabend, bis morgen." „Ihnen auch, Frau Doktor." Doktor Uta Schwenk schlüpfte aus den weißen Schuhen und streifte sich die Söckchen von den Füßen. Müde warf sie sich in ihren Chefsessel in ihrem Büro und legte die nackten Füße auf den Schreibtisch. „Was für ein harter Tag", sprach sie vor sich hin. Als Durchgangsärztin hatte sie heute zwei Opfer nach schwersten Unfällen chirurgisch erstversorgt, indem sie deren Trümmerbrüche vorbehandelte, bevor sie in die Klinik gebracht wurden. Es folgten noch die Spaltungen einer ganzen Menge Abszesse, die an den entlegensten Körperecken wucherten und nach ihren Skalpellen schrien und die diversen eingewachsenen Nägel, die es zu behandeln galt. „Du bist halt nicht mehr die Jüngste, Uta", sagte sie sich selbst, während sie zum Duschen in ihr Bad schlenderte. Sie hatte Zeit. Zu Hause wartete Niemand auf sie und wenn sie Hunger verspürte, ging sie zu Angelo, um einen Salat mit Meeresfrüchten zu verspeisen. Mit wenigen Handgriffen hatte sie sich von ihrem T-Shirt, der weißen Hose und ihrer Unterwäsche befreit. Als sie so nackt vor dem großen Spiegel stand, befand sie, dass sie eigentlich gar nicht mal so schlecht aussah, wie sie glaubte. Obwohl im kommenden Jahr die Fünfzig anstand, besaß ihr Brustgewebe immer noch genug Spannkraft, von alleine aufrecht stehen zu bleiben und ihre hübschen Brustwarzen in den Himmel zu recken. Auch Bauch und Po konnten sich ohne weiteres sehen lassen. Nur derjenige, der dies alles anschauen sollte, fehlte ihr noch. Aber sie war zuversichtlich, denn schließlich hatte sie sich bei einer Partnerbörse der gehobenen Klasse ange-meldet. Da sollte es doch mit dem Teufel zugehen, nicht doch noch einen Deckel für ihren Topf zu finden. Das heiße Wasser, dass auf ihre Haut prickelte in Verbindung mit dem sündhaft teuren Duschgel, ließ ihre Lebensgeister erwachen. Uta beschloss, nach der Körperpflege noch bei Angelo vorbeizuschauen und ein Gläschen Frascati zum Salat zu verkosten. Sie drehte das Wasser ab und öffnete die Türe der Duschkabine, als sie einen leichten Windzug spürte, den sie sich überhaupt nicht erklären konnte. Sie verzichtete aufs Abtrocknen und schlüpfte gleich in einen kurzen Bademantel. Als sie die Badezimmertüre öffnete, stand ein mittelgroßer Mann vor ihr mit einem großen Messer in seiner Hand. Sein Hemd wie auch die Hose wiesen an seiner rechten Körperhälfte erhebliche Blutflecken auf. „Du wirst mich jetzt zusammenflicken und zwar so, dass es mir gleich wieder gut geht." „Sonst?" „Leg ich dich um!" „Und später?" „Verschwinde ich dahin, woher ich gekommen bin." „Und das soll ich glauben?" „Wirst du wohl müssen, Weib. Also mach jetzt hin." „Dann zeig mal her." Uta Schwenk bediente sich des gleichen Jargons wie ihr ungebetener Gast. Der Fremde mit den stechenden Augen zog sich langsam sein Hemd und seine Hose aus. „Na, die Unterhose auch oder soll ich etwa um deine Dessous herum operieren?" Verschämt schob der Fremde seinen Slip herunter. „Mein Gott, was hat man denn mit dem Teil angestellt? Oder bist du ein Sado-Maso-Fan?" „Das geht dich gar nichts an. Jetzt mach schon." Wegen der Sturmmaske, die der Fremde trug, konnte Uta Schwenk keine mimischen Gefühlsregungen ihres späten Patienten erkennen oder gar ergründen.

Vorsichtig entfernte Uta Schwenk die provisorisch aufgebrachte Wundauflage. Sie erkannte sofort, womit sie es zu tun hatte. „Das sind zwei Schussverletzungen, mein Lieber. Einer ging glatt durch den Oberschenkel, der andere durch die Hüfte. Hast verdammt Glück gehabt. Die Wunden

139

sehen schlimm aus und sind schon stark vereitert. Bist du Tetanus geimpft?" „Nein." „Dann mache ich das jetzt mal zuerst. Dafür brauchst du eine Dreifachimmunisierung. Ich spritze dir heute ein Medikament. In acht Tagen muss dann die nächste Injektion folgen. Die dritte und letzte Spritze setzte ich dir in etwa sechs Wochen. Das verhindert den Wundstarrkrampf und wir erreichen eine lange Immunisierung." „Weiß ich doch alles." „Willst du dich lieber selbst behandeln, wenn du alles besser weißt? Wie bist du überhaupt zu den Verletzungen gekommen?" „Ist ne lange Geschichte. Ich war einem Wilderer auf der Spur und der hat auf mich geschossen." „Du lügst mich doch an. Du bist der Wilderer. Sonst wärst du doch in ein Krankenhaus gegangen." „Fang endlich mit der Behandlung an, sonst lernst du mich erst richtig kennen." „Stech mich nur ab. Wenn ich das richtig einschätze, bist du bei dem Infektionsfortschritt der Wunde ebenfalls in ein paar Tagen tot. Also schön langsam. Das tut jetzt ziemlich weh. Halt dich hier fest." „Ich verspüre keine Schmerzen." „Gut, dann lege ich jetzt los." Uta Schwenk reinigte die Wunde und entfernte die Verkrustungen, unter denen ihr heftig Eiter entgegen spritzte. Sie wunderte sich nur, dass ihr Patient in der Tat keine Schmerzen zu spüren schien. „So, das haben wir fertig. Jetzt spritze ich dir noch ein hoch dosiertes Antibiotikum und einmal Tetagam. Dann kannst du verschwinden. Möchtest du ein Glas Wasser?" „Ja, gib schon her." Der Fremde nahm Uta Schwenk gleich die ganze Flasche Mineralwasser ab und trank sie in einem Zug leer. „Hattest ja wirklich

140

Durst. Du musst ohnehin viel trinken bei dem Flüssigkeitsverlust. Dich nach der Karte deiner Krankenkasse zu fragen, dürfte wohl illusorisch sein. Möchtest du noch ein Schmerzmittel haben?" „Nein." Uta Schwenk bemerkte plötzlich, dass sich sein Penis anschickte sich aufzustellen. „Oh nein, mein Lieber. Wenn du denkst, dass du mich jetzt flach legen kannst, bist du aber falsch gewickelt. Mach das du weg kommst und ich vergesse, dich jemals gesehen zu haben." Ein heftiger Schlag mit der Faust gegen ihr Kinn raubte ihr das Bewusstsein, bevor sie überhaupt zu Ende gesprochen hatte.

Jenny und ihre Kollegin Sarah trafen zur gleichen Zeit vor der Praxis ein. Sarah besaß einen Schlüssel und öffnete. Das in den hinteren Räumlichkeiten Licht brannte, erstaunte die beiden Arzthelferinnen nicht besonders. Manchmal vergaß die Putzfrau, das Licht zu löschen oder die Chefin war bereits früh am Morgen hier gewesen, um Arztberichte zu holen oder Medikamente für Hausbesuche. Weil jedoch auch Licht in Uta Schwenks Büro brannte, wurde Sarah aufmerksam und betrat das Büro. „Guten Morgen, Frau Doktor", waren die Worte, die sie noch herausbrachte, bevor sie einen Schrei los ließ. „Jenny, komm schnell!" Völlig unbekleidet lag der leblose Körper ihrer Chefin rücklings auf der Arbeitsplatte des großen Schreibtisches. Sämtliche Papiere und sonstige Utensilien lagen auf dem Boden verstreut. Sarah erkannte sofort an den unzähligen blutigen Spuren am Unterleib von Uta Schwenk, dass diese verge-

141

waltigt worden war. Sofort begann die erfahrene Anästhesie-Helferin mit der Reanimation ihrer Chefin. Sie legte sich deren Beine über die Schulter und sorgte so für einen erhöhten Blutdurchfluss des Gehirns. Jenny hatte bereits ein Blutdruckmessgerät herbeigeholt. Doch schon wenige Minuten später erwachte Frau Doktor Schwenk aus ihrer Ohnmacht. „Hallo, Mädels, ich hab starke Schmerzen im Unterleib." „Sie wurden im Scheidenbereich heftig verletzt. Wurden Sie vergewaltigt? Soll ich den Notarzt rufen?" „Nein, lass mal, Sarah. Das kriegen wir drei auch so wieder hin." „Was ist denn überhaupt passiert?", erkundigte sich Jenny. „Gestern spät abends wurde ich von einem Mann überfallen, der sich irgendwie Zugang zur Praxis verschafft hatte. Irgendjemand hatte ihn angeschossen und ich habe seine beiden Schussverletzungen behandelt." „Dann müssen wir die Polizei verständigen, Frau Doktor. Mein Vater ist bei der Kripo und leitet die Abteilung Raub. Er wäre der richtige Ansprechpartner." „Ok, Sarah, ruf ihn bitte an und dann schauen wir uns mal die Verletzungen in meiner Vagina an." Uta Schwenk erhob sich vorsichtig. Leichter Schwindel umgab sie. Jenny hing ihrer Chefin einen Arztmantel um und führte sie langsam in Behandlungsraum 2, wo sich ein Gynäkologenstuhl befand, auf den sich die Chirurgin schleppte. „Mein Vater kommt gleich selbst vorbei." „Das ist lieb von ihm, danke, Sarah, und nun schau mich bitte mal an. Kannst du blutenden Verletzungen erkennen." Die erfahrene Helferin führte ihrer Chefin sehr vorsichtig ein

142

Spekulum in ihre Scheide ein. „Nein, Frau Doktor, ich kann keine blutenden Verletzungen erkennen. An zwei Stellen haben sich die Wunden offensichtlich ganz von alleine geschlossen." „Danke, Sarah. Dann zieh mir bitte ein Antibiotikum in einer Spritze mit einer Million Einheiten auf und schieß es mir rein. Dann haben wir wenigstens die Infektionsgefahr im Griff." „Ja, mach ich. Die diversen kleinen Einrisse im Bereich der inneren Schamlippen würde ich mit einer antiseptischen Heilsalbe behandeln." „Sehr gute Idee. Mach das bitte, Sarah." Nach einer halben Stunde des Ausruhens und einem Becher Kaffee saß Uta Schwenk hinter ihrem Schreibtisch auf einem Ringkissen und erwartete Sarahs Vater. „Kann ich noch etwas für Sie tun, Frau Doktor?" „Nein, Kind, danke." „Vielleicht noch eine Ibuprofen gegen die Schmerzen?" „Ja, das können wir vertreten. Bring mir bitte eine 800er." „Hat der Mann Sie mit einem Gegenstand penetriert?" „Nein, Sarah, der Mann besaß einen völlig vernarbten und dadurch sehr dicken Penis. Ich habe so eine Verstümmelung noch nie gesehen. Das wird aber schon wieder. Keine Sorge. Vielen Dank, mein Kind." „Da kommt mein Vater." „Schick ihn bitte rein ins Büro." Sarahs Vater betrat etwas zögerlich Uta Schwenks Büro. „Hallo, Frau Doktor. Gregor Braun ist mein Name. Sarah erzählte mir, dass sie überfallen und vergewaltigt wurden? Wäre es Ihnen lieber, wenn eine Kollegin mit Ihnen spricht?" „Nein, kein Problem. Ich heiße Sie herzlich Willkommen. Nehmen Sie doch bitte Platz, Herr Braun. Kaffee?" „Da sag ich nicht nein."

Wenige Minuten später begann Uta Schwenk zu erzählen. „Sie sagten, es handelte sich bei den beiden Wunden des Täters um Schussverletzungen, Frau Doktor?" „Ja, ein glatter Durchschuss im rechten Hüftbereich sowie ein tiefer Streifschuss am rechten Oberschenkel. Der Mann berichtete, er hätte einen Wilddieb gestellt und wäre von diesem angeschossen worden. Der Wilderer sei jedoch entkommen. Ich halte diese Aussage für Unsinn und vermute, er ist der Wilddieb, der dem Förster entkommen ist. Sonst wäre er nicht am späten Abend bei mir nach Praxisschluss erschienen." „Glauben Sie, dass er noch einmal zurückkommt?" „Nun, bei Verrückten weiß man ja nie, was sie so machen. Ich glaube jedoch, dass er bereits über alle Berge sein dürfte." „Benötigt er nicht weitere Behandlungen, zum Beispiel einen Verbandwechsel?" „Wäre sicher ratsam." „Ich werde gleich im Büro Nachforschungen anstellen und eine Großfahndung auslösen. Mehr kann ich leider nicht tun." „Das ist doch schon mal etwas. Sie halten mich bitte auf dem Laufenden." „Ja, natürlich und wenn wir etwas ermitteln, melde ich mich bei Ihnen." Gregor Braun verabschiedete sich von Uta Schwenk. „Darf ich noch die blutige Verbandauflage für eine DNA-Bestimmung mitnehmen?" „Ja, selbstverständlich. Sarah packt sie Ihnen ein." Dankend verließ der Leiter des Dezernates Raub die Praxis.

Kapitel 22

„Nennst du das eigentlich schlafen, was du da machst, Karin? Du wälzt dich schon seit Stunden hin und her." „Wenn du richtig schlafen würdest, bekämst du das überhaupt nicht mit, was ich mache. Ich finde einfach nicht in den Schlaf. Irgendwie geht mir die Kleingärtneranlage nicht mehr aus dem Kopf. In einer solchen Umgebung könnte sich abends und auch nachts unser Täter ohne Aufsehen zu erregen austoben. Ich glaube, ich fahre da heute noch einmal vorbei." „Ich komme natürlich mit. Aber schlaf jetzt. In drei Stunden klingelt unser Wecker." Wie gerädert erhob sich Karin um Punkt halb sieben aus ihrem Bett. Von Asli war nur unwirsches Grunzen zu vernehmen. Karin ließ sie noch etwas schlafen, während sie unter der Dusche verschwand. Als sie jedoch fertig geduscht aus dem Bad kam und sich komplett angezogen hatte, zog sie Asli einfach die Decke weg. Entsprechend laut waren die Flüche, die ihr entgegen schallten. „Jetzt zick hier nicht rum. Steh endlich auf. Ich mache uns jetzt Kaffee." In gewohnt stiller morgendlicher Runde verzehrten die beiden Morgenmuffel ihre Marmeladenbrote. Der heiße, aromatische Kaffee half da schon eher den Lebensgeistern auf die Sprünge. Kurz vor acht verließen sie das Haus und rannten förmlich gegen eine Mauer aus Nebel. „Was ist das für eine Schmuddelsuppe?!" „Es wird Herbst. Fahren wir Golf?" „Bei dem Wetter hole ich doch mein Achtzylinderbaby nicht aus der Garage." „Du liebst dein Auto auch mehr als mich. Bist fast wie ein

Kerl." „Schreist du gerade nach Ärger, Kleine?" „Wieso? Wolltest du dich mit mir duellieren?" „Ich mag keine unfairen Wettkämpfe." Asli holte ordentlich aus und schlug ihre Faust fest gegen Karins linken Oberarm. „Bist heute Morgen eine richtige Zicke. Wird Zeit, dass sich deine Tage davonschleichen." Jetzt lachten beide. Karin griff Asli unter ihre Jacke und kitzelte sie durch. „Das zum Thema Zicke, Fräulein." Lachend fuhren sie los Richtung Präsidium.

Die Euphorie, die die beiden Kommissarinnen in den Morgen begleitete, verstarb so rasch wie sie eingesetzt hatte, als sie das Präsidium betraten. Auf Asli Bülents Schreibtisch lag ein braunes DIN A4 Kuvert, das nichts Gutes erahnen ließ und die Notiz, die Edith Karin auf den Tisch gelegt hatte, belebte auch nicht gerade die Stimmung. „Was mag denn unser Chef schon wieder von mir wollen?", grummelte Karin vor sich hin und wählte die Kurzwahl von Angelika Schmidt, seiner Sekretärin. „Morgen, Frau Schmidt. Was liegt Dringendes an?" „Morgen, Frau Weber. Dicke Luft." „Dann komme ich besser gleich hoch." „Ja, wunderbar. Bis gleich."
Bevor Karin Weber den Gang nach Canossa antrat, warf sie ihre Kaffeemaschine an. „Morgen, Herr Krausmann. Sie haben mich heraufgebeten. Was liegt an?" „Ach, schön, dass Sie gleich gekommen sind, Frau Weber. Der Herr Innen-minister liegt mir verstärkt in den Ohren. Er möchte stündlich wissen, wie wir im Fall des Serientäters weitergekommen sind." Karin wurde ärgerlich und

fiel ihrem Chef ins Wort. „Bestellen Sie bitte dem Herrn Innenminister schöne Grüße von mir. Wenn er mag und es besser kann, darf er den Mörder selber fangen. Wir tun alles, was in unserer Macht steht, um die Identität des Täters zu ermitteln. Glauben Sie mir, Herr Krausmann, trotz dünner Personaldecke sind alle meine Kräfte an dem Fall dran. Nur hexen können wir nicht." „Nun regen Sie sich nicht auf, Frau Weber. Das weiß ich ja alles. Es bestehen da wohl persönliche Bindungen zwischen der Gattin des Herrn Ministers und zweier Opfer." „Zweier Opfer. Das ist allerdings ungewöhnlich." „Nun, zwei der Opfer schienen wohl sehr eng mit der Gattin des Herrn Innenministers befreundet zu sein." „Das hilft mir nicht die Bohne weiter! Wird jetzt jeder zweite Fall zur Chefsache erklärt? Glauben die da oben eigentlich, wir liegen den ganzen Tag auf dem Schreibtisch und warten auf das Monatsende, damit wir uns unser Gehalt abholen können? Allmählich reicht mir die Art und Weise, wie Düsseldorf mit uns umgeht. Wenn der Innenminister glaubt, sein LKA kann alles besser, soll er den Fall einfach übernehmen. Ich habe die Verantwortung für die ganze Mordkommission, die beinahe aus dreißig Leuten besteht, die sich jeden Tag ordentlich reinhängen und ihr Bestes geben und die dabei Überstunden bis zum geht nicht mehr machen. Hätte ich nicht so hervorragende Gruppenleiter, könnte ich mich überhaupt nicht mehr ins operative Geschäft einmischen. Ich lasse mir da nicht rein reden. Entschuldigung, Chef, dass ich mir jetzt hier in Ihrem Beisein mal Luft mache." „Kein Problem, Frau Weber. Ich weiß doch, wie der Hase läuft. Ich werde den Herrn Innenminister entsprechend informieren. Schnappen Sie sich den Täter so schnell es halt möglich ist." „Worauf Sie sich verlassen können, Chef." „Weiß ich doch, Frau Weber."

Auf dem Weg in ihr Büro dachte Karin darüber nach, ob sie nicht eine ihre Arbeitsgruppen auflösen sollte, um die freiwerdenden Kolleginnen und Kollegen in ihre Gruppe zu integrieren. Allerdings würden sie so auch keinen Deut schneller an den Mörder herankommen. Nein, sie verwarf den Gedanken und beschloss, die Gruppen so zu belassen wie sie waren. Die kleine Anzahl an Mitgliedern hatte immer für höchste Effizienz gesorgt. Jetzt half ihr nur noch ein Kaffee. Sie nahm sich den Becher und ging zu ihrer Gruppe ins Büro. Asli saß wie versteinert an ihrem Schreibtisch und schaute vor sich hin? „Was ist denn mit dir los? Zählst du die Punkte der Raufasertapete?" „Nein, Karin, das ist jetzt nicht mehr witzig. Er will uns beide umbringen. Und zwar genauso wie die anderen Opfer auch. Hier, lies selbst." Karin griff nach dem beschriebenen DIN A4 Blatt und ließ sich auf den Stuhl vor Aslis Schreibtisch gleiten. „Meine liebe Asli. Meine Enttäuschung ist grenzenlos. Du hättest mich gestern glatt erschossen, wenn ich mich nicht mit dem Pfefferspray geschützt hätte. Du hast dich also für die Teilnahme an der Hatz gegen mich entschieden, wo ich doch so auf dich gesetzt hatte. Also gut. Ziehen wir in den Krieg, den du nicht gewinnen kannst. Du und deine Karin, ihr werdet genauso sterben, auf die gleiche Weise, wie all die anderen Tanten auch. Leb wohl. Wir sehen uns in der Hölle wieder." Karin legte das Schriftstück zurück auf den Schreibtisch. Nachdenklich schaute sie zu Boden. „Dann soll er doch mal versuchen uns zu holen. Wir finden ihn, bevor er uns findet, Asli." „Ich habe schon ein wenig Angst, nachdem ich bereits zweimal in seine eiskalten Augen schauen musste." „Wir müssen halt jetzt besonders auf uns Acht geben. Schauen wir mal, ob heute Abend unsere Kameras und die Scheinwerfer funktionieren." „Wer montiert die Anlage denn?" „Robert Willbrand, der Leiter der KTU und seine Leute. Das Equipment müssen wir bezahlen. Die Kosten fürs montieren und justieren entfallen dafür. Er hat mir gestern versprochen, alles in die Wege zu leiten, damit die Anlage funktioniert." Karin drehte sich um. „Was wollte der Chef von dir?" Karin berichtete Asli, wie das Gespräch gelaufen war. „Das Ministerium glaubt wirklich, wir schlafen uns hier so durch. Hast du richtig gut gemacht mit deiner Reaktion, Karin. Hätte ich dir nicht zugetraut, dass du so auf den Putz haust." „Wieso das denn nicht?" „Bist doch sonst so ein stiller Vertreter." Asli begann zu lachen. „Ich gebe dir gleich stiller Vertreter." Karin zog sich in ihr Büro zurück. Gerade als sie sich in ihren Sessel geworfen hatte, summte ihr Telefon. „Weber? Ach, hallo Biggi. Was gibt es?" „Hallo, Karin, ich habe gerade die Obduktion von der Kollegin Dr. Marlene Schmitt durchgeführt. Unser Täter muss wirklich ein Tier sein. Er hat ihr tatsächlich bei lebendigem

149

Leib beide Labia also majora und minora und die Mamillen entfernt. Das muss höllisch wehgetan haben." „Ich darf gar nicht dran denken. Er hat es jetzt auch auf Asli und mich abgesehen. Wir haben heute Post von ihm erhalten, nachdem Asli ihn gestern beinahe erwischt hat und er sich nur mittels Pfefferspray seiner Verhaftung entziehen konnte. Doch wie es aussieht, hab ich ihm während seiner Flucht eine Kugel verpasst." „Passt bloß auf euch auf. Ich möchte keine von euch beiden auf meinem Tisch liegen haben." „Kurz noch zum Obduktionsergebnis: Die Kollegin Marlene Schmitt ist an einem Schlaganfall in Folge ihrer Genitalverletzungen verbunden mit hohem Blutverlust verstorben." „Was für eine Scheiße! Wenn ich nur wüsste, wie wir an den Kerl herankommen." „Das könnte seiner Drohung zur Folge wohl schneller gehen als euch lieb ist. Mensch, Karin, passt bloß auf. Mit dem Mann ist nicht zu spaßen. Er ist ein Tier, das sich an den Schmerzen seiner Opfer aufgeilt. Wir haben auch wieder reichlich Sperma von ihm gefunden. Wie macht sich denn mein Verlobter?" „Ich glaube, er hat das Schlimmste überstanden. Jedenfalls arbeitet er, was das Zeug hält." „Brems ihn ein wenig, sonst ist er abends immer so müde." Biggi lachte. „Das schaue ich mir genau an. Es kann ja nicht angehen, dass meine Leute zu Hause schlapp machen." Jetzt lachten beiden Frauen. „Grüß mir Asli. Bis dann." „Mach ich. Ciao, Biggi." Das ist wirklich eine Liebe, dachte Karin. Sie griff wieder nach der Mordakte, die mittlerweile recht dick geworden war. Heute würde sie noch um den Obduktionsbericht von Marlene Schmitt wachsen.

Nach dem Mittagessen arbeitete sich Karin durch die vielen E-Mails und Berichte ihrer Unterabteilungen, als es plötzlich an ihrer Türe klopfte. Ohne auf eine Einladung zu warten, betrat ein drahtiger Mann mit glattem Zopf ihr Büro. „Das Kellerkind grüßt die Leiterin der Mordkommission. Hallo, erste Hauptkommissarin." „Welcher Glanz in meiner bescheidenen Hütte. Hallo, gleichfalls erster Hauptkommissar. Schön dich zu sehen, Robert. Setz dich." Robert Willbrand, der smarte Mittvierziger und Leiter der KTU–Unterwelt ließ seine drahtigen 180 cm in den Besucherstuhl von Karin Weber gleiten. „Wir sind fertig mit der Montage der Kameras und dem Equipment. Funktioniert bestens. Keine Maus kommt mehr bei euch ins Haus, ohne dass ihr sie in höchster Auflösung erkennen könnt. Wir haben jedes Fenster sowie die Haus- und auch die Kellertüre mit Minikameras für Tag- und Nachtbetrieb ausgerüstet. Jede Bewegung wird euch aufs Smartphone gesendet und zu Hause auf deinem Rechner gespeichert. Die Kosten für die Gerätschaften gehen über die Kostenstelle ‚Überwachung von gefährdeten Personen'. Vielleicht drückst du Hans einen Fuffi in die Hand. Er hat die gesamte Steuerung geschaltet und mir kräftig bei der Montage geholfen. Du weißt ja, dass er seit seiner Scheidung kaum noch Geld hat zum Leben." „Ja, ich komme nachher zu dir runter und regele das mit ihm. Was kann ich dir Gutes tun?"

„Na, wenn Asli kocht, kannst du Carry und mich zum Essen einladen. Du weißt, wie gern wir Lamm essen." „Sekunde." Karin wählte Aslis Hausanschluss. „Hi, Asli, Robert ist hier. Er möchte mit Carry bei uns essen kommen als Dank für unsere Überwachungsanlage. Er kommt aber nur, wenn du kochst. Wann haben wir Zeit?" Aslis freche Lache schallte aus dem Hörer. „Der Junge hat eben Geschmack. Samstag in einer Woche ginge. Er soll sich seinen scharfen Zahn Carry auf den Sozius seiner Harley schnallen und vorbeikommen. Ich sorge für ein gelungenes Menü." Jetzt lachte Robert Willbrand los. „He, Zwerg, spann mir bloß nicht meine Kleine aus." „Ach, die steht doch nur auf kleine Jungs. Mit gestandenen Mädels kann sie doch gar nichts anfangen." Jetzt lachten beide. „Darf ich eure Konversation jetzt beenden. Samstag um 18:00 Uhr?" „Das ist ein Wort, Karin. Ich trete ab jetzt in den Hungerstreik, damit ich Samstag so richtig zuschlagen kann. Lad doch den alten Leichenfledderer auch noch ein. Der isst auch gerne Lamm und seine scharfe Vertreterin, die Biggi, und Theo natürlich." „Hast du gehört, Asli, wir haben am Samstag das ganze Präsidium und die Gerichtsmedizin zu Gast." „Die kriegen wir schon satt. Grüße ans schöne Kellerkind." Asli hatte aufgelegt. „Also, wenn deine Kleine von Männern spricht, dann nur von denen mit Qualität." „Meinst du jetzt dich?" „Siehst du einen anderen, Herrin der Mordkommission?" Karin lachte. „Los, Cowboy, geh schaffen und vielen Dank." „Keine Ursache, Karin, und bitte lass du die Finger vom Lamm. Nicht das die Gerichtsmediziner am Samstagabend noch amtlich werden müssen." Robert musste über seinen Gag lachen. „Raus, Cowboy. Wir sehen uns gleich bei dir im Keller."

Kapitel 23

Als Karin später die besonders gesicherten Räume der KTU betrat, vernahm sie hinter sich die üblichen Pfiffe der bekannten Kollegen. „Ich komm euch gleich da rüber, Jungs, und leg jeden von euch übers Knie", frotzelte Karin laut. Entsprechend groß waren die Lacher der Jungs, die sie jetzt schon gut zwanzig Jahre kannte. Hans hockte weit hinten in einer Ecke in einem Wust von Kabeln und allerlei elektronischem Gerät. Er werkelte an der Festplatte eines konfiszierten Laptops herum, auf der er nach wichtigen, gelöschten Dateien suchte. Hans Bergman war der Jüngste der Abteilung und wenn man den Erzählungen im Hause Glauben schenkte ein EDV Genie. „Hallo, Hans, findest du dich da überhaupt noch zurecht?" „Hallo, Karin, klar, kein Problem." „Ich möchte mich bei dir für die Montage der Kameras bedanken." Karin drückte Hans einen Fünfzig-Euro-Schein in die Hand, was ihn sehr verlegen machte. „Eigentlich möchte ich kein Geld von dir nehmen, weil ich weiß, dass du für mich auch alles tun würdest, aber ...." „Vergiss es. Häng es nicht an die große Glocke. Ich weiß Bescheid." „Dann sage ich ganz herzlich danke." „Nix, ich sage danke, und wenn du mal ein Ohr brauchst, das dir zuhören soll, komm einfach hoch. Ich bin da, wenn es brennt." „Danke, Karin." Karin verschwand schnell wieder, bevor die Situation allzu theatralisch wurde. Das war nun überhaupt nicht ihr Ding.

„Karin, hast du mal eine Sekunde Zeit? Ich glaube, ich habe etwas herausgefunden." „Ja, klar, Theo, komm rein. Setz dich. Magst du einen Kaffee? Ich komme gerade von der KTU." „Ja, zu einem Kaffee sag ich nicht nein." „Hier, einmal Kaffee. Was hast du auf dem Herzen?" Gerade als Theo ausführen wollte, betrat Asli Karins Büro. „Was willst du Quälgeist jetzt von mir?" „Ich wollte hören, wann wir zu dem Parkplatz im Grüngürtel aufbrechen?" „Ich denke, wir fahren so gegen vier Uhr hier los. Aber setz dich, Theo hat etwas herausgefunden." Asli nahm neben Theo Platz. „Ihr kommt auch Samstag gegen 18:00 Uhr?" „Ja, gern, weiß Biggi schon Bescheid?" „Nein, ruf du sie später an." „Also, kommen wir zu unserem Fall. Was hast du, Theo?" „Ich hab die Ermittlungsakte noch einmal durchgearbeitet. Frau Dr. Schmitt hat sich in der Kölner Innenstadt vor den Hanse Stuben in ein Taxi gesetzt. Ich habe über die Taxizentrale den Fahrer ermittelt. So erfahren wir wenigstens, wohin er Frau Dr. Schmitt gefahren hat. Ich habe Herrn Bachmann für morgen früh um 10:00 Uhr einbestellt." „Bachmann? Benjamin Bachmann?" „Wie der Vorname lautet kann ich nicht sagen, warum?" „Weil Benjamin Bachmann der Taxifahrer ist, der bereits das Mordopfer Hanna Hasler nach Rodenkirchen gefahren hat. Das kann doch kein Zufall sein." „Ich werde den Geschäftsführer der

154

Taxiinnung weiter ausquetschen. Vielleicht finde ich noch etwas heraus." „Mach das, Theo. Gute Arbeit." Theo Zerfakis verließ nach dem Lob seiner Chefin stolz ihr Büro. „Wenn Bachmann unser Mann ist, wird er wissen, dass wir ihn enttarnt haben und morgen nicht erscheinen. Kümmere dich um seine Anschrift, Asli. Wenn du sie hast, fahren wir gleich hin und nehmen ihn fest." „Ok, Chefin. Schau doch bitte kurz mal in die Akte. Hat sich Bachmann hier nicht als Altenpfleger vorgestellt, der dreimal die Woche nachts Taxis fährt, um finanziell besser über die Runden zu kommen?" „Ja, ich meine mich an seine Aussage erinnern zu können. Egal, jetzt versuch den Kerl auszumachen, damit wir ihn festnehmen können." Asli verließ sofort das Büro und klemmte sich hinter ihren PC.

Gegen kurz vor vier erschien Theo bei Karin im Büro. „Benjamin Bachmann fährt als Aushilfsfahrer dreimal die Woche Taxi für Mahmud Aslu, einen Kölner Taxiunternehmer mit vier Fahrzeugen. Mehr war über die Zentrale nicht in Erfahrung zu bringen." „Dann setz dich in den Wagen und fahr zu Aslu und frage ihn über Bachmann aus. Warte noch kurz, da kommt Asli. Hören wir mal, ob sie Benjamin Bachmann aufgetrieben hat." „Er wohnt in einer WG in Köln Klettenberg auf der Berren-rather Straße 9001 kurz vor dem Militärring." „Wir wollen ja ohnehin noch zu dem kleinen Parkplatz in Deckstein, wo wir gestern unseren Täter beinahe geschnappt hätten. Dann fahren wir zu der WG, vernehmen Bachmann und nehmen ihn

155

fest. Und ihr zwei macht jetzt Feierabend. Und Theo, sag du bitte Biggi wegen Samstag Bescheid. Ich komme mal wieder nicht dazu, sie persönlich einzuladen." „Ja, mach ich, bis morgen." „Lass uns deinen Wagen nehmen, Asli. Wenn wir Bachmann festnehmen sollten, rufen wir ohnehin die Kollegen von der Bereitschaft." Da es zu nieseln begonnen hatte, schlüpften die beiden Frauen in ihre Regenjacken und begaben sich zum Parkhaus, wo Aslis Wagen abgestellt stand. Karin umrundete Aslis Golf, um an die Beifahrertüre zu gelangen. Dabei rutschte sie auf einer nassen Stelle auf dem glatten Betonboden aus und landete unsanft auf ihrem Allerwertesten. „Oh Gott, Karin, hast du dir wehgetan?" „Ist schon OK, Asli." Während sich Karin sachte hochwand, fiel ihr Blick auf das rechte Vorderrad. „Asli, komm doch mal. Die Radmuttern sind alle losgeschraubt." Asli rannte um den Wagen herum und besah sich das Rad. „Stimmt. So etwas nenne ich einen Mordversuch. Wir machen jetzt aber keinen Aufstand. Ich hole den Kreuzschlüssel aus dem Kofferraum und ziehe die Muttern wieder fest. Dann fahren wir nach Klettenberg und schnappen uns den Kerl."

Asli nahm den Radmutternschlüssel aus dem Kofferraum. Geschickt zog sie die Radmuttern wieder an. Alle übrigen drei Räder saßen ganz fest auf den Radnaben. Zehn Minuten später befuhren die beiden Kommissarinnen bereits die Zoobrücke in Richtung Klettenberg. Asli parkte den Golf sauber zwei Häuser vor der Hausnummer 9001 in eine Parklücke ein. Bevor sie auf das Klingelschild mit der Aufschrift WG drückten, prüften Asli und Karin, ob ihre Waffen griffbereit saßen. Nach einer kurzen Zeit des Wartens nach dem Klingeln ertönte der Summer. Karin drückte die Haustüre auf. Die WG schien das ganze Einfamilienhaus zu bewohnen. Sie hatten das Haus gerade betreten, als ihnen ein junger Mann entgegen trat, der einen ziemlich verschlafenen Eindruck hinterließ. „Hauptkommissarin Weber, das ist meine Kollegin Bülent, wir möchten zu Herrn Bachmann." „Bachmann? Wir sprechen uns hier alle nur mit Vornamen an." „Benjamin Bachmann." „Ach, Beni, ich glaube der ist nicht da." Der junge Mann drehte sich um und rief durch das ganze Haus: „Beni, bist du da?" Eine junge Frau in Trainingsbekleidung kam die Treppe herunter. „Beni ist nicht da. Ich glaube, er hat eine Freundin, bei der er öfter übernachtet." „Kennen Sie die Anschrift?" „Leider nein. Wir haben zu Beni nicht unbedingt den großen Kontakt. Er ist ein Einzelgänger." „Ich bekomme noch zwanzig Euro von ihm", rief ein anderer junger Mann, der sich ebenfalls im Flur zu ihnen gesellte." „Können wir mal sein Zimmer sehen?" „Moment mal bitte. Moni, dürfen die beiden Polizistinnen Benis Zimmer ansehen?" „Nein, nicht ohne seine Zustimmung." „Moni studiert im vierten Semester Jura. Sie regelt alle unsere juristischen Angelegenheiten. Tut mir leid." „Dann holen Sie Ihre angehende Juristin bitte mal her. Wir ermitteln in verschiedenen Mordfällen und wahrscheinlich ist Herr Bachmann darin verwickelt." Der junge Mann schaute Karin, die bereits leicht ungehalten wurde, etwas konsterniert an. „Ich hole sie." „Monika Beier, hallo. Kommen

Sie bitte mit hoch in die erste Etage. Dort ist sein Zimmer." Karin drückte bereits die Klinke herunter, doch der Raum war verschlossen. „Gibt es einen Ersatzschlüssel?" „Nicht das ich wüsste. Aber dass Sie die Türe gewaltsam öffnen, erlaube ich jetzt nicht. Wir bleiben nachher auf den Kosten sitzen." „Das brauchen Sie auch nicht. Sind Sie denn wirklich sicher, dass Herr Bachmann nicht zu Hause ist?" „Ja, ich meine, er wäre vorgestern Nachmittag fortgegangen." Asli versuchte mit einen Blick durchs Schlüsselloch zu ergründen, ob sich Benjamin Bachmann eventuell in seinem Zimmer eingeschlossen hatte. Doch wie es schien, war der Vogel ausgeflogen. „Nach meiner Ansicht ist jetzt Gefahr im Verzug", begründete Karin den Einsatz ihres Dietrichs und öffnete mit wenigen Handgriffen die Zimmertüre. Bachmanns Zimmer hinterließ einen sehr aufgeräumten, sauberen Eindruck. Nirgendwo lag Papier herum und auch Staub hatte er ordentlich gewischt. Zwanzig Minuten später verschloss Karin die Türe wieder. Karin drückte der angehenden Juristin ihre Karte in die Hand. „Wenn Bachmann hier auftaucht, richten Sie ihm bitte aus, dass wir ihn dringend sprechen möchten." „Mache ich." „Ja, dann auf Wieder-sehen."

Karin und Asli verließen die WG und traten auf die Straße. „Und was jetzt, Karin?" „Jetzt fahren wir noch mal zu der Kleingärtnersiedlung." Asli verzog das Gesicht und verdrehte dabei die Augen, weil ihr das Stöbern durch die Anlage bei dem Niesel-regen nicht gerade Spaß bereiten würde. Die beiden Frauen bestiegen den Golf und bogen rechts auf den Militärring ab. Etwa zwei Kilometer weiter rollten sie auf den Parkplatz der Laubenpieper. Dunkelheit empfing sie. Langsam stiegen Karin und Asli aus. Sie zogen die Reißverschlüsse ihrer Regenjacken hoch. Bevor sie die Anlage betraten, sondierten die beiden Kommissarinnen erstmal die Lage. Doch wie es schien, war keine Menschenseele zugegen. In keinem der Häuschen brannte Licht. Immer weiter gingen sie den schmalen Weg entlang, der gesäumt war von kleinen Gartenanlagen mit den obligatorischen Häuschen darauf. „Wen oder was suchen wir hier eigentlich, Karin?" „Bachmann oder unseren Mörder." „Hier mitten in der Pampa bei dem Wetter werden wir ihn wohl kaum finden." „Woher weißt du das?" „Na, ich bitte dich. Warum sollte er sich gerade hier verstecken?" „Weil er hier in Ruhe seine Opfer misshandeln kann, ohne das ihn dabei jemand stört und weil darüber hinaus jede Menge Brücken für seine perfiden Tötungsmethoden in der Umgebung zur Verfügung stehen. Auch der Autobahnanschluss ist nicht weit entfernt, ideal für unseren Mörder." „Es fängt jetzt noch stärker zu regnen an, Karin. Lass uns nach Hause fahren." „Na gut. Drehen wir um und gehen zurück."

Kapitel 24

„Es ist schon ein wenig unheimlich hier, findest du nicht, Karin?" „Asli, wir sind beide bewaffnet und sehr gut kampfsporttechnisch ausgebildet, obwohl du allmählich einrostest." „Wie bitte? Dir mache ich aber noch etwas vor." „Ja, beim Essen und beim Faulenzen auf dem Sofa." „Du bist ein verdammtes Ungeheuer, Hauptkommissarin Weber." „Erste Hauptkommissarin bitte." Asli hakte sich bei Karin unter. „Von mir aus." Plötzlich raschelte es im Gebüsch ganz in ihrer Nähe. Abrupt blieben die beiden Frauchen stehen. Asli zog sofort ihre Waffe aus dem Holster. Karin hielt den Lichtstrahl ihrer starken Taschenlampe direkt ins Zentrum der Bewegung. „Ist bestimmt ein Reh", flüsterte Asli. Dann jedoch sahen beide Frauen, wie ein menschliches Wesen im Dickicht davon lief. „Los, hinterher, Asli. Ich geh mehr rechts, und du nimmst die linke Seite." Wenig später war es wieder still. Nur die in der Ferne auf der Schnellstraße dahinrauschenden Autos waren vernehmbar. Asli und Karin hatten sich unerwartet im dichten Unterholz aus den Augen verloren. Der drahtigen Deutschtürkin lief ein eiskalter Schauer den Rücken hinunter, wenn sie darüber nachdachte, dass sie nun keine Rückendeckung mehr hinter sich wusste und der Mörder sich hier überall versteckt haben konnte. Plötzlich erhielt Asli einen festen Stoß in den Rücken, der sie zu Boden warf. Noch im Hinfallen erkannte sie eine männliche Gestalt, die sofort weglief. „Karin, er ist hier", rief sie aus Leibeskräften. Karin stürzte sofort herbei. Asli stand bereits wieder auf ihren Füßen. „Dort ist er lang. Komm, ihm nach!" So sehr sie sich dann auch mühten und umschauten, der Mann blieb verschwunden. „So ein Mist! Wieder hätten wir den Kerl bald gehabt." „Er muss aber doch hier

160

irgendwo sein, Karin." Plötzlich quietschte nur wenige Meter von ihnen entfernt ein Türscharnier. „Er ist da in der Hütte, Karin." Sofort zogen beide Frauen ihre Dienstwaffen. „Wir gehen direkt auf die Hütte zu." „Karin, damit du es weißt, wenn der Typ auf mich zuläuft, schieße ich ihn einfach über den Haufen. Ich habe Angst vor ihm", flüsterte Asli. Karin nickte ihr zustimmend zu.

Obwohl Karin die Türe beinahe wie ein rohres Ei behandelte, quietschte sie leicht beim Öffnen. Asli stürmte als erste in den kleinen, gemütlich eingerichteten Raum. Ganz am Ende auf einem quer stehenden Sofa lag eine menschliche Gestalt in eine Decke gehüllt. „Was wollt ihr von mir?" „Setzen Sie sich erstmal hin. Wir wollen Ihre Hände sehen", herrschte Karin den Mann an, der sofort tat, was sie ihm befohlen hatte. Blitzschnell klickten Karins Handschellen. „Wer sind Sie und vor allem, was machen Sie hier? Sie sind doch ganz bestimmt nicht der Pächter dieser Parzelle?" „Mein Name ist Rolf Winter. Mein Ausweis steckt hier oben in der Hemdtasche. Ich habe seit Monaten eine echte Pechsträhne. Erst habe ich meinen Job verloren. Dann habe ich angefangen zu trinken, weshalb mich meine Freundin verlassen hat. Ich konnte meine Miete nicht mehr bezahlen und bin aus meiner Wohnung geflogen. Plötzlich saß ich auf der Straße." „Was sind Sie denn von Beruf?" „Elektriker." „Für Sie müsste es aber doch Jobs geben." „Ja, klar, mit festem Wohnsitz immer. Aber den habe ich nun einmal nicht mehr. Übrigens, die Laube hier gehört einem

Onkel von mir. Also ich mache hier nichts Illegales." „Und warum sind Sie dann vor uns fortgelaufen?" „Weil ich dachte, dass Sie zu diesem Typen gehören, der hier alle paar Nächte auftaucht. Wenn Sie mich fragen, hat der richtig einen an der Klatsche. Letzte Woche taucht der Typ hier mitten in der Nacht mit einer Frau auf, die er quer über der Schulter liegen hat." „Ist der Mann heute hier?" „Ich weiß nicht. Gesehen habe ich ihn jedenfalls nicht." „Kommen Sie, zeigen Sie uns, wo die Laube des Mannes liegt." Karin öffnete die Handschellen des jungen Mannes, der willig voraus ging. „Da vorn, ganz am Ende des Weges, ist es." „Gehen Sie zurück, Herr Winter, und danke für Ihre Hilfe", bedankte sich Karin. Asli nickte ebenfalls wohlwollend. Rolf Winter nahm die Beine in die Hand und lief zu seinem Unterschlupf. Karin und Asli zogen ihre Waffen und teilten sich auf. Trotz ihrer Regenjacken waren die beiden Frauen nass bis auf die Haut. „Geh du von rechts an die Hütte. Ich komme von links." Asli nickte und bewegte sich auf die rechte Seite. Beide Kommissarinnen schalteten ihre kleinen, aber äußerst effektiven Maglite-Taschenlampen aus, um dem Mörder, falls er denn anwesend war, kein Ziel zu bieten. Leicht gebückt betraten sie die sehr gepflegte Parzelle, die in völliger Dunkelheit vor ihnen lag. Blitzschnell überwanden sie die Freifläche. Die Hütte schien verwaist. Die Fenster waren fest verschlossen und die Vorhänge zuge-zogen. Die massive Eingangstüre aus Eichenholz ließ sich ebenfalls nicht öffnen und wurde mittels eines recht teuren Markenschlosses gesichert.

Karin war etwas zu weit nach rechts herüber gelaufen, sodass sie den Bewegungsmelder für zwei starke Scheinwerfer in massiven Stahlgehäusen auslöste, die den Garten taghell erleuchteten. Aber wie es schien, war niemand anwesend. „Komm, wir fahren nach Hause. Hier können wir nichts ausrichten ohne Durchsuchungsbefehl und passendem Werkzeug." Asli folgte ihrer Kollegin und Ehepartnerin wortlos zum Auto. Nach wie vor befand sich kein weiteres Fahrzeug auf dem Parkplatz. Müde ließen sich die beiden Frauen in die Sitze fallen. Wegen der vorherrschenden Schwüle beschlugen sofort die Fahrzeugscheiben. Asli schaltete die Klimaanlage ein, die recht schnell wieder für klare Sicht sorgte. Fünfzehn Minuten später trafen sie zu Hause ein.

Schon an ihrer Haustüre streiften sie ihre Sneakers ab und betraten barfuß die Diele. Die nassen Jacken hingen sie zum Trocknen in die Duschkabine in der Gästetoilette. Asli entledigte sich all ihrer Kleidungsstücke und warf sie in die Waschmaschine. „Dafür, dass du kommendes Jahr 40 wirst, kannst du dich noch sehen lassen, alte Frau Asli." Asli Bülent schloss ihre Augenlider bis nur noch Schlitze erkennbar waren. „Dann lass mal sehen, wie es bei dir ausschaut, geliebte Karin?" „Soll ich jetzt einen Strip für dich hinlegen, Kleine?" „Das wäre allerdings mehr als geil." Asli trat auf Karin zu und nahm sie in ihre Arme. Sanft küsste sie ihren Hals und den Mund. Karin erwiderte sofort ihre Zärtlichkeiten und streichelte dabei den nackten Körper von Asli. Ihre rechte

Hand wanderte langsam an ihrer Wirbelsäule entlang bis zu Aslis Po. Ihre hohe Atemfrequenz wie auch die Art, wie sie sich an Karin schmiegte, bewies ihr, dass sie sich auf dem richtigen Weg befand. Asli zog ihr die Bluse aus dem Hosenbund und öffnete den BH. Wenig später berührten sich neben ihren Lippen auch ihre Brustwarzen, was ihre Lust ins Unermessliche ansteigen ließ. Karin befreite sich noch von ihrer Jeans und dem Slip, bis sie ebenfalls völlig nackt war. Asli schob ihre kleine Hand sanft von hinten zwischen ihre Pohälften und von da aus weiter, bis sie in Karins feuchte und heiße Vagina eindringen konnte. Karin bebte förmlich ob dieser Behandlung und schob ihrerseits ihre Hand in Aslis heiße Öffnung. Sie schafften es nicht mehr bis in ihr Schlafzimmer. Karin schob Asli in die Küche und legte sie rücklings auf den Küchentisch. Karin legte sitzend ihren Kopf zwischen Aslis Schenkel und bereitete ihrer Ehepartnerin mit ihrer Zunge einen gewaltigen Orgasmus. Mit einem heftigen Aufschrei ließ sie Karin wissen, dass sie ihr gerade verdammt gut getan hatte. Dann war es an Asli, Karin einen schönen Moment zu verschaffen. Sie kniete sich auf den Boden zwischen Karins Schenkel und wählte ebenfalls ihre Zunge als Orgasmuserzeuger. Karin fiel beinahe mit dem Stuhl um, als es bei ihr soweit war. Später, als sie kuschelnd nebeneinander im Bett lagen, dachten sie über ein Ziel für ihre Hochzeitsreise nach. Eine Lösung fanden sie jedoch nicht. Das Sandmännchen war einfach schneller gewesen.

Am nächsten Morgen schauten sie sich die Aufzeichnung der beiden Videokameras vor ihrem Haus an, während sie ihren Kaffee schlürften. Doch außer der kleinen Schülerin, die das Wochenblättchen austrug und in ihren Briefkasten warf, gab es nichts zu sehen. Danach brausten sie ins Büro. Asli telefonierte als erstes mit der Verwaltung der Kleingärtneranlage im Grüngürtel. Sie brachte dabei in Erfahrung, dass die Datscha, die nach ihrer Ansicht dem Serientäter als Unterschlupf diente, von einer Clarissa Bodemann auf Lebenszeit angemietet wurde. Laut dem Verwalter wurde die Miete monatlich pünktlich entrichtet. Irgendwelche Klagen wegen Ruhestörung oder Verwahrlosung des Objektes lagen nicht vor. „Eine überaus ruhige und solide Mieterin, Frau Hauptkommissarin." „Wann haben Sie die Dame denn das letzte Mal gesehen?" „Das kann ich Ihnen beim besten Willen nicht sagen. Wir haben so viele Mieter, da kann ich nicht alle kennen. Außerdem liegt meine Parzelle in einem ganz anderen Abschnitt." „Nun gut. Dann benötige ich noch die Anschrift Ihrer Mieterin, die im Mietvertrag aufgeführt ist." „Ja, kein Problem. Die Anschrift lautet Heineallee 17 in Köln Rath." „Das ist doch gleich am Königsforst. Warum mietet eine Frau eine Laube, wenn sie den Wald direkt vor der Nase hat?" „Diese Frage kann ich Ihnen leider nicht beantworten, Frau Bülent." „OK, dann danke ich für Ihre Auskunft." „Gern geschehen."

Kapitel 25

Asli lenkte geschickt den Dienstwagen durch den dichten Straßenverkehr in Richtung Königsforst. Theo saß still neben ihr und schaute sie unentwegt an. „Hast du Genickstarre oder plagt dich sonst irgendein Leiden? Oder willst du mir gar einen Heiratsantrag machen? Aber sei vorsichtig. Deine Chefin ist die beste Schützin im ganzen Kölner Polizeibezirk. Mach keinen Fehler, sonst musst du bald noch Knöllchen im Straßenverkehr verteilen." Asli lachte laut los und auch Theo lachte. „Nein, ich bin doch auch verlobt. Ich dachte gerade nur darüber nach, wie es ist, wenn man mit einem gleichgeschlechtlichen Partner liiert ist." „Und deshalb beobachtest du mich jetzt wie die Schlange die Maus? Theo, wir haben die gleichen Probleme wie Heteropärchen auch. Es ist doch gehopst wie gesprungen, ob nun zwei Jungs, zwei Mädels oder Junge und Mädel zusammen sind. Die Sexpraktiken sind abweichend. Ansonsten streiten wir uns genauso ums Bude sauber machen und Badezimmer putzen. Bei uns pinkelt jedenfalls keiner im Stehen. Wir diskutieren genauso über das monatliche Budget wie wir gemeinsam weinen und lachen. Oder dachtest du, der Schniepel ist das allein selig machende? Karin und ich haben beides ausprobiert. Ein Schniepel fehlt uns jedenfalls nicht. Jetzt schau nicht so. Jeder Mensch ist nun einmal anders gestrickt. Wir leben in einem freien Land und dürfen unseren Neigungen ungehindert nachgehen." „Das ist wohl wahr." „Ihr seid doch glücklich, Biggi und du, oder?" „Ja und wie. Nächstes Jahr wollen wir heiraten." „Ja, also. Dann philosophier hier mal nicht rum. Da vorn liegt das Haus von Clarissa Bodemann."

Obwohl es taghell war und auch wieder die Sonne schien, wirkte das Haus von Clarissa Bodemann unheimlich. Man konnte nicht behaupten, dass es nicht ordentlich in Schuss gehalten wurde. Der Vorgarten hinterließ einen gepflegten Eindruck, die Fenster waren geputzt und die Gardinen schimmerten hellweiß durch die Scheiben. Selbst das Türschild aus Messing präsentierte sich auf Hochglanz poliert. „Hier steht ein weiterer Name auf dem Klingelschild, Elise Bodemann." „Vielleicht die Schwester oder eine Tochter." „Da kann uns nur das Einwohnermeldeamt weiterhelfen. Kümmerst du dich darum, Theo?" „Bin schon dabei." Asli spazierte derweil ohne Aufsehen zu erregen um das Objekt herum. Doch ihr fiel nichts Ungewöhnliches an dem Haus auf. Auch der Garten befand sich in ordentlichem Zustand. Asli ging zurück zum Hauseingang und schellte bei Elise wie auch bei Clarissa Bodemann, doch es wurde ihr nicht geöffnet. „Laut Einwohnermeldeamt wohnen hier die Geschwister Elise und Clarissa Bodemann. Und das schon seit ewigen Zeiten." „Dachte ich mir. Das Haus ist ein Nachkriegs-objekt. Aber wirkliche Nachbarn, die wir befragen könnten, wohnen hier keine in der Nähe. Das nächste Haus ist sicher einige hundert Meter weit entfernt direkt an der Einfahrt zur Heineallee. Also Fehlanzeige. Fahren wir zurück." Asli und Theo

167

bestiegen wieder ihren Dienstwagen und wendeten. Was sie nicht bemerkten war das Zappeln einer Gardine, hinter der offensichtlich jemand das Szenario beobachtet hatte.

„Wir haben nichts Ungewöhnliches festgestellt. Das Haus wirkt zwar ein wenig düster, scheint aber bewohnt und macht einen gepflegten Eindruck. Dort gemeldet sind Elise und Clarissa Bodemann." „Wenn man euch beide schon mal losschickt. Ich dachte, ihr bringt mir den absoluten Fahndungserfolg und was kommt? Nix zählbares." Weil Asli und Theo nicht so recht wussten, was Karin jetzt damit meinte und sie einen entsprechenden Gesichtsausdruck aufsetzten, fing Karin furchtbar an zu lachen. „Das war ein Scherz. Wir wissen jetzt wenigstens, wer in dem Haus wohnt. Ich frage mich nur, warum sich jemand eine Laube mietet, wenn er doch einen schönen Garten besitzt?" „Es könnte doch sein, dass diese Clarissa erst später zu ihrer Schwester gezogen ist und vorher den Mietvertrag für die Laube abgeschlossen hatte." „Das wäre eine schlüssige Erklärung. Versuch da mal dran zu bleiben, Theo. Vielleicht kannst du in Erfahrung bringen, wann diese Clarissa in die Heineallee gezogen ist." „Mach ich, Karin." „Und, mein Engel? Geht es dir gut, Asli?" „Soweit ist alles im grünen Bereich. Hast du etwas?" „Sag mal, kriegst du etwa graue Haare?" „Ich? Wo?" „Na, auf dem Kopf, Süße. Die anderen rasieren wir doch immer weg." Asli schaute in Karins Spiegel. „Tatsächlich. Die werde ich mir schleunigst färben lassen." „Tja und jetzt? Ich werde mal beim

Standesamt anrufen, ob ich ein Rückgaberecht für dich habe." Karin fing an zu lachen. „Du bist wirklich so was von charmant, meine Liebe." „Sag ich doch. Komm wir gehen in die Kantine Mittag essen. Ich gebe einen aus. Aber mehr als Salat gibt es für dich nicht, sonst habe ich nachher noch ein graues Pummelchen, einem trächtigen Kaninchen ähnlich, auf dem Sofa sitzen." Karin nahm Asli in den Arm. „Ich liebe dich trotzdem", flüstere sie ihr ins Ohr. Asli ließ rasch und unbemerkt einen Kuss auf die Wange folgen. „Also dann, stürmen wir die Kantine."

Karin entschied sich für Kotelett mit dicken Bohnen und Salzkartoffeln, während Asli den Zucchini-Auflauf bestellte. Sie teilten sich eine Flasche Wasser dazu und verzichteten beide auf das Dessert. Während Asli noch zwei Espresso holte, schaute Karin auf ihr Smartphone, mit dem sie die Kameras vor ihrem Haus steuern konnte. Sie loggte sich in das System ein, um zu schauen, ob sich unbekannte Personen auf ihrem Grundstück herumgetrieben hatten. Doch es gab keine entsprechende Meldung. „Bei uns zu Hause ist alles im grünen Bereich. Was hast du eigentlich in Sachen Benjamin Bachmann unternommen, Asli?" „Nach Bachmann wird gefahndet. Jeder Kollege auf der Straße hat sein Bild in der Tasche. Ich habe auch einen Durchsuchungsbefehl für die Laube in Deckstein beantragt. Jedoch ist Ober-staatsanwalt Bracht skeptisch, ob er einen solchen ausstellen darf. Bachmann ist dort nicht gemeldet und nur auf eine Zeugenaussage hin ist ein

Durchsuchungsbeschluss eher umstritten." „Das ist verdammt übel. Wir können die Hütte ja nicht einfach aufbrechen und da mir nichts dir nichts hineinschneien." „Wir können das schon, nur wir dürfen es halt nicht." Noch während die beiden Kommissarinnen überlegten, was sie in der Sache unternehmen konnten, summte Aslis Handy. „Ja, Theo, danke wir kommen hoch." Asli steckte das Telefon zurück in den Gürtelhalter. „Bachmann sitzt oben in meinem Büro." „Wie bitte?" „Ja, ich versteh es auch nicht." „Dann nichts wie hoch ins Büro."

Benjamin Bachmann saß auf dem Stuhl gegenüber Aslis Schreibtisch, die Hände in den Schoß gelegt. Asli stürmte wie eine Furie in ihr Office gleich auf Bachmann zu. „Hallo, Herr Bachmann." Aslis Gast wollte höflich aufstehen, um ihr die Hand zu geben, doch Asli forderte ihn auf sitzen zu bleiben, was ihm offensichtlich gut tat, denn er schien Schmerzen zu haben. „Das ist meine Kollegin Weber, die Leiterin der Mordkommission. Sie kennen sie bereits." „Guten Tag, Frau Weber. Nein, ich kenne Frau Weber nicht. Tut mir leid." „Aber Sie schreiben mir doch laufend Briefe und verteufeln Frau Weber." „Ich verstehe nicht, Frau Bülent. Ich habe Ihnen noch niemals einen Brief geschrieben. Ehrlich gesagt bin ich nicht so der begabte Schreiber, Frau Bülent." „OK. Das klären wir dann später. Gegebenenfalls lass ich ein graphologisches Gutachten anfertigen. Wo waren Sie vorgestern Abend in der Zeit zwischen 18:00 und 19:00 Uhr?" „Auf der Arbeit." „Das heißt, Sie sind Taxi gefahren?" „Nein, das mache ich doch nur dreimal die Woche nachts, wenn ich keinen Nachtdienst habe. Ich bin Altenpfleger in einem SBK Betrieb der Stadt Köln. Vorgestern und auch den Rest der Woche habe ich Spätdienst. Mein Dienst beginnt um 13:30 Uhr und endet um 22:00 Uhr." „Ich glaube Ihnen kein Wort, Bachmann. Sie sind vorgestern Taxi gefahren, haben eine Frau in der Innenstadt aufgenommen, sind mit ihr an einen unbekannten Ort gefahren und haben sie dort umgebracht." „Das ist nicht wahr. Ich töte keine Tiere und keine Menschen." „Dann ist Ihr Geist wohl Taxi gefahren. Laut Aussage des Taxi-unternehmers hat er Ihnen den Wagen um 17:00 Uhr übergeben." „Hat er nicht, Frau Weber. Mein Zwillingsbruder ist gefahren. Das darf aber der Taxiunternehmer nicht wissen." „Moment Mal, Sie habe einen Zwillingsbruder?" „Ja, ist das jetzt verboten?" „Natürlich nicht. Was macht Ihr Bruder sonst beruflich?" „Gelegenheitsjobs. Eigentlich ist er Frührentner wegen eines Unfalls vor einigen Jahren." „Das heißt jetzt, dass er für Sie Taxi fährt, wenn Sie keine Zeit haben, Ihre Tour zu fahren?" „Ja, richtig." „Und das ist noch nicht aufgefallen?" „Bisher noch nicht, Frau Bülent, nein. Wir sind eineiige Zwillinge." „Und wo lebt Ihr Bruder?" „Das sagt er mir nicht. Er sagt immer, dass ich das nicht wissen müsse. Familienkaffeeklatsch gäbe es ohnehin bei ihm keinen. Ich glaube, er schläft häufiger in der Laube von Tante Clarissa oder auch schon mal bei ihr zu Hause. Dann hilft er dort im Garten oder im Haus oder er geht einkaufen. Dafür bekommt er dann zu essen und zu trinken

171

und darf dort auch übernachten. Sagen Sie es aber bitte nicht weiter, dass Sie diese Informationen von mir haben. In meiner WG weiß niemand, dass ich einen Zwillingsbruder habe." „Und warum nicht?" „Weil er sich häufig ein wenig komisch benimmt. Und er wird schnell gewalttätig." „Haben Sie eventuell ein Bild von ihm bei sich?" „Ne, so sehr liebe ich meinen Bruder nun wirklich nicht. Im Gegenteil: Manchmal schlägt er mich sogar." „Und wie sieht Ihr Bruder aus?" „Na, genauso wie ich. Wir sind doch eineiige Zwillinge. Habe ich gerade erzählt. Das Einzige, was uns unterscheidet sind unsere Augen, Frau Bülent. Bruno hat furchtbar stechende Augen. Ansonsten sehen wir uns sehr ähnlich. Er ist aber dünner und sportlicher als ich. Was werfen Sie ihm überhaupt vor?" „Fünffachen Frauenmord." „Bruno ein Frauenmörder? Zuzutrauen ist ihm das sicher. Er verabscheut Frauen. Er spricht aber nicht darüber, weshalb er keine Frauen mag. Muss irgendwie mit seiner Kindheit zusammenhängen. Kann ich jetzt wieder gehen? Ich muss zum Dienst, Frau Bülent." „Ja, sofort, Herr Bachmann. Nur noch eine Frage: Wenn Sie nicht in der WG schlafen, wo können wir Sie erreichen?" „Ich erzähle den anderen immer, damit sie mich nicht für einen Außenseiter halten, ich hätte eine Freundin und würde bei ihr schlafen. Das stimmt aber nicht. Ich übernachte dann im Bereitschaftszimmer im Altenheim." „OK, dann können Sie jetzt gehen, Herr Bachmann. Danke für Ihre Aussage." „Gern geschehen. Auf Wiedersehen, Frau Bülent. Hier ist meine Handynummer, wenn Sie mich erreichen wollen oder wenn Sie mal ein Taxi benötigen. Ich fahre Sie überall hin, wohin Sie möchten." „Danke sehr, Herr Bachmann." „Wiedersehen, Frau Weber", nuschelte Bachmann noch beim Verlassen des Büros Karin zu. „Auf Wiedersehen, Herr Bachmann, und gute Besserung." „Danke, Frau Weber, ich habe mich gestern beim Heben eines gehbehinderten Seniors verhoben und seitdem furchtbare Schmerzen. Ich werde nachher unseren Hausarzt im Heim aufsuchen. Es ist sicher wieder die Bandscheibe." Ein wenig unbeholfen hinkend trottete Benjamin Bachmann davon.

Kapitel 26

„Er mag dich nicht, Karin." „Das scheint mir auch so. Würde er mich besser kennen, wäre er sicher anders zu mir." „Glaub ich kaum. Dann würde er wahrscheinlich nicht mal Wiedersehen sagen." Asli platzte laut los vor Lachen. „Du bist doch vielleicht eine blöde Kuh, Asli. Eigentlich bist du doch immer die Unfreundlichere von uns beiden." „Wie meinst du denn das jetzt wieder?" „Na, ich bin doch immer der gute Bulle und du der böse." Jetzt musste Karin lachen ob des erstaunten Gesichts von Asli. „Komm du mir nach Hause, Frau erste Hauptkommissarin." „Ich freu mich schon drauf. Hau doch!" Karin marschierte lachend in ihr Büro. Dort jedoch traf sie beinahe der Schlag und schubste sie sofort in die harte Realität zurück. Ihr Smartphone meldete akustisch wie optisch eine Bewegung in ihrem Garten. Karin gab den Wiedergabemodus ein. Tatsächlich schlich eine

173

nicht besonders gut erkennbare Gestalt mit einem Kapuzenshirt an der Eingangstüre vorbei in Richtung Garten. Karin wählte sofort die Kurzwahl von Josef Michalek, dem Leiter der Schutzpolizei. „Hallo, Josef, ich habe einen Notfall. Um unser Haus schleicht eine nicht bekannte Person. Kannst du da mal nachschauen lassen?" „Ja, Karin, ich beordere sofort zwei Wagen hin. Mach dir keine Sorgen. Wir erwischen den Täter, früher oder später." „Dein Wort in Gottes Gehörgang, Josef." „Einsatzfahrzeuge sind unterwegs." „Danke, Josef." „Nicht dafür, Karin." Obwohl die Kameras jedes eingefangene Objekt optisch unerbittlich verfolgten, schien die männliche Person verschwunden zu sein. Karin ließ sich in ihren Sessel fallen. Sofort startete sie die Bearbeitung von Anfragen aus den anderen Gruppen der Mordkommission. Bei zwei ihrer operativen Einheiten ließen sich die Antworten auf mehrere Fallfragen nicht schriftlich erledigen. Sie nahm sich ihr Handy und lief zu den Büros der Kollegen. Karin trat gerade ins Büro der Gruppenleiterin Mara Siepe ein, als ihr Handy summte. „Weber? Ja, Josef, alles klar, ich danke dir." Bis kurz nach 18:00 Uhr klapperte Karin Weber noch weitere Büros ihrer Gruppen ab. Dann allerdings beschloss sie, Feierabend zu machen. Asli fuhr ebenfalls gerade ihren PC herunter, als sie in deren Büro eintrat. „Machen wir Schluss für heute." „Einverstanden, ich bin ziemlich kaputt. Josef Michalek hat mich eben noch angerufen. Sie haben den Kerl vor unserer Haustüre geschnappt. Es handelte sich um einen jungen Albaner, der für

174

eine Einbruchsgang Gebäude ausspähen sollte. Er muss wohl völlig perplex gewesen sein, als unsere Jungs ihn festnahmen. Daraufhin hat er alles gestanden." „Das hört sich doch gut an. Vor allem bin ich froh, dass dieser Typ nicht dauernd um unser Haus schleicht. Komm, wir fahren Heim. Heute Abend gibt es aber nur Brötchen mit Frischkäse. Du wirst mir sonst zu fett." Karin stutzte. „Hast du jetzt von dir auf andere geschlossen, Süße?" Lachend hakte sich Asli bei Karin unter, während sie das Präsidium verließen.

Schon von weitem bemerkten sie, dass an ihrer Fahrzeugscheibe ein Zettel klemmte. „Hast du eine Knolle bekommen?" „Quatsch, ich doch nicht. Ich fahre immer vorschriftsmäßig. Nicht wie die Verkehrsrowdies mit ihren amerikanischen Schlitten." „Das merk ich mir. Wenn du demnächst mit Tränchen in den Augen vor meinem Auto stehst und mit offenem Dach mitfahren möchtest, werde ich dir deine heutige Aussage unter die Nase reiben." Karin lachte, während Asli das mittig gefaltete DIN A4 Blatt hinter dem Scheiben-wischer hervor holte und den Inhalt zu lesen begann. „Und?" „Post von unserem Serienkiller. Hör, was er zu sagen hat: Liebe Asli, dies ist meine letzte Nachricht an dich. Bei meiner nächsten Kontaktaufnahme wirst du in Ketten gefesselt nackt und wimmernd vor mir liegen und um Gnade betteln wie die anderen Weiber auch. Dies hätte dir erspart bleiben können, wenn du dich nicht auch in die Phalanx der Jäger, die sich auf meine Spur setzen, eingereiht hättest. Jetzt

175

bist auch du nur noch ein Feind für mich, den es zu beseitigen gilt. Doch zuvor stirbt noch deine Ehepartnerin. Ich werde mich an ihren Schmerzen ergötzen, wenn ich ihr die Nippel und ihre Schamlippen entferne und sie anschießend von einer Autobahnbrücke herabhängen lasse. Wirst sehen. Habt einen schönen Feierabend."
„Irgendwie macht der Kerl mir Angst. Ich würde ihn ja zur Fahndung ausschreiben, doch er ist ein Phantom. Die Aussage Benjamin Bachmanns, dass sein Bruder absolut identisch aussieht wie er selbst, reicht nicht aus. Wir müssen diesen Benjamin Bachmann weiter unter Druck setzen und versuchen, ein Treffen zwischen ihm und seinem Bruder zu organisieren, wo wir ungehindert zuschlagen können." „Das wird verdammt schwierig werden. Wenn der Typ seinem Bruder nicht einmal verrät, wo er sich aufhält, glaubst du doch nicht ernsthaft, dass der sich auf ein Date einlässt." „Schauen wir mal. Ich werde Benjamin Bachmann nochmals vorladen." „Komm, lass uns nach Hause fahren. Wir sollten allerdings jetzt besonders auf uns aufpassen. Nur durch Unachtsamkeit hat der Täter eine Chance, uns zu erwischen und die wollen wir ihm ja nicht bieten.

„Weißt du was, Asli, wir fahren uns jetzt etwas zum Abend essen einkaufen und holen uns ein paar Reiseprospekte für unsere Flitterwochen. Im Fernsehen kommt doch sowieso nichts Vernünftiges. Da schauen wir doch lieber mal nach einem schönen Reiseziel." „Hört sich sehr gut an. Was hältst du von Salat mit gebratenen Hummerkrabben und Fladenbrot?" „Lecker. Dann geh du zu Edeka und ich nebenan ins Reisebüro." „Genauso machen wir es." Asli übertraf sich mal wieder selbst mit der Herstellung des Salates und den in Knobi und heißem Öl gebratenen Krabben. Pappensatt legten sich die beiden Frauen in ihren Küchenstühlen zurück und nippten noch mal an ihren Weißweingläsern. „Ich möchte ans Meer, Karin, in der Sonne liegen, dösen und dabei ein gutes Buch lesen." „Hast du dich denn schon mal umgeschaut, Asli, ob es überhaupt noch Bikinis in deiner Größe gibt?" „Du bist ein Scheusal, Frau Weber." Asli knüllte ihre Serviette zu einem Ball zusammen und warf damit nach Karin, die sie jedoch verfehlte. „Pass du mal lieber auf, dass du ein Bikinioberteil findest, das deine Hängebrüste wieder aufrichtet. Nachher stolperst du noch über sie." Unerwartet sprang Karin auf und schnappte sich Asli, die sie ins Wohnzimmer auf die Couch schleppte Sie legte sich kurzerhand ihre Ehepartnerin über die Knie und schlug ihr auf den Po. „Dir werde ich helfen. Von wegen meine Brüste hängen." Asli schrie und juchzte zugleich ob der Behandlung. Als nächstes schubste sie Asli auf den Boden. Karin knöpfte sich ihre Bluse auf und entledigte sich ihres BHs. „Von wegen Hängebrüste. Schau dir mal an, wie die in den Himmel ragen." Karin hatte sich ganz gerade gesetzt, den Bauch eingezogen und die Brust heraus gestreckt. „Der Anblick gefällt mir jetzt aber sehr gut. Und wie sie in den Himmel ragen ... Wie heißt der Schönheitschirurg, bei dem du das hast machen lassen?" Karin sprang auf und stürzte sich auf Asli.

177

Lachend und kichernd fielen die beiden Frauen übereinander her. Dank der Dreifachverglasung gelangten keine Geräusche der Straße ins Haus. Diesmal jedoch mussten ihre besonders gedämmten Fenster dafür Sorge tragen, dass kein Laut von drinnen an die Öffentlichkeit drang. Später im Bett informierten sie sich noch mittels ihrer Kataloge über mögliche Reiseziele und entschieden sich einstimmig für die Algarve in Portugal. „Sobald wir unseren Serientäter geschnappt haben, buchen wir. Einverstanden?" „Ja, Karin, ich liebe dich so sehr. Ohne dich möchte ich nicht mehr leben." „Ich liebe dich auch, mein Zwerg, auch wenn ich dich das eine oder andere Mal übers Knie legen muss." Noch vor Mitternacht schliefen die beiden Frauen eng umschlungen ein.

Kapitel 27

Der folgende Freitagmorgen begrüßte Asli Bülent und Karin Weber mit prasselndem Regen, was das Aufstehen nicht gerade erleichterte. „Bleib noch liegen bis ich fertig geduscht bin, Asli. Ich mach uns dann Kaffee." Dies ließ sich Asli nicht zweimal sagen. Sie kuschelte sich in ihre Decke und drehte sich noch einmal um, während Karin im Bad verschwand. Frisch geduscht und fertig angezogen zog sie ihrer Ehepartnerin die Decke weg. „Raus aus den Federn, Süße." Asli krabbelte sofort rüber in Karins Bett und kuschelte sich in deren Decke. Doch Karin hatte keine Probleme damit, ihr auch diese Decke wegzureißen. Grummelig und völlig

178

verstrubbelt erhob sich Asli aus dem Bett. „Morgen, mein Engelchen. Man, heute Morgen hat unser Kehrblech nebst Bürste mehr Ausstrahlung als du. Alles ok bei dir?" Asli schaute Karin mit ihren schönen großen, tiefbraunen Augen an und ließ sich einfach wieder rücklings ins Bett fallen. „Ich bin noch müde und hab heute keine Lust Mörder zu fangen." „Na ja, dann. Ich richte es unseren Mördern aus." Karin packte Aslis rechten Fuß und kitzelte ihn ordentlich durch, bis sie allmählich wach wurde. Das Geschrei war entsprechend. „Jetzt aber raus aus den Federn." „Das fällt alles unter den Paragraphen häusliche Gewalt. Gestern wurde ich verhauen und heute schon in der Früh durchgekitzelt. Ich rufe nachher mal Staatsanwalt Schneider an, wo ich Anzeige erstatten kann." „Mach das, Süße. Dann sperre ich dich heute Abend in den Keller zu den dicken Spinnen." Während Karin sich ins Erdgeschoss begab, um Kaffee aufzusetzen, grummelte Asli noch ein wenig weiter vor sich hin, bis Karin endlich Wasser in der Dusche laufen hörte. Sie legte die Reste des Stangenweißbrotes von gestern auf den Toaster und backte alles noch einmal auf. Als nächstes kontrollierte sie die Kameras. Außer einer Katze hatten keine ungebetenen Gäste vorbei geschaut. Asli ver-zichtete auf das Föhnen ihrer Haare, weshalb sie sehr schnell am Frühstückstisch erschien. Der Kaffee und die Kohlenhydrate brachten Asli rasch auf Betriebstemperatur. Kurz vor halb acht flitzten die beiden Frauen zu Aslis Golf auf der gegenüber liegenden Straßenseite und fuhren nach Kalk ins Präsidium.

Theo und Edith kämpften sich bereits durch ihre Aktenberge. „Morgen, ihr beiden. Alles ok? Ich sehe es am dürftigen Nicken, dass euch ein anständiger Kaffee fehlt. In zehn Minuten bei mir im Büro." „Morgen, Karin, wir nehmen deine Einladung gerne an", antwortete Edith. Intensiv arbeiteten sie noch mal die Akten durch in der Hoffnung, doch noch einen Hinweis auf den Täter zu finden. Besonders fokussiert waren sie dabei auf den Bruder von Benjamin Bachmann. „Irgendetwas stimmt nicht mit den Bachmann Brüdern. Wir sollten diesen Benjamin erneut vernehmen und ihm ordentlich wegen des Aufenthaltsortes seines Bruders auf den Zahn fühlen. Ich werde noch einmal mit Staatsanwalt Schneider sprechen, ob er uns nicht doch einen Durchsuchungsbefehl für die Laube von dieser Clarissa Bodemann ausstellen kann. Dann wieder an die Arbeit." Karin prüfte gerade die Mails, die sie von den anderen Abteilungen der Mordkommission erhalten hatte, als es an ihre Türe klopfte und Gregor Braun eintrat. „Hallo, Karin. Da staunst du, was?" „Das ist ja mal eine Überraschung. Was treibt dich denn in meine heiligen Hallen, Gregor? Komm rein und setz dich. Magst du einen Kaffee?" „Ja, gern." Karin holte einen Becher schwarzen Kaffee und stellte ihn vor Gregor Braun. „Was hast du auf dem Herzen, Gregor?" „Ihr ermittelt doch in den Mordfällen dieses Serientäters." „Ja, so ist es. Und wir kommen nicht voran. Der Kerl ist gerissen und verschwindet stets nach seinen Taten von der Bildfläche, als wäre er vom Erdboden verschluckt worden. Wieso?" „Nun, die Chefin meiner Tochter ist Ärztin und wurde am Dienstagabend in ihrer Praxis von einem Mann überfallen, der zwei Schusswunden aufwies, die sie dringend behandeln sollte. Er hielt ihr, während sie ihm die Wunden reinigte und desinfizierte, ein Messer vor die Nase. Ich habe die blutigen Wundauflagen mitgenommen und in der Gerichtsmedizin die DNA auf Übereinstimmungen in unserer Kundenkartei prüfen lassen. So bin ich auf einen Mann namens Benjamin Bachmann gestoßen." „Das ist der Zwillingsbruder von Bruno Bachmann, den wir für den potentiellen Mörder halten. Ich habe ihn auf der Flucht angeschossen. Leider ist er uns entkommen. Laut seinem Bruder - also Benjamin Bachmann - ist sein Aufenthaltsort unbekannt. Dein Hinweis ist aber sehr interessant. Gib mir bitte noch Name und Anschrift des Opfers. Ich möchte mit der Ärztin sprechen." „OK, dann übernimmst du den Fall?" „Ja, mach ich. Mach es bitte nur noch offiziell, damit der Staatsanwalt weiß, woran er ist. Mich wundert, dass er die Ärztin nicht umgebracht hat." „Vielleicht weil sie ihm geholfen hat. Er hat sie auf jeden Fall grässlich vergewaltigt." „Ich werde selbst mit ihr sprechen. Danke, Gregor." Zehn Minuten sprachen sie noch über Gott und die Welt, bis Gregor Braun zurück in sein Dezernat eine Etage tiefer verschwand.

Karin lief mit den neuen Informationen ins Büro nebenan. „Hört mal, was ich habe. Gregor Braun vom Dezernat Raub hat mich gerade besucht und entsprechend unterrichtet. Ich rufe jetzt die Ärztin an und hoffe, dass wir sie gleich noch besuchen dürfen." Karin ging zurück in ihr Büro und wählte die Rufnummer von Dr. Uta Schwenk. „Asli, fährst du mit mir oder soll ich Edith fragen?" „Nimm bitte Edith mit. Ich schließe gerade den Mordfall der jungen Frau ab, die ihren Freund erstochen hat, den sie mit einer Nachbarin im Bett angetroffen hat." „Alles klar." „Fährst du mit mir, Edith?" „Ich komme gleich rüber." 10 Minuten später saßen Karin Weber und Edith Steinbach im Dienstwagen. Nach Höhenhaus war es vom Präsidium aus nicht sonderlich weit zu fahren. Fünfzehn Minuten später stellten sie den Mondeo auf dem Patientenparklatz vor der Praxis ab. Sarah Braun, Gregors Tochter, nahm Karin und Edith in Empfang und führte die beiden Kriminalbeamtinnen in Uta Schwenks Büro. „Sie müssen sich noch einen Moment gedulden. Die Chefin operiert gerade. Mögen Sie einen Kaffee oder ein Wasser?" „Wasser wäre gut." Zwanzig Minuten später betrat Dr. Uta Schwenk ihr Büro. „Hallo, die Damen", begrüßte sie ihre Besucherinnen. Sie trug noch ihren blutbespritzten, grünen OP-Kittel, den sie sich jedoch gleich auszog und in den Behälter mit der dekontaminierten Wäsche warf. Sie reinigte sich noch ihre Hände und setzte sich dann zu Edith und Karin. „Da habe ich mir aber einen wenig netten Besucher eingeladen." „In der Tat, Frau Doktor Schwenk. Mein Name ist Karin Weber, wir hatten telefoniert, und das ist Edith Steinbach, meine Kollegin. Wenn zutrifft, was wir glauben, sind Sie am letzten Dienstagabend haarscharf Ihrer Ermordung entgangen." „Ich habe von den Fällen in der Zeitung und im Fernsehen gehört. Schrecklich! Scheint ein absoluter Irrer zu sein." „Sie haben ihn kennengelernt, Frau Doktor Schwenk. Was haben Sie für einen Eindruck gewonnen?" „Nun, er hat mich als Weib bezeichnet und wie es schien, ist sein Verhältnis zu Frauen absolut gestört. Er hat mich wie ein Wahnsinniger vergewaltigt, nachdem er mich mit einem Schlag KO gesetzt hat." „Könnte dies der Mann gewesen sein?" Karin zeigte der Ärztin ein Bild von Benjamin Bachmann. „Also, von der Kopfform her ganz sicher. Er war ein wenig schlanker als der Mann auf dem Foto." „Gab es Auffälligkeiten, an die Sie sich erinnern?" Uta Schwenk grinste süffisant. „Wenn Sie mich so fragen: Er besitzt einen völlig entstellten Penis, der durch diverse Folterungen einen überdimensionalen Umfang angenommen hat. Ich habe heute noch Probleme, mich schmerzfrei zu bewegen." „Es ist für uns nach wie vor unerklärlich, warum er Sie verschont hat. Sie entschuldigen diese meine Formulierung." „Ja, natürlich. Wahrscheinlich liegt es daran, weil ich ihn behandelt habe. Obwohl, vergewaltigt hat er mich dann ja doch noch. Ist es eigentlich wahr, dass er seinen Opfern die Brustwarzen und die inneren und äußeren Schamlippen bei lebendigem Leib weggeschnitten hat?" „Leider ja." „Der Täter muss unter einer gewaltigen Störung leiden. Wenn ich mich an meine Psychologieseminare zurück erinnere, deuten all diese Symptome daraufhin, dass der Täter als Kind oder Jugendlicher von einer oder mehreren Frauen systematisch gefoltert und misshandelt wurde und das über einen längeren Zeitraum. Halten Sie es für möglich, dass er wiederkommt, um sich erneut von mir behandeln zu lassen? Eine der Schusswunden ist haarscharf an, beziehungsweise unterhalb der Niere durchgegangen. Die sollte sich auf jeden Fall nochmals ein Kollege ansehen und weiter behandeln." „Rufen Sie uns sofort an, wenn der Täter sich hier wieder blicken lässt und Sie die Zeit dazu finden." „Da können Sie sicher ein. Ich hoffe, ich sehe ihn nicht wieder. Bei seinem nächsten Besuch spritze ich ihm Rattengift." „Keine schlechte Idee, allerdings wird der Staatsanwalt dies nicht als Notwehr durchgehen lassen." „Dann sollte sich der Herr Staatsanwalt einmal den verdammten Schwanz dieses Wahnsinnigen in seinen Hintern stecken lassen. Glauben Sie mir, dann wird er auch Rattengift zur Notwehr erlauben. Entschuldigen Sie bitte." Uta Schwenk liefen Tränen die Wangen herunter, die sie sogleich mit dem Ärmel ihres weißen Kittels wegwischte. „Kein Problem, Frau Dr. Schwenk. Wir verstehen Sie." Karin und Edith erhoben sich. „Auf Wiedersehen, Frau Steinbach und Frau Weber. Tun Sie mir einen Gefallen? Schnappen Sie sich dieses Schwein." „Wir tun unser Bestes und alles was in unserer Macht steht."

„So tough wie die Schwenk anfangs tat, ist sie nicht wirklich. So locker wie sie zu Beginn unseres Besuches über die Vergewaltigung sprach, hat sie die nach meiner Ansicht noch lange nicht überwunden." „Sie ist Ärztin, Edith. Sie wird wohl wissen, ob sie sich einem Kollegen anvertrauen möchte oder nicht." „Dann spann an, Karin. Ich habe schon seit einer Stunde Feierabend und ein Rudel hungriger Familienmitglieder, die auf mich warten." „Verdammt, ist es schon wieder so spät?" „Ja, kurz nach fünfzehn Uhr." „Du kannst gleich abhauen zu Mann und Kindern. Ich schreibe den Bericht." „Vielen Dank, Karin. Sag mal hast du eigentlich keine Angst, dass der Typ euch an die Wäsche geht?" „Natürlich hab ich Angst und Asli auch, aber ich lasse mir doch nicht von diesem Wahnsinnigen meine ganze Freizeit zerstören." „Wo du Recht hast, hast du Recht, Karin." „So, Kollegin, da sind wir wieder in unseren heiligen Hallen. Schönes Wochenende." „Euch auch. Ich gehe noch kurz mit nach oben meine Tasche holen und den PC fürs Wochenende schlafen legen."

Karin ließ sich in ihren Sessel fallen. Die Worte der Medizinerin gingen ihr nicht mehr aus dem Kopf, was den Täter anbetraf. War der Mörder tat-sächlich in seiner Vergangenheit selbst ein Opfer von sexueller Gewalt geworden? Hasste er deshalb alle Frauen, weil er vielleicht in der Schule oder sonst wo im privaten Bereich sexuelle Gewalt erlebt hatte? Lag hier eventuell ein Ansatzpunkt, um dem Täter auf die Schliche zu kommen? Wenn er in seinen Briefen an Asli nicht gelogen hatte, dann waren die beiden Tanten seine Peiniger. Doch stimmten seine in Schriftform geäußerten Aussagen gegen die Tanten wirklich mit der Realität überein? Alles, was er schrieb, klang einfach unheimlich unrealistisch. Doch sie hatte in den vielen Jahren ihrer Tätigkeit bei der Polizei schon so manches gesehen, gelesen und erlebt, was kaum zu glauben schien und doch war es geschehen. Karin war so in ihren Gedanken, dass sie überhaupt nicht bemerkte, dass Asli plötzlich neben ihr stand. „Lass uns auch Feierabend machen, Karin. Wir müssen für morgen noch einkaufen. Robert und Carry, Biggi und Theo und Ernst kommen doch Samstag zum Essen." „Stimmt, das hatte ich ganz vergessen." „Kein Problem, ich habe alles unter Kontrolle." „Dann fahren wir jetzt beim Großmarkt vorbei und kaufen alles ein." „Übernimmst du die Rechnung, Karin?" „Kann ich machen, warum?" Ein geheimnisvolles, verschmitztes Lächeln huschte über Aslis Gesicht. „Kann es sein, dass dein Gehalt den Weg in deinen Schuhschrank genommen hat?" Aslis Grinsen wurde noch breiter. „Das ist doch nicht wahr, oder?" „Man, du verhältst dich schon so wie ein bescheuerter Ehemann. Ja, ich habe diesen Monat vier Paar Schuhe und eine Handtasche gekauft." „Na wunderbar! Ich bin mal gespannt, wie du daraus ein Abendessen zaubern willst. Ich möchte keinesfalls einen deiner getragenen, müffelnden Schuhe essen müssen." „Willst du jetzt behaupten, ich hätte Käsefüße?" „Na gut, verwöhnen wir unsere Gäste halt mit Schweizer Käsefondue morgen Abend." „Du bist so was von

186

bescheuert, Karin. Ich rufe jetzt sofort beim Standesamt an und frage, wie lange die Umtauschfrist gilt, während der man unausstehliche Ehepartner zurückgeben kann." „Die ist längst abgelaufen. Du hast mich jetzt auf Lebenszeit am Bein." Karin lachte fett los. Asli fiel in ihr Lachen ein. „Komm her, mein Monster, und lass dich drücken." Karin nahm Asli in den Arm. „Ich möchte nie mehr ohne dich sein, Kleine. Komm, wir machen Feierabend." „Ich auch nicht, Karin."

Kapitel 28

„Wenn ich mir die Einkaufsrechnung so anschaue, könnte ich den Eindruck gewinnen, wir haben zwanzig Gäste eingeladen statt der fünf." „Ach, Karin, du weißt doch, dass ich gern koche und so häufig laden wir uns ja keine Gäste ein. Dann ist es doch nicht so schlimm, wenn wir mal so richtig auf den Putz hauen." „Du hast gut lachen. Deine Schuhe und die Handtasche ruhen sanft in deinem Schuhschrank. Ich werde mir wohl bald zwei alte Aufnehmer um die Füße wickeln müssen, damit ich etwas anzuziehen habe." Asli musste über Karins Äußerung so lachen, dass sie anhalten musste. „Oh, du meine arme Ehefrau musst darben wegen deiner kleinen Asli." Noch während die beiden Frauen weiter herumalberten, summte Karins Smartphone. „Moment mal, Asli, wir haben Besuch." Karin starrte gebannt auf das Display. „Das ist doch Ernst mit einer Frau im Arm. Sieh mal." „Ja, stimmt, was macht denn unser Leichen-

187

fledderer vor unserer Haustüre?" „Fahr los. Wir sind gleich zu Hause, dann werden wir es erfahren." Asli parkte den Golf gleich gegenüber der Garageneinfahrt ihres Häuschens. Aus einiger Entfernung bewegte sich ein Pärchen auf sie zu. Asli und Karin mühten sich bereits, alle erstandenen Artikel ins Haus zu tragen. „Was erblicken meine müden Augen?! Ernst Brandt in Begleitung einer schönen Frau? Welch einzigartiger Anblick." Ernst lachte und wirkte vollends glücklich. „Tja, ihr beiden, jetzt habe ich mein bestgehütetes Geheimnis gelüftet. Das ist Doktor Marie Oiseau, meine Lebensgefährtin." „Bon jour, Madame Oiseau." „Hallo, ihr beiden. Lasst bitte bloß meinen Titel und den Nachnamen weg. Auf Deutsch heiße ich einfach Vogel. Ich freue mich sehr, euch näher kennen zu lernen. Ich heiße schlichtweg Marie. Ernst hat mir schon eine Menge von euch erzählt." „Ja super, aber wollen wir auf der Straße stehen bleiben?" „Wir wollten euch nicht stören." „Tut ihr nicht. Kommt rein. Wir waren für morgen groß einkaufen." Ernst Brandt konnte vor Stolz, seine Freundin endlich präsentieren zu können, kaum sprechen. „Deshalb sind wir hergekommen, um zu fragen, ob Marie morgen Abend mitkommen darf. Ich wollte sie nicht einfach so mitbringen, ohne euch etwas zu sagen." „Wieso mitbringen? Du hättest Marie auch gern alleine schicken können, Ernst." „Das ist mal wieder so typisch für meine liebevollen Freundinnen." „Jetzt kommt erstmal rein und setzt euch. Cafe au Lait pour Madame?" „Ja, gern." „Ernst, auch Milch-

188

kaffee?" „Liebend gern, mit Zimt und Kardamom bitte."

Nach dem Kaffee und einer Menge Smalltalk zog Marie ihre Pumps aus und verschwand mit Asli in der Küche, um erste Vorbereitungen für das morgige Dinner zu treffen. Die beiden Frauen setzten die Marinade für die beiden Lammkeulen an und verstanden sich gleich vortrefflich. „Marie ist sehr lieb und überaus attraktiv. Wo hast du alter Schwerenöter sie kennengelernt?" „Auf einer Tagung der Gerichtsmediziner Europas in Brüssel. Marie leitet die Gerichtsmedizin in Straßburg. Sie ist auch Anthropologin und Gerichtsmedizinerin und kann eine Menge erzählen. Wenn du ihr ein Skelett gibst und sie machen lässt, ist sie nach einigen Proben glatt in der Lage zu sagen, ob der Verstorbene Links- oder Rechtshänder war. Also, nicht ganz so, aber sie ist wirklich gut und kann richtig packende Vorträge halten." „Ich freue mich für dich, Ernst." „Sie tut mir auch sehr gut. Wenn ich in wenigen Jahren in den Ruhestand gehe, werde ich zu ihr nach Straßburg ziehen. Sie besitzt dort eine schöne, uralte Villa, die sie liebevoll restauriert hat." Karin plauderte noch eine ganze Weile mit Ernst, ihrem liebsten Freund, der vor vielen Jahren nach ihrer Scheidung einmal um sie geworben hatte. Doch irgendwie waren sie nicht zusammen gekommen. Sicher weil sie eine tiefe Freundschaft verband und beide die Sorge hatten, dass eine Beziehung diese Freundschaft zerstören könnte. Marie drückten keinerlei Berührungs-ängste. Sie warf sich aufs Sofa und hörte zu, was

189

ihre Gastgeberinnen zu erzählen hatten. „Wie kommt ihr im Fall des Serienkillers weiter?" „Leider nicht so wirklich. Er verhält sich wie ein Phantom." Karin setzte Ernst und auch Marie ins Bild. „So wie sich das anhört, wird euer Täter von einem starken Trauma aus der Vergangenheit getrieben. Er ist ganz sicher verdammt gefährlich. Seid auf der Hut. Solche Menschen verlieren sehr rasch den Bezug zur Realität, wenn sie in einen Blutrausch verfallen." „Das haben wir leider schon mehrfach mit ansehen müssen." Gegen Abend erhoben sich Marie und Ernst. Sie verabschiedeten sich und verließen Asli und Karin.

„Und, was denkst du, Asli?" „Sie passt sehr gut zu Ernst, fachlich wie menschlich und sie kann super kochen. Wir haben unsere Lammkeulen in eine phantastische Rotweinmarinade gelegt, die Marie mitgestaltet hat. Das wird ein Festmahl morgen Abend." „Das will ich doch schwer hoffen. Schließlich kann ich mir wegen dieses Menüs keine Schuhe und keine Handtasche mehr kaufen." „Du bist so doof, Karin Weber." Asli schlug Karin mit der Faust gegen ihren linken Oberarm. „Au. Warte ab, du kommst mir ja gleich ins Bett."

Wettertechnisch startete der folgende Samstag mit strahlend blauem Himmel und Vogelgezwitscher. Karin konnte nicht mehr schlafen. Und weil sie nichts mehr im Bett hielt, beschloss sie gegen halb acht aufzustehen. Da ihre Schlafmütze noch tief und fest schlummerte, begab sie sich ins Bad und startete mit speziellen Körperpflegeritualen. Zuerst entfernte sie nachgewachsene Körperhaare.

190

Danach ließ sie ihren Beinen eine Rasur angedeihen. Nach einer knappen Stunde legte sie sich zufrieden gegen die Lehne ihres Stuhls im Bad zurück und betrachtete ihre wieder sehr ansehnlich gepflegten Füße, als sie hinter sich einen Luftzug verspürte. „Dass du morgens schon so filigrane Sachen machen kannst." „Guten Morgen, Asli. Hast du gut geschlafen?" „Wie ein Murmeltier. Morgen, Karin. Du ich muss mal." „Ich geh ja schon. Kannst du denn schon Kaffee aufnehmen?" „Ja, lecker, mach Frühstück, Chefin." Kopfschüttelnd verließ Karin das Bad und schloss die Türe. Frisch geduscht fand sich dann auch Asli am Frühstückstisch ein. Während sie ein aufge-backenes Brötchen mit Marmelade verschlang, schaute sie Karin an. „Was brauchen wir eigentlich noch für heute Abend?" „Zwei Baguette für die Vorspeise und Vanille-Eis für das Dessert. Die Sachen fahre ich nach dem Frühstück rasch besorgen. Kannst du bitte die Kartoffeln für den Auflauf kochen?" „Ja, mach ich. Ich wollte auch den zweiten Gartentisch und die Stühle auf die Terrasse stellen. Mit Marie sind wir jetzt zu acht. Ich bringe auch mal den Heizstrahler nach draußen. Abends wird es jetzt ja doch schon erheblich kühl." „Räumst du hier alles weg. Dann fahre ich gleich los." „Ja, sicher, hau schon ab und vergiss deine Dienstwaffe nicht, Asli." „Ganz sicher nicht." Asli gab Karin einen flüchtigen Kuss und schon war sie zum Einkauf durch die Türe.

Karin setzte die Pellkartoffeln auf. Ein Blick in den Steinguttopf, in dem die beiden Lammkeulen genussvoll in Rotwein mit Kräutern badeten, ließ ihr das Wasser im Munde zusammenlaufen. Sie holte noch den zweiten Gartentisch aus dem Gartenhaus und die Stühle und wischte alle Teile sorgsam ab. Zum Schluss stellte sie den Heizstrahler auf. Das Eindecken der Tafel würden sie ohnehin erst am späten Nachmittag vornehmen. Karin schaute nach den Pellkartoffeln, die sprudelnd im heißen Wasser kochten. Gerade als sie sich ein Glas Mineralwasser einschenkte, summte ihr Smartphone. „Weber? Hallo, Josef." „Morgen, Karin. Ich belästige dich ja ungern am Samstag, aber wir haben wieder eine Tote und die sieht ganz übel aus." „Wo muss ich hinkommen?" „A 59 stadteinwärts kurz bevor die Autobahn endet vor der Lanxess Arena. Unser Täter hat den Baumwollsack mit dem Opfer förmlich vor einen heran nahenden SUV donnern lassen. Biggi Wax und ihr Team sind bereits zum Tatort unterwegs." „Alles klar, Josef. Ich komme hin. Denk bitte daran, dass sich deine Leute entsprechend kennzeichnen." „Ja, Karin, für heute gilt die Anweisung, blaue Kabelbinder rechts an der Schulterklappe zu tragen." „Alles klar, bis gleich." Weil Karin Theo in Folge seines vorhandenen Traumas diesen Anblick ersparen wollte, unterließ sie es, ihn zum Tatort zu bestellen. Er würde ohnehin von Biggi erfahren, was geschehen war. Edith wollte sie auch nicht behelligen, was zur Folge hatte, dass sie alleine zum Fundort der Leiche fuhr. Sie zog sich ihre Lederkombi und die Stiefel an und griff nach den Handschuhen und dem Helm. Ihre Waffe steckte sie sich in das Schulterhalfter. Sie schrieb

Asli noch kurz einen Zettel, wohin sie unterwegs war und schaltete die Kartoffeln ab. Langsam schob sie ihre schwere BMW aus der Garage und brauste davon.

Karin fuhr schnell, aber sehr sicher und mied jedes Risiko. Zwanzig Minuten benötigte sie für die Strecke von zu Hause bis zum Fundort der Leiche. Weil es doch wärmer war, als sie angenommen hatte, freute sie sich, als sie endlich Helm und Handschuhe ausziehen konnte. Josef Michalek kam gleich auf sie zu, als er die rasante Motorradfahrerin erkannt hatte. „Hallo, Karin, fährst ja immer noch Krad." „Hallo, Josef. Stimmt, es war für mich die schnellste Möglichkeit, hierher zu kommen." „Nun ja, bist zwar sehr schnell hier eingetroffen, aber einen schönen Anblick kann ich dir wirklich nicht bieten. Komm mit." Karin schaute sich um. Alle Beamten in der Umgebung trugen dezent sichtbar blaue Kabelbinder an der rechten Schulterklappe. Still begrüßte Karin durch Nicken die Kollegen der Schutzpolizei. Als sie in einen der Sanitätswagen hineinschaute, sah sie eine junge Polizistin, die heftig unter Schock zu stehen schien und von einem Notfallseelsorger sowie einem Arzt betreut wurde. Immer näher kam sie der Absperrung, welche die Feuerwehr als Sichtschutz aufgebaut hatte. Karin holte unbemerkt noch zweimal tief Luft, ehe sie hinter die Absperrung trat. Hier rannte sie beinahe unmittelbar gegen den im Frontbereich stark beschädigten, schwarzen X5 SUV, in dessen Innenraum Biggi Wax und zwei Helfer der Gerichtsmedizin damit befasst waren, die heftig deformierten Leichen des Fahrers sowie auch der Frau zu bergen. Biggi trug einen Ganzkörperoverall mit Kapuze, der über und über mit Blut verschmiert war. Karin begann sofort ganz schnell ihre Zehen zu bewegen, um sich eine Ohnmacht zu ersparen. Diesen Trick hatte ihr einmal Ernst Brandt beigebracht. Meistens half er. „Geh wieder zurück, Karin. Das hier ist nix für schwache Nerven." „Es geht schon." „Du bist aber ganz weiß im Gesicht. Klapp hier bloß nicht zusammen. Ich kann dich mit den versauten Klamotten nicht mal richtig auffangen." „Ich versuche es, Biggi." „Kannst du schon etwas sagen?" „Tja, ist ähnlich wie bei den anderen Morden auch. In diesem Fall jedoch scheint unser Täter den Zeitpunkt, an dem er die Frau herunter geworfen hat, genau abgepasst zu haben, damit sie direkt gegen den Frontbereich des BMW prallt. Unser Täter muss von Hass gegen Frauen förmlich zerfressen sein. Die Identität des Fahrers haben wir dank seiner Papiere. Die Frau ist unbekleidet. Ihren Namen kennen wir noch nicht. Allerdings können wir kein Bild mit dem Gesicht der Toten veröffentlichen. Es existiert kein Gesicht mehr. Und ob der Zahnstatus noch zur Identifikation von Nutzen sein kann, wage ich zu bezweifeln. Wenn du mich fragst, handelte unser Täter diesmal ganz besonders jähzornig. Der Mann ist einfach wahnsinnig." Kurz darauf trat einer der Helfer der Gerichtsmedizin an Biggi heran. „Was ist, Hans?" „Ich habe das abgetrennte Bein der Frau gefunden. Es ist hier in dem PVC-Sack." „Alles klar, Hans. Dann räumen wir jetzt die Leichen in

194

die Transportbehälter und lassen sie nach Braunsfeld in die Gerichtsmedizin bringen. Den Wagen übernimmt die Spusi." Biggi wand sich wieder Karin zu. „Du, Karin, ich muss weitermachen. Wir sehen uns gegen 19:00 Uhr bei euch?" „Ja klar, bis später." Karin drehte sich um und verließ den grausamen Ort. Sie versuchte, einfach an nichts zu denken. „Ich fahre zurück nach Hause, Josef. Ist dir sonst etwas aufgefallen?" „Wir haben einen freien Fotografen festgenommen, der in einer nachgemachten Polizeiuniform hier herumgeisterte und Tatortfotos zum Verkauf geschossen hat. Es wird Anzeige gegen ihn erstattet. Dann noch ein schönes Wochenende, Karin." „Dir auch, Josef."

Kapitel 29

Karin bestieg wieder ihre Maschine. Doch bevor sie losfuhr, dachte sie nach. Sie nahm ihr Mobiltelefon und wählte die Rufnummer der Altenheimanlage SBK der Stadt Köln an. „Hallo, Hauptkommissarin Weber von der Mordkommission Köln. Ich möchte bitte Benjamin Bachmann sprechen." „Moment bitte, ich stelle auf Station." „Berger?" „Hauptkommissarin Weber, hallo, Frau Berger, ich möchte bitte Herrn Bachmann sprechen." „Hallo, Frau Weber. Benjamin hat Freiwochenende. Er kommt erst am Montagmorgen zum Frühdienst wieder." „Wissen Sie, wo ich ihn finde?" „Sicher zu Hause in der WG." „Vielen Dank für die Auskunft." „Gern geschehen. Schönes Wochenende." „Ihnen auch, Frau

Berger." Karin setzte den Helm auf und zog die Handschuhe an. Ihre Fahrtroute führte sie nach Klettenberg zur Wohnung der WG. Kurz nach zehn Uhr betätigte sie den Klingelknopf. Es dauerte eine ganze Weile, bis ihr eine verschlafene, weibliche Gestalt die Türe öffnete. „Ja bitte?" „Guten Tag. Hauptkommissarin Weber, ich möchte zu Benjamin Bachmann." „Gehen Sie hoch. Sie wissen ja, wo er wohnt. Ich kann Ihnen aber nicht sagen, ob er da ist." „Danke, das werde ich wohl merken." Karin ging die Treppe hoch. Vereinzelt huschten verschlafene und nur leicht bekleidete Gestalten über den Flur direkt ins Bad. Die Türe von Benjamin Bachmann war fest verschlossen. Karin klopfte ein paar Mal dagegen, doch ihr wurde nicht geöffnet. „Beni ist nicht da. Der wollte bei seiner Freundin pennen", schallte es aus dem Nachbarraum heraus. „Danke." Karin drehte sich herum und verließ das Haus. Enttäuscht setzte sie sich auf ihre Maschine und fuhr die wenigen Kilometer bis nach Hause.

Asli stand in der Haustüre, als Karin das Garagentor schloss. „Hallo, mein Schatz. So wie du aussiehst, war es schlimm." „Noch schlimmer, Asli. Viel schlimmer. Der Typ ist vollkommen gestört und verdammt gefährlich." Karin brach in Tränen aus, während sie langsam den Rücken an die Wand gelehnt herunter auf den Boden rutschte. „Komm, Süße, sprich mit mir. Rede es dir von der Seele." „Das Gesicht der Frau ist bis zur Unkenntlichkeit zerstört. Der Täter hat den Zeitpunkt des Herunterschleuderns des Baumwollsacks mit dem Opfer darin so lange herausgezögert, bis der heraneilende SUV sie unmittelbar erwischte. Der Fahrer und die Frau sind beide tot. Es war ein furchtbarer Anblick." „Komm mit rein, Karin, ich mach dir einen Kaffee." Langsam erhob sich Karin Weber vom Boden. Eher vorsichtig torkelte sie Asli Bülent auf ihrem Weg in die Küche hinterher. Wie in Zeitlupe ließ sie sich auf einem der Küchenstühle nieder. Sie öffnete die Lederkombi und zog den Halfter mit der Dienstwaffe aus. „Ich bin auf dem Rückweg bei der WG von Bachmann vorbeigefahren. Er war jedoch nicht zu Hause. Ein Mitbewohner rief mir zu, dass er wieder bei seiner Freundin schlafen wollte. Er hat aber doch keine Freundin. Wo schläft er dann?" Die beiden Frauen sahen sich anfangs fragend an. Plötzlich riefen sie beide aus: „Natürlich, er schläft in der Datscha." Asli rannte sofort ins Schlafzimmer und holte ihre Lederjacke, ihren Helm und die Dienstwaffe. Karin schloss alle Türen und Fenster und eilte zur Garage. Nur Minuten später ließ Karin den Boxer der BMW an. Asli schwang sich auf den Sozius und es ging los. Zehn Minuten später stellten sie die BMW auf dem Parkplatz vor der Kleingärtneranlage ab. In allen Parktaschen standen Fahrzeuge abgestellt. Weil in wenigen Stunden im Kölner Stadion ein Bundesligafußballspiel des 1. FC Köln stattfinden würde, versuchten immer mehr Fans, ihre Autos in Stadionnähe abzustellen, was auch hier gleich gegenüber des Franz Kremer Stadions für ein gewaltiges Verkehrsaufkommen sorgte. Die beiden Frauen verstauten ihre Helme in den Packtaschen der Maschine und liefen los. Nachdem sie sich orientiert hatten, fanden sie den Schrebergarten von Clarissa Bodemann. Still lag das Anwesen zwischen ein paar Bäumen und einer Sträucherhecke da. „Ich werde das Gefühl nicht los, beobachtet zu werden, Karin." „Sehe ich genauso." Eine Duftwolke von frisch gegrillten Würstchen zog ihnen in die Nase. Asli drückte den Griff des Gartentörchens herunter, doch es ließ sich nicht öffnen. „Abgeschlossen." „Das sollte uns keineswegs aufhalten, Asli." Gerade als Karin das Schloss zu knacken, begann tauchten zwei Männer auf. „Was machen Sie da?", schrie einer der Männer. „Ich rufe jetzt die Polizei." Noch bevor Asli und Karin reagieren konnten, trat einer der Männer mit einem Baseballschläger auf sie zu, während der andere einem Streifenwagen zuwinkte. Die beiden Streifenbeamten staunten nicht schlecht, als sie Karin und Asli erblickten. Karin zückte bereits ihren Dienstausweis und hielt ihn hoch. „Wir sind von der Kripo Köln und fahnden nach einem Verbrecher."

Die beiden älteren Streifenbeamten hatten Karin bereits erkannt und grinsten. „Hallo, Frau Weber, das hätte ich ja nicht gedacht, dass Sie am Wochenende in Schrebergartenanlagen einbrechen. Wenn ich das dem Josef Michalek erzähle." „Hallo, ihr zwei, ihr kommt mir wie gerufen. Es ist Gefahr im Verzug. Ihr seid unsere Verstärkung. Wir gehen da jetzt rein." „Und nach wem suchen wir, Karin?" „Nach dem Serienmörder, der die Frauen tötet." „Dem Brückenkiller?"

Sofort war den beiden Kollegen die gute Laune vergangen und eine einsetzende Spannung anzumerken. Zuerst schickten sie die beiden Kleingärtner zurück in ihren Anlagen. Karin hatte das Törchen bereits geöffnet. „Los, wir gehen rein." Asli und Karin ließen sich von einem der Kollegen Deckung geben. Als Asli jedoch die Klinke der Laube herunterdrückte, blieb die Türe verschlossen. Entschlossen zog sie einen Bund mit Drahtinstrumenten aus der Tasche und öffnete das Schloss. Furchtlos trat Karin als erste in die Hütte ein. Der Wohnraum hinterließ einen sauberen und aufgeräumten Eindruck. Wie es schien, wurde vor noch nicht allzu langer Zeit sogar durchgelüftet. Der grüne Teppichboden, der auch im Terrassenbereich verlegt wurde, war frisch gesaugt. Asli stolperte über eine kleine Unebenheit, als sie hinter einen Vorhang schaute, doch auch hier deutete nichts auf die Anwesenheit des Serientäters hin. Fast gleichzeitig steckten alle ihre Dienstwaffen zurück in ihre Holster. „Ihr werdet wohl weiter nach ihm fahnden müssen. Hier steckt er jedenfalls nicht, obwohl er hier zweifelsfrei genächtigt haben könnte und jetzt sein Versteck verlassen hat." „Sehe ich auch so. Na dann, ruhigen Dienst, Kollegen." „Euch auch, Karin. Bis zum nächsten Mal." Missmutig trabte Karin zurück zu ihrem Motorrad. „Ich hätte wetten können, dass Bachmann sich hier aufhält." „Wir werden ihn finden, Karin, und ich glaube, wir sind ganz nah dran." „Wir können es nur hoffen."

Kurz vor sieben Uhr trudelten nacheinander ihre Gäste ein. Ernst und Marie klingelten als erste bei Karin und Asli. Ernst schleppte einen Karton Bordeaux heran, während Marie eine Flasche uralten Cognacs mitbrachte. Marie war eine echte Schönheit. Ernst freute sich sehr, dass Asli und Karin sie gleich in den Kreis der hungrigen Freunde eingebunden hatten. Im ganzen Haus duftete es nach gebratenem Lammfleisch und Kartoffelauflauf. Biggi und Theo trafen als nächstes ein. Biggi hatte noch nasse Haare, weil ihr kaum Zeit geblieben war, zu Hause in Ruhe zu duschen nach den Obduktionen. Marie und Biggi waren sich ebenfalls gleich sehr sympathisch, was nicht nur daran lag, dass Biggi fließend Französisch sprach. Den krönenden Abschluss der eintreffenden Gäste bildeten Robert und Carry. Robert Willbrand, der Leiter der KTU, liebte Nord-Amerika über alles und es verging kein Urlaub, den er nicht dort verbrachte. Das Knattern seiner Harley Davidson hatte ihn bereits von weitem angekündigt. Stilecht trug er Schlangenlederstiefel zur Jeans und ein Jeanshemd dazu, dessen drei oberste Knöpfe offen standen und dem Betrachter einen Blick auf eine muskulöse, glatt rasierte Brust gewährten. Natürlich durfte der Jethelm eines amerikanischen Kampfpiloten nicht fehlen, den er stets zum Motorrad fahren trug. Weil seine Lebensgefährtin eine medizinische Fortbildung in Deutschland über ein Jahr lang absolvierte, konnte er seinen Freunden endlich einmal Carry vorstellen, eine echte Indianerin und direkter Nachkomme von Sitting Bull. Carry war gertenschlank,

200

besaß tiefschwarze, lange Haare, die ihr bis zum Po reichten und strahlte alle übrigen Gäste aus tiefblauen Augen an, die offensichtlich nicht nur den männlichen Gästen gefielen. Sie trug ebenfalls Jeans und ein Jeanshemd und ihre Füße steckten in Cowboystiefeln aus Schlangenleder. Carry, die von ihren Stammesmitgliedern nur weiße Feder genannt wurde, arbeitete als Naturärztin in einem Reservat. Doch sie beherrschte nicht nur die Heilkunst der Schulmedizin, sondern sie wurde auch vom Medizinmann ihres Stammes zur Schamanin ausgebildet. Der Abend wurde zu einem echten Highlight. Karin und ihre Gäste vergaßen einmal für ein paar Stunden all ihre Sorgen. Theo, der sich ebenfalls sehr für die Naturmedizin der Schamanen interessierte, und dies nicht nur weil Carry wirklich eine Schönheit war und hinter einem tiefen Ausschnitt zwei kräftige Brüste präsentierte, diskutierte ausgiebig mit ihr wie auch Biggi und Ernst. Weit nach Mitternacht verabschiedeten sich die Gäste von ihren Gastgebern. Biggi und Theo übernachteten im Gästezimmer von Asli und Karin, weil keiner der beiden nach dem Genuss des leckeren Rotweins mehr fahren konnte und ein Taxi nach Ehrenfeld richtig Geld kostete. Als alle gegangen waren, packte Biggi gleich richtig mit an. Sie half beim Abräumen und spülen und auch Theo machte sich nützlich. Als Betthupferl gab es für jeden noch ein Glas von Maries Cognac. „Schlaft gut und macht mir jetzt bloß keinen Krach im Bett. Wir sind als anständige Nachbarn bekannt", mahnte Karin. „Wie langweilig. Ein wenig schmusen könnte sicher noch drin sein. Was meinst du, Theo?" Theo bekam einen roten Kopf. Ihm hatte der Wein besonders gut geschmeckt und man merkte ihm dies auch an. Der leckere Rotwein zu dem hervorragenden Essen und die Gläschen Cognac zum Kaffee, den Asli mit Kardamom und Zimt arabisch aufgepeppt hatte, ließen sie am folgenden Sonntag etwas länger schlafen. Bei Biggi meldete sich kurz vor halb neun ihre Blase und forderte sie auf, zur Toilette zu gehen. Vorsichtig entknotete sie sich aus dem Arm- und Beingewirr, mit dem sie Theo an sich gefesselt hatte und verließ das Bett. Da sie weder im Sommer noch im Winter Nachtwäsche trug, stolzierte sie splitternackt über den Flur zur Toilette. Gerade als sie die Klinke herab drücken wollte, öffnete sich die Türe von alleine und Asli trat aus dem Bad. „Morgen, Biggi, das ist mal ein wirklich hübscher Anblick am frühen Morgen." „Hi Asli, gefalle ich dir etwa?" „Es wäre gelogen, würde ich dies verneinen." „Ich glaube aber, Theo hätte etwas dagegen, ganz zu schweigen von Karin. Außerdem stehe ich nicht wirklich auf Mädels." „Das hat Karin anfangs auch immer behauptet und heute ist sie mit mir verheiratet." Die beiden Frauen lachten. „Wollen wir Frühstück machen, Biggi?" „Ja, machen wir. Ich geh nur eben duschen und ziehe mir etwas an." „Oh schade." Asli verschwand grinsend im Schlafzimmer, während Biggi das Bad aufsuchte.

„Flirtest du etwa mit Biggi?" „Und ob! Sie kam mir gerade splitternackt entgegen. Sie ist ein hübsches

Mädchen, eine typische Rothaarige mit weißer Haut und süßen kleinen, rötlichen Brustspitzen. Sie hat schöne Brüste, einen ganz flachen Bauch, sportlich geformte Beine und einen süßen, glatt rasierten Venushügel. Sie ist jung und sicher wissbegierig was Sex angeht. .Ach, wenn ich mir überlege, womit ich mich hier im Bett behelfen muss?" „Wie bitte?" Asli lachte laut los und stürmte aus dem Schlafzimmer. Karin sprang ebenfalls aus den Federn und rannte ihr hinter her. Mit Schwung warf sie Asli ein Kissen an den Kopf. Gerade als sie die Treppe erreichten, öffnete sich die Badezimmertüre und Biggi trat duftend wie eine arabische Blume nackt aus dem Bad. „Hallo, ihr Zwei. Habe ich etwas verpasst?" „Nö, ich hab Karin nur gerade gesagt, wie hübsch ich dich finde." „Und du hast dich hämisch darüber ausgelassen, womit du dich hier im Schlafzimmer begnügen musst." Karin schnappte sich Asli und legte sie sich über die Schulter. „Dir werde ich helfen, Süße." Asli schrie laut auf, während Biggi heftig ob der Attacke lachen musste. „Seid ihr jetzt alle verrückt geworden? Es ist noch verdammt früh für solche neckischen Spielchen." „Findest du, Theo? Dann komm mal mit ins Bett. Mal sehen, ob es dir noch zu früh ist." Theo Zerfakis bekam einen roten Kopf. Die Mädels prusteten los vor lauter Lachen. „Das ist ein Irrenhaus hier. Ich muss mal." „Sollen wir Drei dich abhalten, Theo?", rief Asli ihm nach, die wieder auf ihren Füßen stand. „Das könnte euch so passen. Ich bin aber schon groß und weiß mir selbst zu helfen. Macht ihr lieber ein anständiges Frühstück mit leckerem Kaffee und frischen Brötchen. So macht ihr Mädels euch wenigstens nützlich." Rasch verschwand Theo nach seinem Machospruch im Bad und schloss die Tür ab. „Na warte", flüsterte Karin. Biggi hatte sich schnell angezogen und gesellte sich zu Asli und Karin. Sie deckten für drei Personen einen ansehnlichen Kaffeetisch ein. Auf den Platz von Theo legten sie zehn Euro und einen Leinenbeutel mit einem Zettel dazu, auf dem sie genau ihre Gebäckwünsche zum Frühstück notiert hatten.

Theo stolzierte, angezogen vom köstlichen Duft aromatischen Kaffees, die Treppe herunter und staunte nicht schlecht, als er seinen Platz besah. Drei hübsch anzusehende Augenpaare schauten ihn verschmitzt grinsend an. „Hab schon verstanden. Ich flitze ja schon los. Hat euer Bäcker sonntags überhaupt auf?" Zustimmendes Nicken von Asli und Karin folgte. „Los, her mit der Kohle. Ich hole Brötchen wie befohlen." Als Theo von seinem Einkauf zurückkam, duftete es nicht nur nach Kaffee, sondern auch nach Rührei mit Kräutern und knusprigem Bacon. Aus dem Frühstück wurde ein ausgiebiger Brunch, dem noch ein gemütlicher und längerer Sonntagsspaziergang folgte. Zum Abschluss lud Theo seine Amazonen noch auf einen Eisbecher im Italienischen Eiscafe auf der Flaniermeile Longerichs ein. Erst zum Abschiedskaffee auf der Terrasse bei Asli und Karin sprachen sie zum ersten Mal über ihren Fall. Biggi berichtete kurz, was ihr bei der ersten Inaugenscheinnahme der Toten aufgefallen war und das noch bevor sie die

Obduktion durchgeführt hatte davon auszugehen war, dass der Serientäter erneut zugeschlagen hatte. Obwohl die grausamen Taten des Mörders nie bisher gesehene Ausmaße angenommen hatten, ließen sich die Vier ihre Laune keineswegs verderben. Dass der Fall noch lange nicht abgeschlossen sein würde, wussten sie genau und wie es weiterging, konnte nur einer beantworten, der Mörder selbst. Diesen hätten sie jetzt liebend gern dazu befragt.

Kapitel 30

Montag in der Früh suchten alle wieder pünktlich ihren Arbeitsplatz auf, wobei Biggi Wax die wohl am wenigsten bevorzugte Tätigkeit zufiel: Die Obduktion der beiden Opfer von Samstag. Gegen zehn Uhr meldete sie sich telefonisch bei Karin und gab ihr bekannt, dass das weibliche Opfer die gleichen Misshandlungen an der Brust und im Genitalbereich aufwies wie die anderen Opfer auch. Dem Fahrer des Vans war das linke Knie des Mordopfers zum Verhängnis geworden, dass ihm durch den heftigen Aufprall die Schädeldecke zertrümmert hatte und zu einer Hirnblutung führte, die den Exitus auslöste. „Du schickst mir den Bericht wie gewöhnlich zu?" „Aber sicher doch. Hast du heute noch im Postfach." „Ich danke dir, mach´s gut." „Du auch, Karin." Sie saßen zu viert um den Konferenztisch in Karins Büro und überlegten, wie sie in diesem Fall weiterkommen könnten, bis Theo einen Einfall präsentierte. „Wo hält sich dieser Benjamin Bachmann auf, wenn er nicht in seinem WG-Zimmer haust? In der Hütte auf dem Gelände der Kleingärtneranlage wohl nicht, denn da habt ihr keine Hinweise auf ihn gefunden. Eine Freundin hat er laut eigener Aussage nicht." „Vielleicht besucht er ja auch hin und wieder die beiden Tanten, macht sich nützlich und schläft gelegentlich sogar dort." „Kein schlechter Gedanke, Edith. Fahrt nachher einfach noch mal nach Köln-Rath und versucht, Zugang zum Haus zu bekommen. Vielleicht stöbert ihr ja sogar Bruno Bachmann dort auf. Er ist wie vom Erdboden verschluckt. Sämtliche Fahndungs-bemühungen blieben bisher ohne Erfolg. Ich muss gleich mal in die anderen Abteilungen und dort nach dem Rechten schauen. Treffen wir uns später wieder hier?" „Alles klar, Karin. Ich fahre mit Theo noch mal raus zu den Tanten."

Schon hoben sie die Runde auf und vertieften sich wieder in ihre Arbeit. Edith und Theo ver-schwanden mit dem Dienstwagen, Karin suchte die anderen Abteilungen ihrer Mordkommission auf und Asli setzte sich an ihren PC, als mal wieder ihr Telefon summte. „Kripo Köln, Bülent?" „Herr Bachmann, was für eine Überraschung. Wir suchen Sie überall. Kommen Sie bitte so schnell als möglich zu uns in Präsidium nach Kalk. Wie bitte?" Asli erstarrte förmlich über das, was Bachmann ihr gerade sagte. „Wir kommen. Bleiben Sie, wo Sie sind, Herr Bachmann." Noch während Asli mit Bachmann telefonierte drückte sie die Taste, mit der sie Karin im Haus erreichte. „Was ist los, Quälgeist?" Asli berichtete, was sie gerade erfahren hatte." „Ich bin schon unterwegs. Jetzt sind wir beide gerade alleine?" „Das können wir auf der Fahrt klären." Karin flog hastend in ihr Büro. Sie zog sich die schusssichere Weste über und schob ihre Dienstwaffe in den Inbundholster. „Wir können", rief sie Asli zu. Die beiden Frauen rannten zur Fahrbereitschaft und sprangen in den dort wartenden Mondeo. „Wohin fahren wir eigentlich, Asli?" „Zum Ebertplatz. Bachmann hat mir ganz aufgeregt berichtet, dass ihn sein Bruder Bruno angerufen hätte, um ihn in 50 Minuten dort vor dem Kino zu treffen. Er braucht wohl Geld. Benjamin Bachmann hat mir gesagt, er hätte mittlerweile große Angst vor Bruno, weil er ihm gleich am Telefon gesagt hat, dass wenn er einen Bullen sieht, er ihn abstechen würde." „Man kann sich seine Verwandtschaft in der Tat nicht aussuchen. Gib Gas, Asli vielleicht können wir diesen Bruno Bachmann gleich festnehmen. Ich beordere schon mal Theo und Edith dorthin." Nach einem kurzen Telefonat, während dessen Karin Theo über ihren Wissenstand informierte, bewegten sich auch Edith und Theo sehr rasch in die Kölner Innenstadt. „Und macht schon auf der Neusser Straße Blaulicht und Martinshorn aus." „Geht klar, Karin." Asli fuhr den Ebertplatz vom Reichensperger Platz aus an. Sie stieß in einem Zug in eine Parklücke hinein und schaltete den Motor ab. Als sie den Dienstwagen verließen, rannten bereits Edith und Theo heran. „Direkt hier rechts die Ecke herum ist das Kino. Fünfzig Meter weiter befindet sich ein Treppenabgang in die U-Bahn. Los, kommt und bewegt euch einfach unauffällig." Plötzlich sahen sie Benjamin Bachmann. Er folgte einem Mann in kurzem Abstand, der sich dem U-Bahn-Abgang entgegen bewegte. Dann überschlugen sich die Ereignisse. Ein Streifenwagen vom Reichensperger Platz kommend schaltete völlig unerwartet sein Martinshorn und das Blaulicht ein. Karin und ihr Team schauten alle wie auf Kommando zu dem blauweißen Dienstfahrzeug hinüber. Als Karin wieder zum Treppenabgang der U-Bahn sah, erblickte sie Benjamin Bachmann auf dem Boden sitzend. Sofort rannte sie zu ihm hin. „Hallo, Herr Bachmann, alles in Ordnung?" Bachmann hatte Tränen in den Augen. „Als Bruno den Streifenwagen hörte, hat er mich umgestoßen und ist die Treppe in die U-Bahn herunter gerannt. Er rief mir noch zu, dass er mich kalt machen werde und schon war er verschwunden. Ich habe Angst, Frau Weber." „Wir versuchen, Sie so gut es geht zu schützen, Herr Bachmann. Wie hat er sich bei Ihnen gemeldet?" „Per Telefon, aber mit Rufnummernunterdrückung. Schauen Sie selbst." Karin kontrollierte das Handy, doch Bachmann hatte nicht gelogen. „Können wir Sie irgendwo absetzen?" „Nein danke, Frau Bülent. Ich geh jetzt erstmal einen starken Kaffee trinken. Wiedersehen." Ohne ein weiteres Wort zu verlieren lief Bachmann auf die Neusser Straße. „Da haben wir aber einen tollen Einsatz hingelegt." „Ja, Karin, aber wer konnte wissen, dass der Streifenwagen hier in einen Einsatz startet und damit Bruno Bachmann verscheucht. Das ist einfach dumm gelaufen und Scheiße obendrein, aber nicht mehr zu ändern." Wortlos und mehr als enttäuscht fuhren sie zurück zum Präsidium.

Karin versuchte sich abzulenken, indem sie sich einen Stapel alter Akten zum Durchsehen in ihr Büro holte. Sie nahm einen Becher Kaffee und begann, sich in die Fälle einzulesen. Die Abteilung M2 wurde von Kommissar Jürgen Schmitz, einem jungen, sehr gut ausgebildeten Mann geführt, die sich ausschließlich mit der Aufklärung alter, weit zurück liegender Mordfälle befasste. Die Unterabteilung der Mordkommission bestand aus insgesamt drei Beamten. Schmitz wurde unterstützt von Monika Blei und Eva Siegbach. Alle drei waren sehr gute Ermittler und dank der neuen Digitaltechnik und der weiter entwickelten DNA-Analyse lag die Aufklärungsquote mittlerweile bei 70 Prozent. Karin war sehr stolz auf ihr Jugendtrio. Keiner der Beamten war älter als 30 Jahre. Plötzlich betrat Asli ihr Büro. „Was gibt´s, junge Frau?", erkundigte sich Karin. „Ich habe jetzt alle möglichen Melderegister durchgearbeitet, aber dieser Bruno Bachmann taucht nirgendwo auf. Es kann eigentlich nur noch sein, dass er im Ausland geboren wurde. Sonst kann ich mir darauf keinen Reim machen." „Ich versteh das einfach nicht. Vielleicht sollten wir noch mal die Hütte der Kleingärtneranlage auf den Kopf stellen und genauestens untersuchen. Ich glaube ja, dass dieser Bruno illegal hier lebt und in der Holzhütte wohnt." „Ok, fahren wir nachher auf dem Heimweg noch mal vorbei und schauen hinein." „Nicht nur hinein schauen, Karin, die Bude muss systematisch auf den Kopf gestellt werden." „Ist ja gut. Wir fahren nachher hin."

Theo hatte Edith das Lenkrad für die Fahrt nach Köln-Rath überlassen, die leidenschaftlich gern und dazu sehr sicher Auto fuhr. Weil der Tunnel nach der Zoobrücke immer noch nicht komplett saniert war, staute sich der Verkehr auf mehreren Kilometern. Ihre Fahrzeit betrug beinahe 40 Minuten, bis sie endlich nach rechts in die Heine-allee abbiegen konnten. Nach den gerade erlebten Ereignissen saßen die beiden schweigend neben-einander. Für Edith war es der erste Besuch des Hauses, in dem die Tanten wohnten. Da es sich um eine Sackgasse handelte, fuhr sie bis zum Ende der Straße und wendete. Den Wagen parkte sie direkt vor dem Hauseingang. Fast gleichzeitig stiegen Theo und Edith aus. „Sieht ja richtig gepflegt aus, das Anwesen, aber irgendwie hat es etwas Unheimliches an sich." „Findest du? Eigent-lich ein ganz normales frei stehendes Haus aus den Sechzigern." Theo drückte auf den Klingelknopf. Doch es erfolgte keine Reaktion. Theo begann Sturm zu klingeln. „Vielleicht sind die Ladies ja auch hörgeschädigt." Doch auch sein Dauerklingeln änderte nichts an der Tatsache, dass sie vor der verschlossenen Türe stehen blieben. Edith schaute sich bereits etwas um. Doch weder das Gartentor auf der rückwärtigen Seite noch eine seitlich eingebaute Türe zeigten sich unverschlossen. „Und was ist, wenn die alten Damen in ihren Betten liegen und sich krankheits-bedingt nicht rühren können? Oder vielleicht längst tot sind?" „Nun, Edith dafür brauchen wir einen Durchsuchungsbeschluss. Alles andere wäre illegal, zumal die beiden Damen ganz sicher nichts mit unseren Morden zu tun haben." „Das stimmt wohl. Ich meine, ich hätte gerade rechts an dem Fenster im ersten Stock eine Bewegung bemerkt." „Es könnte ja sein, dass die Ladies voll und ganz hinter Bruno Bachmann stehen und ihn zu schützen versuchen." „Aber uns sind die Hände gebunden. Es ist auch keine Gefahr im Verzug. Nachher erschrecken sich die Damen noch zu Tode, wenn wir so einfach in ihr Haus eindringen." „Soll heißen, wir hauen unverrichteter Dinge wieder ab, Theo?" „Leider, aber was sollen wir hier sonst machen." „Wir fahren weg und parken ein Stück vom Haus entfernt. Von da aus beobachten wir es eine Zeit lang und schauen, ob jemand raus oder rein läuft." „Aber nur ein Stündchen, Edith. Wir haben noch genug Arbeit auf den Schreibtischen liegen." „OK, eine Stunde."

„Karin, ich fahre mal eben zum Optiker. Ich muss mir unbedingt eine Brille für die Arbeit am PC machen lassen." „Geh besser zuerst zum Augenarzt und lass dir eine Brille verschreiben. Dann muss der Arbeitgeber sogar einen Zuschuss dazugeben." „Was du alles weißt." „Ich habe immerhin mehrere Jahre im Betriebsrat als Beirat mitgearbeitet. Da bekommst du jegliche Broschüre zugesandt. Ruf einfach Dr. Schmidt in Kalk an. Er betreut eine ganze Menge Kolleginnen und Kollegen. Vielleicht nimmt er dich ja gleich noch dazwischen." „Sonst nehme ich ihn einfach fest und hole ihn her." „Eine sehr gute Idee. Dann mach mal hinne, Süße." Zehn Minuten später verabschiedete sich Asli Bülent bei Karin. „Sie schieben mich dazwischen, hat mir die Sprechstundenhilfe versprochen." „Ja, dann hau ab. Bis später." Kurz vor Mittag fanden sich Edith und Theo wieder ein. „Und? Habt ihr etwas erreicht?" „Nix, überhaupt nichts haben wir erreicht. Wir haben das Objekt sogar aus der Distanz eine Stunde lang observiert. Aber Niemand hat das Haus verlassen oder es betreten. Wir müssen uns etwas ausdenken, wie wir an einen Durchsuchungsbefehl kommen." „Na wunderbar, und was möchtest du da konstruieren, Theo? Die beiden Frauen haben mit unseren Fällen nichts, aber auch rein gar nichts zu tun."

Asli verließ das Behördenparkhaus und fädelte sich auf die Kalker Hauptstraße ein. Gemächlich schwamm sie im Verkehr mit, bis sie endlich etwas Gas geben konnte. Ihr Navi zeigte bereits an, dass sie in 2 Kilometern ihr Ziel erreichte, als die Ampel vor ihr von grün auf gelb umschlug. Asli trat auf die Bremse, doch eine verzögernde Wirkung war nicht zu spüren. Sofort brach ihr der Schweiß aus. Menschen traten auf die Straße, um die Seiten zu wechseln. Was sollte sie jetzt machen? Wenn sie den Wagen nicht zum Stehen brachte, würde sie in die Schar der Passanten fahren und sicher mehrere schwer verletzten. In Bruchteilen von Sekunden musste sie eine Entscheidung treffen. Diese war schwerwiegend. Mit ziemlich viel Schwung fuhr der Golf gegen den Laternenpfahl.

Aslis Kopf prallte gegen die Seitenscheibe. Dann wurde sie bewusstlos. Dank vieler helfender Hände traf der Notarzt sehr rasch ein. Weil der Verdacht auf eine ziemliche Gehirnerschütterung bestand, verbrachte man Asli ins Krankenhaus. Als einer der Streifenbeamten ein beschriebenes DIN A4 Blatt an der Windschutzscheibe fand mit dem Text: „Ich hatte dich gewarnt, Asli Bülent" benachrichtigte er die Kollegen der Kripo und die KTU.

Kapitel 31

„Asli hatte einen Verkehrsunfall mit unklarer Ursache?", rief Edith in Karins Büro. „Was ist los?" „Die Schutzpolizei hat einen Zettel an der Wind-schutzscheibe mit folgendem Text gefunden." Edith las ihn Karin den Inhalt vor, den sie zugemailt bekommen hatte. „Der Kerl beobachtet uns. Und vor allem ist er überall präsent. Ich fahre jetzt ins Krankenhaus und schaue nach Asli." Karin nahm sich einen Dienstwagen und fuhr direkt zur Klinik Merheim. In der Notaufnahme herrschte allgemeine Hektik. Asli lag leicht schlummernd in einem Bett mit einem großflächig verklebten Pflaster an der linken Schläfe. Karin suchte gleich nach der Dienst habenden Ärztin, an die sie die Schwester verwiesen hatte. „Frau Doktor Sand?" Eine noch sehr junge Ärztin winkte Karin zu sich. „Ich bin Frau Dr. Sand. Eine Sekunde bitte, ich muss noch eben einen Verband legen." Nach zehn Minuten ging die Notärztin auf Karin zu, die bei Asli am Bett saß. „Sind Sie verwandt? Ich darf ja nicht

213

so einfach Auskunft erteilen." „Frau Bülent ist mein Ehepartner." Karin zog eine Kopie der Heiratsurkunde, die sie für solche Fälle stets bei sich führte, aus ihrem Ausweismäppchen. Asli dämmerte ein wenig vor sich hin. „Frau Bülent hat eine ordentliche Gehirnerschütterung. Am Schädelknochen selbst ist nichts kaputt gegangen. Wir wollen aber noch testen, ob Nervenschädigungen aufgetreten sind." „Das bedeutet, Sie muss über Nacht hier bleiben?" „Das wäre mit Sicherheit das Beste für sie." „Dann muss ich eine Wache einrichten. Die Verletzungen stammen von einem Anschlag auf Frau Bülent und es könnte durchaus sein, dass der Täter auch hierher kommt." „Das ist ja furchtbar!" „Da haben Sie wohl Recht, aber es ist nicht zu ändern. Bei dem Täter, den wir suchen, handelt es sich um einen grausamen Serientäter. Ich bleibe am besten selber hier." „Schön, ich habe auch noch den Nachtdienst. Dann können Sie mir kurz erläutern, wie das funktioniert, wenn man einen gleichgeschlechtlichen Partner heiraten möchte. Ich lebe auch mit meiner Freundin zusammen und nächstes Jahr wollen wir ebenfalls heiraten." „Ich denke, das kann ich Ihnen heute Abend kurz erklären." Die Ärztin verschwand wieder, um sich anderen Patienten zu widmen, während Karin Asli sanft über die Wangen streichelte. „Ich habe einen ziemlichen Brummschädel und das trotz Sicherheitsgurt." „Wenn du nicht angeschnallt gewesen wärst, hättest du wahrscheinlich jetzt das ganze Gesicht voller Schnittverletzungen und eventuell sogar mehrere Zähne verloren." „Ja, ich weiß,

Karin. Mir wird übel. Ich glaube, ich muss brechen." Karin griff reflexartig zu einer Nierenschale, um das Erbrochene aufzufangen.

Ein Krankenpfleger mit kräftigem Vollbart eilte Karin zu Hilfe und entsorgte die Schale nebst Inhalt. „Das haben Sie gut gemacht. Dank Ihrer schnellen Reaktion haben Sie der Patientin ganz sicher eine größere Umkleideaktion erspart. Wir machen gleich noch ein EEG und ein CT und dann kann sich Frau Bülent endlich von Ihrem Unfall erholen." Ohne Asli auch nur eine Sekunde aus den Augen zu lassen, organisierte Karin für Asli ein Einzelzimmer auf der Inneren Station, das sich problemlos überwachen ließ. Eine gute Stunde später lag Asli im Patientenzimmer auf Station. Karin hatte sich bereits alle zuständigen Pflegekräfte vorstellen lassen. Wenig später schlief Asli ein. Karin beorderte eine Streife ins Krankenhaus und ließ die beiden Polizisten den Wachdienst durchführen, bis sie sich am Abend mit den Kollegen abwechseln konnte, weil einfach zu viel Arbeit auf sie im Büro wartete. Als sie im Präsidium an ihrem Arbeitsplatz eintraf, lag bereits ein Zettel auf ihrem Schreibtisch, dass sie Robert Willbrand zurückrufen möchte. „Hallo, Robert, Karin hier. Was hast du für mich?" „Hallo, Karin. Die Bremsanlage von Asli Fahrzeug wurde manipuliert. Die Bremsschläuche vorn wurden glatt durchtrennt." „Das dachte ich mir schon. Eigentlich fährt Asli sehr vorsichtig. Ein solcher Unfall würde ihr ganz sicher in dieser Form nicht passieren." „Was sollen wir mit dem Wagen machen?" „Was schlägst du vor, Robert?" „Ich würde einen neuen Wagen anschaffen. Durch den Aufprall des Chassis auf die Bordsteinkante und der Karosserie mittig gegen den Ampelpfahl ist ganz sicher die Karosserie verzogen und müsste auf die Richtbank. Die Reparatur wird sehr teuer und der Aufwand ist enorm, wobei immer die Gefahr besteht, dass eine kleine Macke zurück bleibt." „OK, ich spreche mit Asli." „Wie geht es ihr überhaupt?" „Außer einer leichten Gehirner-schütterung ist ihr wohl nichts zugestoßen." „Was für ein Glück! Grüß sie bitte von mir und den Kollegen aus der Kellerabteilung." „Danke dir. Ich werde es ihr ausrichten."

Natürlich wollten auch Theo und Edith erfahren, wie es Asli ging. Erfreut, dass der Unfall wohl glimpflich abgegangen war, zogen sie sich wieder in ihr Büro zurück. Karin griff nach dem Telefonhörer und rief Staatsanwalt Schneider an. „Hallo, Frau Weber, was kann ich für Sie tun?" Karin erzählte grob, um was es ihr ging. „Kommen Sie bitte gegen halb zwei zu mir ins Büro. Dann können wir die Sache in Ruhe durchsprechen. Wie geht es Frau Bülent nach dem Unfall?" „Sie hat sich bei dem Aufprall eine Gehirnerschütterung zugezogen und wird zurzeit von zwei Beamten im Krankenhaus bewacht." „Hat sie ja noch mal Glück gehabt. Wir sehen uns gegen halb zwei bei mir im Büro." Karin versuchte, so viel als möglich an Arbeit zu erledigen. Sie schaute in den beiden anderen Abteilungen ihrer Mordkommission nach dem Rechten und stand mit Rat und Tat den

Kollegen zur Seite. Pünktlich um halb zwei betrat sie das Büro des Staatsanwaltes. „Hallo, Herr Schneider, da bin ich." „Guten Tag, kommen Sie herein und nehmen Sie doch bitte Platz, Frau Weber." Nach kurzen einführenden Worten zum Fall reichte Karin dem Staatsanwalt die Akte. „Ich brauche einen Durchsuchungsbeschluss für die Kleingärtnerhütte und das Haus von Frau Clarissa Bodemann." Bevor sie den Staatsanwalt in die Akte schauen ließ, gab Karin noch einige Erläuterungen. Wenig später vertiefte sich der Jurist in die Akten. Beinahe zwanzig Minuten durchforstete Frank Schneider die übergebenen Papiere. Plötzlich zog er die Stirn in Falten. „Tja, Frau Weber, wenn ich bei der Hütte alle Augen zudrücke und in die Waagschale werfe, dass Sie den Täter dort bereits gesehen haben, kann ich Ihnen einen Durchsuchungsbefehl ausstellen. Aber für das Haus von Clarissa Bodemann muss ich Ihnen eine Absage erteilen. Weder der vermeintliche Täter noch sein Bruder sind dort gemeldet. Frau Bodemann steht nachweislich in keinem direkten Verhältnis zum Täter, auch wenn sein Bruder das behauptet. Selbst ein junger, unerfahrener Kollege würde uns aus dem Haus werfen, und das zu Recht, wenn ich Ihnen einen solchen Durchsuchungsbeschluss ausstelle. Für den Schrebergarten hänge ich mich bereits sehr weit aus dem Fenster." „Dann versuchen wir erstmal dort unser Glück." „Wenn Sie dort erhebliche, sachdienliche Hinweise finden, die auf das Haus von Frau Bodemann schließen lassen, sind wir sofort im Geschäft." „Ja, danke. Wir werden uns umschauen." „Den Beschluss für die Laube haben Sie in zehn Minuten auf Ihrem PC." „Danke schön, Herr Schneider. Bis die Tage." „Grüßen Sie Frau Bülent von mir." „Mach ich, danke.

Als Karin wieder hinter ihrem Schreibtisch saß, überlegte sie, ob sie, bevor sie ins Krankenhaus fuhr, noch einen Sprung in die Laube wagen sollte. Der Beschluss war wie angekündigt gerade auf ihrem PC-Bildschirm angekommen. Doch alleine durfte sie da auf keinen Fall hinfahren. Falls der Täter sich dort aufhielt, konnte er ihr sehr gefährlich werden. Andererseits hatte sie ihre Dienstwaffe und sie war in zwei Kampfsportarten hervorragend ausgebildet und sehr fit. Sie dachte darüber nach, Theo zu fragen, ob er mitfuhr, doch sie verwarf die Idee. Gegen 17:30 Uhr fuhr sie ins Krankenhaus, um bei Asli Wache zu schieben. Den Besuch der Laube hatte sie verschoben. Nur eine völlig unerwartete Attacke am Abend, wenn es dunkel war, schien ihr sinnvoll, um den Täter zu überrumpeln. Als Karin am Ende des Ganges um die Ecke bog, stand die Zimmertüre von Aslis Krankenzimmer offen und weder sie selbst noch die Kollegen waren zugegen. Ein Pfleger betrat das Zimmer. „Frau Bülent und Ihre Kollegen sind gerade eben in die Kantine gegangen." „Danke für die Auskunft. Dann werde ich sie mal suchen gehen." Asli saß mit den beiden Jungs an einem runden Tisch. Jeder hatte ein ordentliches Stück Kuchen und einen Becher Kaffee vor sich stehen. „Hallo, Karin, mir geht es gut." „Das ist nicht zu übersehen. Zwei knackige Jungs an deiner Seite und vor dir zentnerweise Kalorien." „Möchten Sie auch ein Stück Kuchen, Frau Hauptkommissar?", erkundigte sich der jüngere der beiden Streifenbeamten bei ihr. „Jetzt mach dir mal wegen des Dienstgrades nicht ins Hemd, Kollege. Ich heiße Weber. Danke der Nachfrage, aber keinen Kuchen." Karin holte sich auch einen Becher Kaffee und gesellte sich zu dem Kränzchen. „Wie lange gedenkst du jetzt eigentlich Urlaub auf Staatskosten zu machen, Asli?", fragte Karin. „Na, ich denke, so drei Wochen sind da schon drin", antwortete Asli mit bitterernster Miene. „Meine Herren, nehmen Sie die Dame fest. Sie leidet unter Faulenzia und schädigt die Mordkommission." Es folgte ein ordentliches Gelächter. Als die beiden Beamten ihr Backwerk verputzt hatten, verab-schiedeten sie sich von Asli Bülent und Karin Weber und verließen die Klinik. Die beiden Frauen schlenderten gemächlich dem Krankenzimmer entgegen. Asli legte sich gleich in ihr Bett hinein. „Wenn morgen die letzten Tests gelaufen sind, komme ich wieder ins Büro, Karin." „Ja, ist schon OK, Asli. Jetzt ruh dich erstmal aus. Morgen ist auch noch ein Tag." Asli nahm noch das Ibuprofen, das ihr die Schwester gebracht hatte, damit sie besser schlafen konnte, und wenig später fiel sie in Abrahams Schoß.

Kapitel 32

Gegen 22:30 Uhr erschien die diensthabende Ärztin und schlich sich leise in Aslis Zimmer.

„Hallo, Frau Dr. Sand, gönnen Sie sich mal eine Pause?" „Ja, wird Zeit. Sag doch einfach Susanne." „Warum nicht, ich heiße Karin." „Trinken wir einen Kaffee zusammen?" „Ja, gern. Ich kann hier nur nicht weg." „Ich hole uns zwei Kaffee aus dem Schwesternzimmer." Knapp zwanzig Minuten lang erklärte Karin der jungen Ärztin, was sie und ihre Freundin machen mussten, um eine gleich- geschlechtliche Ehe eingehen zu können. „Wenn alles klappt, seid ihr beiden eingeladen." „Da kommen wir gerne. Ruhigen Dienst." „Danke. Sollte etwas sein, drück den Notruf." Karin ließ sich wieder in den wenig bequemen Sessel neben Aslis Bett fallen. Sie zog eine Tageszeitung aus ihrer Handtasche, die sie zuvor auf dem Gang gefunden hatte und begann zu lesen. Plötzlich vernahm sie ein Geräusch. Hektisch schreckte sie hoch und legte ihre rechte Hand auf den Pistolengriff. „Ganz ruhig, Karin, du warst eingenickt. Ich musste zur Toilette", vernahm sie Aslis Stimme. Langsam entspannte sie sich und fand in die Realität zurück. Doch sie war mit sich sehr unzufrieden. Wäre der Mörder leise ins Zimmer eingedrungen, wäre Asli jetzt tot. „Scheiße", schimpfte sie. „Reg dich nicht auf, Karin. Du hast einen ganzen Arbeitstag hinter dir und da kommt irgendwann der Moment, an dem man müde wird." Die letzten beiden Stunden bis zum Ende der Nacht dösten sie einfach so vor sich hin, bis pünktlich um sechs Uhr die Ablösung für Karin eintraf. Sie verabschiedete sich kurz von Asli und fuhr nach Hause.

Karin ging erstmal duschen. Krankenhausluft und die ganze Atmosphäre suggerierte ihr jedes Mal, wenn sie ein Krankenhaus verließ, sich ordentlich zu reinigen. Ein guter, starker Kaffee weckte ein paar Lebensgeister, jedoch längst nicht alle. Karin schmierte sich noch ein Brot und warf einen Blick in den Stadtanzeiger. Gegen halb neun fuhr sie todmüde ins Büro. Dort allerdings fand sie überhaupt keine Zeit, mehr müde zu sein. Theo und Edith nahmen sie gleich in Beschlag, wie auch die Kollegen aus den anderen Abteilungen der Mordkommission. Kurz vor halb elf setzten die Streifenkollegen Asli im Präsidium ab. „Du siehst sehr müde aus, Karin. Heute machen wir früh Feierabend." „Da hast du wohl Recht, Asli. Wir können gar nicht so einfach nach Hause fahren. Wir benötigen erstmal ein neues Auto. Deinen Golf hast du ja fachgerecht zerlegt." „Unfreiwillig, meine Liebe. Ist der nicht mehr zu reparieren?" „Robert meint, dass es besser und kostengünstiger wäre, ein neues oder gebrauchtes Auto zu kaufen." „Was sollen wir für einen Wagen nehmen, Karin? Am besten wäre ein kompakter Kombi. Da bekomme ich wenigstens den ganzen Einkauf problemlos hinein, wenn ich dich satt machen möchte." „Soll das jetzt heißen, ich esse zu viel?" „Nun ja." „Dir scheint es ja wieder gut zu gehen. Warte ab, wenn wir zu Hause auflaufen." „Dann wirst du sicher erstmal 10 Stunden schlafen wollen." „Da hast du auch wieder Recht. Aber um noch einmal zum Thema Auto zu kommen. Möchtest du wirklich einen kleinen Kombi?" „Warum nicht. Ich dachte an einen Focus oder wieder an einen Golf." „Der

221

Golf ist richtig teuer und der Focus steht dem Golf in nichts nach." „Dann fahren wir nachher mal bei einem Fordhändler vorbei."

Kurz vor Mittag brach bei Karin der Kreislauf zusammen. Sie konnte sich einfach nicht mehr auf den Beinen halten. Theo fuhr Karin und Asli sofort nach Hause. Während Asli die Formalitäten mit ihrer Versicherung abwickelte, verschwand Karin in ihrem Bett. Sie schlief durch bis zum nächsten Morgen. Gegen acht saßen die beiden Kommissarinnen wieder an ihren Schreibtischen. Asli hatte sich am Abend zuvor bereits einen Wagen bei einem Händler ausgesucht, den sie sich heute Abend kurz anschauen wollte, um ihn zu erwerben. Nach einem arbeitsreichen Tag fuhren Karin und Asli gegen siebzehn Uhr zum Autohändler. Sie begutachteten den dunkelblauen Focus Turnier in der Ghia-Ausstattung ganz genau und waren zufrieden. Asli wickelte noch die kaufmännischen Formalitäten ab und sicherte zu, den Wagen am nächsten Tag umzumelden. Nachdem sie Karins Mustang nach Hause gebracht hatten, begaben sie sich auf eine Probefahrt. „Hast du deine Waffe dabei und deine schusssichere Weste?" „Ja, warum, Karin?" „Weil ich der Gartenlaube einen Besuch abstatten möchte." „Es wird doch bald dunkel." „Hast du Angst?" „Unsinn, aber man sieht doch da kaum etwas." „Aber es sind dann nicht mehr so viele Mieter vor Ort, wenn es zu einer Auseinandersetzung kommen sollte." „Na gut, dann mal los." Der Focus gefiel den beiden Frauen sehr. Er punktete mit automatischem Getriebe und einer sehr guten Ausstattung. Außerdem konnte Asli über die Kraft von 120 Pferdchen verfügen. „Der läuft wirklich prima und sein Preis hat mich überzeugt. Ist eine Tageszulassung." „Ich habe es gesehen. Für mich ist das ein richtiger Neuwagen." Je näher sie der Kleingärtneranlage kamen, desto mehr ebbten ihre Gespräche ab. Dafür nahm die Konzentration erheblich an Intensität zu. Asli parkte den Wagen rückwärts in die Parktasche ein. Ohne Hast stiegen die beiden aus und bewegten sich langsam der Parzelle von Clarissa Bodemann entgegen. Nicht nur die einsetzende Dämmerung ließ ein ungutes Gefühl aufkommen. Auch die riesigen Tannen in der Umgebung, die alles schwarz um sie herum aussehen ließen, taten ihr Übriges dazu, indem sie das Szenario noch dunkler und unheimlicher gestalteten. Karin griff unter ihre Jacke und vergewisserte sich, dass die Dienstwaffe bereit war. Auch Asli kontrollierte ihre Waffe.

Wie Karin vermutet hatte, waren alle umliegenden Datschen verwaist. Leichter Nieselregen setzte ein. Da das Gartentor verschlossen war, kletterten sie über den Zaun. Aus zwei verschiedenen Richtungen näherten sie sich der kleinen Terrasse. Durch das quadratische Fenster in der Eingangstüre schimmerte kein Licht. Karin bemerkte sofort, dass seit ihrem letzten Besuch jemand hier gewesen sein musste. Der Zugangstüre, der sie bei ihrem letzten Besuch kein Polizeisiegel verpassen durften, hatte jemand ein neues Sicherheitsschloss spendiert. Vorsichtig drückte Karin die Klinke herunter. Doch die Türe ließ sich erwartungsgemäß nicht öffnen. Schnell hatte sie das Etui mit dem nötigen Handwerkszeug aus der Tasche gezogen, mit dem sie dem Schlosszylinder zu Leibe rückte. Ganz vorsichtig, einem Tresorknacker gleich, überwältigte sie das Sicherheitsschloss und die Türe schwang auf. Der Gestank nach kaltem Zigarettenqualm schlug ihnen entgegen. Karin schaltete die kleine Taschenlampe ein und betrat den Raum. Sie vollführte eine 360° Drehung und erkannte sofort, dass die Hütte menschenleer war. Asli stieß Karin leicht am rechten Arm an und deutete auf einen Aschenbecher, der auf dem Zimmertisch stand. „Schau mal, die Asche der Kippe glüht noch." Karin zog sofort ihre Waffe aus dem Halfter. Asli tat es ihr gleich. Es boten sich dem Mörder lediglich zwei Möglichkeiten sich zu verbergen. Entweder hatte er sich in dem geräumigen Kleiderschrank eingeschlossen oder er hatte sich unter die Couch gelegt, die dafür ausreichend Raum bot. Karin gab Asli auf ein Zeichen hin zu verstehen, dass sie zuerst unter dem Sofa nach dem Täter schauen wollte. Asli nickte und trat an die rechte Seite, während sich Karin ganz links postierte. Aus der Hand bis drei gezählt gingen die beiden Frauen in die Knie und leuchteten mit entsicherter Waffe unter die Couch. Doch außer einem zerlegten Gartengrill fanden sie hier nichts. Karin nickte und deutete mit einer kurzen Kopfbewegung auf den Kleiderschrank. Asli hatte sofort verstanden. Weil das Risiko, den Schrank von vorn zu öffnen, viel

224

zu groß war, falls der Mörder eine Schusswaffe oder ein Messer besaß, verteilten sich die beiden Kommissarinnen rechts und links neben den Seitenteilen, bevor jeder von ihnen eine der Flügeltüren öffnete. Es folgte kein Laut einer Bewegung. In Combatstellung sprangen die beiden Frauen vor den offenen Schrank, sofort bereit zu schießen, falls ihnen jemand bewaffnet entgegen stellte. Doch im Schrank hingen nur ein paar Kleidungsstücke, die sich für die Gartenarbeit eigneten.

„So ein Mist, der Kerl muss uns bemerkt haben." „Ja, und dann hat er sich in Luft aufgelöst." Asli trat zwei Schritte zurück und stolperte über einen nicht glatt liegenden Teppich, während sie auf ihr Gesäß fiel. „Hast du jetzt etwa blaue Flecken an deinem Hintern, Süße? Weh getan haben dürftest du dir ja nicht. Bist ja gut gepolstert." Asli verzog ihre Augen zu Schlitzen. „Warte ab, wenn du nach Hause kommst, Karin. Mein Hintern ist immer noch schöner und knackiger als deiner." Asli wollte gerade grinsend wieder aufstehen, als sie eine Unebenheit im Boden ertastete. Sie verstummte sofort und zeigte mit dem Zeigefinger auf die Stelle. Karin verstand sofort. Mit Schwung rollte Asli zur Seite ab und zog dabei den Teppich weg. Eine Bodenklappe mit gut gefetteten Scharnieren wurde sichtbar. „Kriegen wir das alleine hin, Karin, oder sollen wir besser eine SEK Einheit anfordern?", flüsterte Asli. „Ich vermute, dass der Kerl längst über alle Berge ist, wenn es sich um einen Ausgang handelt." „Und wenn dies nur ein

Erdloch darstellt, worin Gartengeräte verstaut werden?" „Das Risiko müssen wir eingehen." „Dann öffne ich jetzt die Klappe." „Ja, Asli, ich geh in Stellung." Asli spürte wie ihr Blut durch ihre Adern schoss und es in ihren Ohren rauschte. Auf drei riss sie am Griff. Die Klappe schwang auf. Der Geruch modriger Erde schlug ihnen entgegen. Eine ziemlich große, tiefschwarze Spinne suchte das Weite im Lichtschein der Taschenlampen und verzog sich in die Dunkelheit des Gewölbes. Asli sah in das angewiderte Gesicht von Karin. Der große Achtbeiner hatte zwar die Flucht ergriffen, hielt sich aber sicher noch in der Nähe auf. „Lass gut sein, Karin, ich geh zuerst." Vorsichtig stieg Asli die acht Stufen hinunter, die lediglich aus Holzbrettern bestanden, die der Erbauer nicht ganz eben in den Erdboden verlegt hatte. Keine Minute später hatte die Dunkelheit Asli verschlungen.

Kapitel 33

Biggi Wax saß an ihrem Schreibtisch und wertete die verschiedenen Untersuchungsergebnisse, die sie aus dem Labor erhalten hatte, aus. Akribisch gab sie alle Resultate in die entsprechenden Exceltabellen ein. Was sie eindeutig sagen konnte war, dass die DNA-Analysen des Spermas in den Frauenmordfällen stets die gleichen Merkmale aufwiesen und damit alles auf einen Serientäter hinwies. Biggi schlüpfte aus ihren weißen Arztschuhen. Ihr schmerzten ein wenig die Füße vom langen Stehen am Sektionstisch. Sie nahm sich vor, Theo zu bitten, sie ihr ein wenig zu massieren. Schmunzelnd dachte sie darüber nach, was daraus wohl wieder für eine erotische Zweisamkeit entstehen würde. Mit etwas Schwung legte sie ihre kleinen, sehr gepflegten nackten Füße auf den Schreibtisch. Immer wieder las sie die Laborberichte. Doch sie kam zu keinem befriedigenden Ergebnis. Natürlich wusste sie genau, dass es im Fall von Straftaten, in die eineiige Zwillinge verwickelt sind, und einer von beiden der Täter sein konnte, stets zu Problemen führte. Biggi hob den Kopf. Erst vor wenigen Tagen hatte sie eine Abhandlung darüber gelesen, dass es bisher schier unmöglich war, eine Täterermittlung bei eineiigen Zwillingen mittels DNA-Analyse durchführen zu können. Mittlerweile allerdings waren moderne Labors mit neuester Technik in der Lage, minimalste Mutationen, die zu Beginn der Embryonalphase entstehen, durch eine DNA-Sequenzierung festzustellen und somit eine genaue Täterermittlung bei eineiigen Zwillingen möglich zu machen. Leider hatte die ganze Sache einen ziemlichen Haken. Diese Sequenzierung war mit erheblichen Kosten verbunden. Biggi nahm sich vor, dies mit Ernst Brandt zu besprechen. Was sie dazu außerdem noch benötigten, war eine Speichelprobe von Benjamin Bachmann, um gleich seine Täterschaft ausschließen zu können.

Unerwartet betrat Ernst Brandt das Büro von Biggi Wax. „Hallo, Biggi, hast du kein Heim? Es ist beinahe halb acht. Nicht das Theo nachher noch glaubt, wir beide hätten ein Verhältnis." „Das

227

könnte dir so passen, mit einer knackigen, jungen Kollegin ein scharfes Nümmerchen auf dem Seziertisch zu schieben. Was wird nur Marie dazu sagen?" „Ich weiß nicht was, Marie dazu sagen würde. Aber ich kenne ja auch ihre Assistenten nicht." Biggi und Ernst mussten laut lachen. „Setz dich, Ernst. Gut, dass du da bist. Ich möchte etwas mit dir besprechen. Eben erst habe ich noch an dich gedacht." „Scheint ja richtig spannend zu sein, wenn du so förmlich wirst." Biggi erläuterte ihrem Chef, was sie vorhatte. „Das werden wir ausprobieren, Biggi. Die Idee ist sehr gut. Ich habe die Abhandlungen auch verfolgt. Dann benötigen wir jetzt nur noch diesen Benjamin Bachmann." „Ich werde das mit Theo durchsprechen und auch an Karin weitergeben. Wenn wir Glück haben, wird uns das in der Mordfallserie ein ganzes Stück weiterbringen." „Für Karin wäre das ein großer Erfolg, zumal ihr bereits die Presse und der Präsident im Nacken sitzen. Dann lass uns jetzt Feierabend machen, Biggi." Biggi lehnte sich noch einmal in ihrem Bürosessel zurück. „Lass dir von Theo die Füße massieren. Das wird dir gut tun. Schönen Feierabend, Frau Kollegin." „Ich werde gleich deinen Therapievorschlag an ihn weiterleiten. Dir auch, Ernst, bis morgen."

„Wo bist du, Asli?" Karin konnte weder den Schein ihrer Taschenlampe erkennen noch hörte sie etwas von ihr. „Asli?" Karin machte sich Vorwürfe. Sie hätten niemals, ohne Verstärkung zu rufen, in die Datscha eindringen dürfen. Jetzt wurde die Situation allmählich unübersichtlich. Karin musste

eine Entscheidung treffen. Sie startete die Kurzwahl zum Anschluss von Josef Michalek, dem
Leiter der Schutzpolizei. Nach dem vierten Summ-
ton nahm   Josef Michalek das Gespräch an.
„Hallo, Josef, Karin hier. Wir sind gerade…" Ein
heftiger Schlag in den Nacken traf Karin. Sie verlor
das Gleichgewicht und fiel in den Schacht. Nur
noch im Unterbewusstsein vernahm sie einen
lauten Knall. Von da an herrschte Dunkelheit und
Stille um sie herum. Als Karin erwachte, schaute
sie in das nur spärlich beleuchtete Gesicht von
Asli. „Wo bin ich?" „Willkommen in der Hölle, Karin.
So wie es aussieht, hat uns unser Mörder ganz
schön ausgetrickst. Wir sitzen hier nämlich in der
Falle. Er hat die Türe am Ende des Ganges
verriegelt, genauso wie die Klappe nach oben. Wir
haben kein Licht, kein Wasser und wenn ich mich
nicht täusche, sind auch unsere Sauerstoff-
reserven arg begrenzt. Netz gibt es hier unten
übrigens auch keins." „Na wunderbar! Ich habe
eben noch versucht, Josef Michalek über unsere
Aktion zu informieren. Ich weiß nur nicht, ob er
mich verstanden hat und meinen Notruf einordnen
konnte." „Eben? Du warst beinahe zwei Stunden
weg, Karin. Ich glaube kaum, dass er dich wirklich
verstanden hat, sonst würde es hier ganz sicher
nur so vor Beamten wimmeln." „Und was machen
wir jetzt?" „Wenig atmen und hoffen, dass Josef
Michalek dich eventuell doch verstanden hat. Dass
wir uns hier raus buddeln können, kannst du
allerdings vergessen. Wir haben nur noch die
restliche Energie in meiner Lampe. Dein Akku ist
bereits leer." „So ein Mist. Was haben wir uns da

düpieren lassen. Mir ist so was von schlecht, Asli."
„Ruh dich aus, Karin. Wir können nur abwarten."

„Ich bin ganz sicher, dass die Stimme am Telefon
von Karin Weber stammte und dass sie mir etwas
mitteilen wollte. Nur ist sie einfach nicht mehr dazu
gekommen. Versuchen Sie, ihr Handy zu orten.
Wenn das nicht geht, müssen wir versuchen, ihren
letzten Anruf zu mir zurück zu verfolgen. Egal, was
ihr macht, nur tut etwas. Ich glaube nämlich, dass
unsere beiden Kommissarinnen ganz tief in
Schwierigkeiten stecken." Josef Michalek rief als
nächstes Theo Zerfakis an. Nachdem er ihm
berichtet hatte, was vorgefallen war, fragte er
Theo: „Hast du einen Schimmer, wo die beiden
sich aufhalten können?" „Leider kann ich dir nicht
sagen, was die beiden heute Abend vorhatten,
Josef." „Verdammt! Eine Peilung der Handys der
Beiden funktioniert nicht. Wir haben aber
feststellen können, dass ihr Anruf aus Sülz oder
Klettenberg erfolgte. Kannst du dir darauf einen
Reim machen?" „Wohnt da nicht dieser Benjamin
Bachmann? Ich fahre ins Büro und schaue in die
Akte. Sobald ich Näheres weiß, rufe ich dich
zurück, Josef." „Alles klar und gib Gummi. Ich habe
so ein Scheißgefühl bei der Sache." „Bin schon
weg." Auch Biggi Wax sprang in Jeans und Pulli
und begleitete Theo ins Präsidium. Gute zwanzig
Minuten später hockten die beiden hinter Theos
Schreibtisch und lasen die letzten Seiten aus der
Akte die Serienmorde betreffend quer. „Hier hab
ich etwas, Theo. Dieser Benjamin Bachmann
wohnt auf der Berrenrather Straße 9001 und das

ist in Klettenberg." Theo riss förmlich den Telefonhörer aus der Halterung und rief bei Josef
Michalek an. „Danke dir, Theo, ich rücke gleich mit
einem SEK Team und zwanzig meiner Leute hier
ab Richtung Klettenberg." „Komm, Theo, wir fahren
auch dort hin. Vielleicht brauchen Karin und Asli
meine Hilfe." „Hoffen wir es mal nicht." „Du bist so
doof, Theo. In erster Linie bin ich ausgebildete
Ärztin und erst mein Hauptberuf machte mich zur
Gerichtsmedizinerin." Theo griff sich seine Dienstwaffe und die schusssichere Weste und rannte mit
Biggi zum Parkplatz.

„Hey, Karin, wach bleiben. Schlaf mir bloß nicht
ein." „Ich bin so müde, Asli, und möchte nur noch
schlafen." „Wenn du jetzt einschläfst, wirst du
wahrscheinlich nie mehr wach. Also halt irgendwie
die Augen offen." „Ich sehe dich doch sowieso
kaum noch bei der trüben Beleuchtung." „Egal,
sieh mich einfach an." „Aber ich sehe dich doch
kaum noch, Asli?" „Pssst, Karin, und verschwende
nicht unnötig deinen Atem. Unsere Luftreserven
gehen rapide zur Neige." Eine halbe Stunde später
lag Aslis Kopf auf Karins Brust. Beide Frauen
atmeten nur noch ganz flach. Kaum zwei Kilometer
von ihrem Gefängnis entfernt hatte gerade eine
SEK Einheit das Haus, in dem Benjamin Bachmann gemeldet war und lebte, gestürmt. Doch das
Zimmer lag unbewohnt und aufgeräumt vor ihnen.
„Verdammt, wo ist der Kerl?", schrie Josef
Michalek die übrigen studentischen Mieter an. „Wir
wissen es nicht. Er wohnt hier nur sehr
unregelmäßig." Josef Michalek war mit seinem

Latein am Ende, als er auf die Straße trat. „Wir rücken ab", gab er als Befehl aus. „Sag mal, Josef, letzten Samstag beim Spiel des FC Köln wurden wir hier ganz in der Nähe von Mitgliedern eines Kleingärtnervereins gerufen, die angeblich zwei Einbrecher gesichtet hatten. Als wir hinkamen, handelte es sich bei den Einbrechern um die Weber und die Bülent, die gerade in eine Datscha eindringen wollten. Weil Gefahr im Verzug war, haben wir die beiden unterstützt. Vielleicht sind die beiden ja wieder in der Laube, weil sie dort etwas gefunden haben?", berichtete Hubert Peters seinem höchsten Chef. „Halt, wir folgen jetzt dem Wagen von Hubert Peters zu einer Kleingärtner-anlage auf dem Militärring. Es könnte sein, dass sich die beiden Kolleginnen dort aufhalten." Blitzschnell bildete sich eine Fahrzeugschlange, die hinter dem Führungswagen von Hubert Peters herfuhr. Weil der kleine Parkplatz bis auf ein Fahrzeug völlig leer war, fanden alle Einsatzwagen einen Parkplatz. Sofort sprangen die schwer-bewaffneten Einsatzkräfte aus ihren Wagen. „Hier steht nur ein neuer Ford Focus Turnier mit Kölner Kennzeichen auf dem Parkplatz. Weder der Wagen von Frau Bülent noch von Frau Weber sind hier abgestellt", rief einer der Männer. „Wem gehört der Focus?", schrie Josef Michalek. „Der Wagen ist auf den Ford-Händler Bodewitz zugelassen." „Dann werft den Geschäftsführer aus dem Bett und fragt nach, warum eines seiner Fahrzeuge hier abgestellt steht."

Kapitel 34

„Ich sehe alles rosa vor mir, Asli, es sich dreht wie ein Kaleidoskop. Ist die Welt nicht schön, Süße. Komm lass uns ein wenig durch die Wiesen laufen." „Sei still, Karin, du fantasierst. Verschwende nicht unsere letzte Luft mit der Beschreibung irgendwelcher Halluzinationen." „Wieso, Asli? Ich schwebe doch so leicht über die bunte Wiese. Es duftet überall nach frischen Blumen." „Sei jetzt bitte still, Karin."

„Michalek, Leiter der Schutzpolizei. Entschuldigen Sie bitte die Störung, Herr Bodewitz, aber es geht um folgendes Problem." Rasch hatte Josef Michalek dem Geschäftsführer des Fordhauses den Fall erläutert. „Den Wagen habe ich heute an Frau Asli Bülent verkauft. Sie ist eine Kollegin von Ihnen, hat bar bezahlt und wollte den Wagen morgen auf sich ummelden. Keine Ahnung, wie der Wagen auf den Parkplatz gegenüber dem Geißbockheim kommt." „Danke für den Hinweis. Sie haben wahrscheinlich gerade der Kollegin das Leben gerettet. Angenehme Nachtruhe, Herr Bodewitz." Josef Michalek drehte sich zu seinen Leuten um. „Ich vermute, unsere Kolleginnen befinden sich in der Gartenlaube. Los jetzt, wir schauen nach." Zwei Männer der SEK-Einheit bildeten die Vorhut. Gerade als sie die Türe der Holzhütte aufbrechen wollten, hielten die beiden Beamten inne. „Die Tür ist mit einer Sprengfalle gesichert. Alle Mann in Deckung." Ein weiterer SEK-Beamter trat zu seinen Kollegen hinzu und untersuchte die Türe. „Mann, Junge, mach uns die

Türe auf. Die beiden sind bestimmt in der Hütte, bei dem Aufwand, den der Täter da betrieben hat." Mit nur wenigen Handgriffen hatte der Spezialist für Sprengstoffe die Falle gesichert und die Türe geöffnet. „Das war nur eine Attrappe, Chef." Doch der Raum lag stockdunkel vor ihnen. Kein Lebenszeichen von Asli Bülent und Karin Weber war zu vernehmen. „Los, rein und alles durchsuchen. Vielleicht hat der Täter die beiden in den Schrank dort eingeschlossen.

Asli hörte plötzlich Schritte über sich. Ihre letzten Kräfte einsetzend zog sie ihre Waffe aus dem Holster. Mit dem Griff klopfte sie gegen die Holzklappe über sich. Doch ihr Klopfen schien niemandem aufzufallen. Plötzlich wurde es ganz still über ihr. „Sie sind nicht hier. Die Hütte ist leer." Biggi Wax, die zwischenzeitlich ebenfalls mit Theo Zerfakis eingetroffen war, ging noch einmal eine Runde und stieß mit ihrem Fuß an einen Widerstand unter dem Teppich ganz in der Ecke. „Hier ist etwas", rief sie laut und sofort waren die SEK Männer bei ihr. Sie rissen den Teppich weg und schoben die beiden Sperrriegel der Holzklappe zur Seite. Dann endlich schwang die Bodenklappe auf. „Da sind sie. Wir brauchen einen Notarzt und Sauerstoff." Biggi zog Asli zuerst aus dem Loch heraus. Theo half ihr als Nächstes, Karin zu bergen, die bewusstlos war. Sofort legten sie die beiden Frauen auf den Hüttenboden bis der Notarzt eintraf. Mittlerweile war auch Karin wieder bei Bewusstsein. Josef Michalek beugte sich runter zu Karin. „Mensch, Karin, was hast du da wieder für eine Scheiße gemacht. Um ein Haar hätten wir es nicht geschafft." „Hallo, Josef. Ist doch alles gut gegangen. Vielen Dank für deine Hilfe." „Keine Ursache, Karin. Habt ihr den Kerl wenigstens gesehen?" „Leider nein. Aber vielleicht bekommen wir jetzt einen Durchsuchungsbeschluss für das Haus von Clarissa Bodemann." „Kommt ihr beiden erst einmal wieder auf die Beine. Dann schauen wir weiter." Karin und Asli wurden für eine Nacht in der Uniklinik zur Beobachtung aufgenommen. Am nächsten Morgen absolvierten sie einige medizinische Tests, bevor sie das Krankenhaus auf eigenen Wunsch wieder verließen. Josef Michalek hatte, von beiden Frauen unbemerkt, dafür gesorgt, dass ihr Krankenzimmer wie ein Hochsicherheitstrakt bewacht wurde.

„Ihr seid mir vielleicht zwei Schmutzfinken. Seht euch mal an, wie ihr ausseht. Ihr werdet doch gut bezahlt und dann lauft ihr in solch schmutzigen Klamotten durch die Gegend?" Biggi Wax musste heftig lachen, als Karin und Asli zu ihr ins Auto stiegen. „Darüber habe ich mir bisher überhaupt noch keine Gedanken gemacht. Aber du hast Recht, Biggi. Wir sehen aus wie zwei Wildschweine, die sich eben im Dreck gesuhlt haben. Hoffentlich machen wir dir jetzt nicht dein Auto schmutzig. Jedenfalls vielen Dank, das du uns abgeholt hast." „Das wird schon gehen. Ich habe einen guten Staubsauger und einen fleißigen, in Erwartung befindlichen Ehemann. Ich werde Theo zur Reinigung des Autos einteilen, dass immerhin seine Kolleginnen nach einen Einsatz schmutzig gemacht haben." Es folgte ein heftiges Gelächter. Doch ein wenig schämten sich Asli und Karin schon ob ihres wenig ansehnlichen Outfits. Biggi Wax stoppte ihren Wagen vor der Haustüre ihrer Fahrgäste. „Kommst du noch auf einen Kaffee mit rein?" „Ich hab leider keine Zeit für euch beide. Ich hab noch zwei Leichen auf Eis liegen, die ich dringend sezieren muss. Ein andermal ganz sicher." „OK, dann vielen Dank fürs abholen und bis die Tage." „Keine Ursache, Karin, und seht zu, dass ihr beiden wieder sauber werdet." Wieder mussten die drei Frauen lachen. Asli verschwand als erste im Bad, während Karin Kaffee aufsetzte. Anderthalb Stunden später saßen die beiden Hauptkommissarinnen an ihren Schreibtischen und versuchten alle neu gewonnenen Erkenntnisse einzuordnen.

„Theo, schaff mir bitte so schnell wie möglich diesen Benjamin Bachmann her. Er muss uns unbedingt mehr zum Verbleib seines Zwillingsbruders Bruno sagen, damit wir diesen festnehmen können." „Mach ich Karin, ich kümmere mich sofort darum. Ich bin heilfroh, dass wir euch beide im letzten Moment noch lebend gefunden haben." „Da sind wir, ehrlich gesagt, schon drei, Theo. Asli denkt da sicher nicht anders", antwortete Karin etwas forsch. Asli nickte beipflichtend. Wenig später hob Karin die Runde am Konferenztisch auf und schickte alle wieder an ihre Arbeit. Karin setzte sich sofort an ihren Schreibtisch, nahm den Hörer ab und gab die Kurzwahl von Josef Michalek

236

an. Drei Ruftöne später nahm der Chef der Schutzpolizei den Anruf entgegen. „Hallo, Josef, Karin hier. Ich möchte mich noch mal, auch im Namen von Asli, vielmals bei dir für die Rettung bedanken. Ohne deine Hilfe.." „Ist schon OK, Karin", fiel ihr Michalek ins Wort. „Du hättest uns besser gleich in die Aktion mit einbezogen. Vielleicht hätten wir den Mörder dabei sogar geschnappt." „Ich weiß, Josef, dass ich einen gewaltigen Fehler gemacht habe. Ich habe Bachmann maßlos unterschätzt, genauso wie die örtlichen Gegebenheiten." „Schwamm drüber, Karin. Ich mache auch keinen Bericht, indem ich euch beiden grobe Fahrlässigkeit attestiere." „Ich danke dir, Josef." „Ist gut. Wie willst du jetzt weiter vorgehen?" „Ich werde seinen Bruder umgehend vorladen und ihn leicht unter Druck setzen, damit er uns den Aufenthaltsort seines Zwillingsbruders verrät." „Wenn er ihn kennt. Der Kerl scheint sehr gerissen zu sein." „Ja, aber wir müssen irgendwie weiterkommen. Der nächste Mord wird ganz bestimmt nicht mehr lange auf sich warten lassen." „Ich drücke dir die Daumen, damit du den Kerl erwischst. Aber binde uns bitte mit ein, damit wir euch unterstützen können. Noch so einen Alleingang kann ich nicht mehr unter den Tisch kehren." „Alles klar. Hab deinen Anschiss zur Kenntnis genommen." „Zur Kenntnis reicht nicht, Karin. Zu Herzen wäre besser, und er verlängert ganz sicher euer Leben. Mach's gut und bis bald mal wieder." „Ja, frohes Schaffen, Josef." Josef ist wirklich ein lieber Kerl. Wir müssten ihn und seine Frau mal zum Essen zu uns nach Hause einladen

237

oder zum nächsten Treff der fröhlichen Runde, ging Karin durch den Kopf.

Doch lange konnte sie sich nicht ihren Gedanken hingeben. Aus dem K2 erhielt sie einen Anruf mit der Bitte, sich einmal kurz einen Fall anzusehen. Sofort begab sich Karin auf den Weg, den langen Gang entlang der Büros der übrigen Abteilungen ihrer Mordkommission bis zum Office des K2. Der Abteilungsleiter hatte es sich wahrlich nicht leicht gemacht, und der Fall war verzwickt. Ob es sich um einen Mordfall handelte oder um einen Unfall, würden sie wohl nur durch intensive Befragungen ermitteln können. „Geht noch einmal die Ergebnisse der Spurensicherung durch und vergleicht sie mit den Aussagen der Zeugen und dem vermeintlichen Täter. Nur auf diesem Weg werden wir zu einem Ergebnis kommen, ob unser Opfer ermordet wurde oder durch einen tragischen Unfall zu Tode kam. Setzt euch auch noch einmal mit dem Staatsanwalt in Verbindung und lasst euch einen Durchsuchungsbeschluss ausstellen. Vielleicht habt ihr ja auch etwas am Fundort der Leiche übersehen." Wieder ganz in Gedanken vertieft, lief Karin zurück in ihr Büro. Wie konnte sie nur Bruno, dem Bruder von Benjamin Bachmann, habhaft werden? Doch ganz gleich, wie sie den Fall auch bewertete und versuchte, eine Lösung zu finden, sie kam zu keinem Ergebnis. Ziemlich gefrustet ließ sich Karin in ihren Bürostuhl fallen. Erst als Theo Zervakis mit Neuigkeiten ihr Büro betrat, hellte sich ihr Gesicht etwas auf. „Benjamin Bachmann ist auf dem Weg hierher. Er fährt die ganze Woche Taxi, wie er mir erklärte." „Diesmal nehmen wir ihn in die Mangel. Er muss uns sagen, wie wir an seinen Bruder herankommen." „Ja, dieser Bruno Bachmann ist mit hundertprozentiger Sicherheit unser Mörder."

Kapitel 35

Benjamin Bachmann betrat Karins Büro in seiner unnachahmlich devoten und sehr zurückhaltenden Art und grüßte freundlich. „Hallo, Frau Weber, Sie hatten mich über die Taxizentrale angefunkt und hierhergebeten. Da bin ich nun." „Guten Tag, Herr Bachmann, nehmen Sie bitte Platz." Noch während Bachmann sich eher ungelenk einen Stuhl nahm, um sich darauf zu setzen, betraten Asli Bülent und Theo Zerfakis Karins Büro und nahmen gleich Benjamin Bachmann gegenüber Platz. Karin legte sich etwas in ihrem Sessel zurück. „Herr Bachmann, wir müssen von Ihnen wissen, wo sich Ihr Bruder zurzeit aufhält?" „Das habe ich Ihnen doch schon gesagt, dass ich das nicht weiß. Er wohnt mal bei Freunden, bei Tante Clarissa oder in einer Pension." „Ich glaube Ihnen kein Wort, Herr Bachmann", fiel Asli in das Gespräch ein. „Sie haben doch sicher eine Handynummer von ihm?" „Nein, ich habe auch keine Rufnummer von meinem Bruder. Wenn er mich sprechen möchte, ruft er mich an." „Dann haben Sie doch seine Rufnummer auf Ihrem Handy." „Leider nein. Bruno telefoniert nur mit Rufnummernunterdrückung." „Soll ich Ihnen mal sagen, wie ich die Situation einschätze, Herr

Bachmann? Sie belügen uns hier - und das schon seit geraumer Zeit - nach Strich und Faden. So etwas nennt man im Strafrecht auch Behinderung bei der Ermittlung. Wir können Sie dafür belangen, Herr Bachmann." „Wollen Sie mich jetzt einschüchtern?" „Nein, belehren, Herr Bachmann", antwortete Asli Bülent scharf. „Nach meiner Ansicht besteht der dringende Tatverdacht, dass Sie Ihren Bruder schützen und ihn so seiner Festnahme entziehen", fügte die äußerst wortgewandte Kommissarin noch an. „Ich sage jetzt gar nichts mehr ohne einen Anwalt." „OK, rufen Sie Ihren Anwalt an, Herr Bachmann. Wir haben Zeit." „Ich habe keinen Rechtsbeistand." „Dann rufe ich bei Gericht an und frage nach einem Pflichtverteidiger für Sie", warf Theo Zerfakis ein. „Tun Sie das, Herr Kommissar, aber ich verstehe nicht, warum Sie mich wie einen Schwerverbrecher behandeln. Ich habe Ihnen alles gesagt, was ich weiß, habe Sie sogar informiert, als mein Bruder mich treffen wollte. Dass Sie eine Festnahme von Bruno selber verbummelt haben, ist nicht meine Schuld. Ich bin nicht Ihr Tatverdächtiger, sondern Ihr Zeuge und außerdem muss ich meinen nächsten Verwandten nicht mit meinen Aussagen belasten. Ich gehe jetzt wieder, und wenn Sie mich noch einmal wegen solch einer Lappalie herbestellen, werde ich meine Ausfallkosten geltend machen. Auf Wiedersehen." Benjamin Bachmann erhob sich von seinem Stuhl, nickte und verließ mehr als grimmig schauend das Büro. „Er weiß mehr, als er zugibt. Aber leider hat er Recht. Wir können ihm nichts anhaben. Wenn er bei seiner

Aussage bleibt, ist das für uns sicher unerträglich, aber nicht zu ändern." „Dann sollten wir ihn beschatten", warf Theo in die Runde. „Irgendwann wird er seinen Bruder treffen. Und da es ein Zwillingsbruder ist, werden wir ihn sofort erkennen." „Ach, Theo, wenn wir Pech haben, zieht sich sein Bruder nach dem gestrigen Vorfall für zwei Wochen zurück. So lange können wir Bachmann nicht observieren." „Hast du denn einen besseren Vorschlag, Karin?" „Bis jetzt noch nicht, Asli." „Und was machen wir jetzt, Chefin?" „Wenn ich das mal wüsste, Theo."

Als Asli und Theo Karins Büro verlassen hatten, griff Karin zum Telefon und rief bei Biggi Wax in der Gerichtsmedizin an. Die hübsche Ärztin war gleich am Apparat. „Hallo, Biggi, Karin hier. Wie geht es dir?" „Mir geht es gut, aber wie mir scheint dir nicht so. Wenigstens hörst du dich ziemlich genervt an." „Stimmt leider, Biggi." „Was hast du auf dem Herzen?" „Gibt es schon Hinweise auf Fingerabdrücke an unseren Mordopfern? Und eventuell Übereinstimmungen mit denen aus der Gartenlaube?" „Ja, ich arbeite gerade an meinem Bericht. Das Gros der Fingerabdrücke sind die gleichen wie wir sie auch an den Mordopfern gefunden haben. Auch die DNA Spuren stimmen überein. Faktisch ist damit sicher, dass unser Serienmörder in dieser Hütte gewohnt hat und nach ersten Erkenntnissen habe ich auch DNA Spuren von drei unserer Opfer entdeckt." „Danke dir, Biggi, das hilft mir zwar nicht wirklich weiter, aber eines steht fest: Wir müssen diesen Bruder von Benjamin Bachmann, diesen Bruno Bachmann schnellstens finden. Aber wir haben noch keine Idee, wie wir das anstellen sollen. Mach es gut und bis bald." „Du auch, Karin." Auch die wirklich liebe Biggi und die neu gewonnenen Erkenntnisse brachten kein Licht in das Dunkel ihrer Ermittlungen. Karin legte sich in ihrem Sessel zurück und dachte nach. Sie wusste nur allzu genau, dass sie sich eine Genehmigung zur Observierung von Benjamin Bachmann sowie eine Abhörerlaubnis für dessen Telefon über einen längeren Zeitpunkt abschminken konnte, wobei diesen Maßnahmen voraussichtlich sehr schnell positive Ergebnisse folgen würden. Um ein wenig Abstand zu ihrem Fall zu erhalten, stand sie auf und lief zwei Türen weiter, um in den anderen Abteilungen der Mordkommission nach dem Rechten zu schauen. Eine Stunde lang besprach sie sich mit den übrigen Kollegen. Erfreut stellte sie fest, dass es dort momentan keine Probleme gab. Den folgenden Nachmittag verbrachte sie mit der Bewältigung des Papierkrieges und der Vorbereitung eines Vortrages, den sie an der Polizeiakademie zum Thema „Moderne Fahndungsmethoden mittels Einsatz sozialer Netzwerke" halten sollte. Gegen kurz vor achtzehn Uhr stand Asli Bülent in der Türe. „Lass uns Feierabend machen. Ich bin total kaputt." „Hallo, mein Zwerg, in Ordnung, machen wir Schluss für heute und hauen ab."

Schweigend saßen die beiden Frauen im Wagen, während Asli sie nach Hause chauffierte. „Bist ja so still, Kleine. Was ist los?" „Ach, Karin, unser ganzes Privatleben leidet unter diesem beschissenen Fall. Wir unternehmen nichts mehr zusammen und auch sonst ist tote Hose." „Also, dass wir nichts Spannendes zusammen unternehmen, ist ja nicht richtig. Erst vorgestern sind wir beide beinahe gemeinsam in diesem Grusel-kabinett verreckt", antwortete Karin sarkastisch. „Das ist genau das, was ich meine. Wir machen keine Ausflüge am Wochenende oder gehen mal wieder ins Kino oder lecker essen." „Ich weiß, Asli. Aber wir haben beide den Kopf nicht frei, solange uns dieser Bruno Bachmann seine Leichen präsentiert und das Schlimmste ist: Wir kommen keinen Zentimeter voran in unseren Ermittlungen. Das nervt mich total. Ich denke darüber nach, eine Telefonüberwachung von Bachmann bei Staats-anwalt Schneider zu beantragen. Das könnte noch machbar sein. Besser wäre, darüber hinaus noch eine 24-stündige Observation. Irgendwann macht der ganz sicher einen Fehler und schon hätten wir ihn und seinen Bruder in der Falle. Ich muss das morgen mal mit Krausmann besprechen." „Er wird dir sicher sagen, dass uns für solch eine weitreichende Observation das Personal fehlt und die Kosten einfach zu hoch sind." „Das sehe ich leider auch schon so auf mich zukommen." „Wollen wir uns denn heute Abend ein Dinner bei unserem türkischen Imbiss gönnen?" „Ja, lass uns schlemmen gehen." Hatice und Ahmed empfingen sie gleich sehr freundlich, als die beiden Frauen den Imbiss betraten. „Hallo, ihr beiden. Wie immer?" „Hallo zurück. Wie immer zweimal Lahma-

243

cun mit Salat und knusprigem Fleisch." Nach einer guten halben Stunde zahlte Karin ihr Essen und die beiden Wasser. „Lass uns Heim fahren. Ich bin für heute geschafft." „Ich auch, Karin." Die beiden Frauen verließen den Imbiss und fuhren nach Hause.

„Ist das hier stickig in der Bude. Ich reiße mal die Fenster auf." „Mach das, Asli. Ich zieh mir oben rasch den Jogginganzug an." „Mach ich auch gleich." Asli lief ins Wohnzimmer zur großen Fensterfront. Sie hatte auf das Einschalten der Deckenbeleuchtung verzichtet, da sie wegen der Gemütlichkeit nur die Stehlampe einschalten wollte. Mit der rechten Hand griff sie an den Stab, mit dem sie den großen Vorhang zur Seite schob, den sie am Morgen zum Schutz vor starker Sonneneinstrahlung zugezogen hatte, damit weder das Parkett noch ihr heiß geliebter arabischer Teppich ausgeblichen wurde. Als sie nach draußen in den Garten blickte, stockte ihr der Atem. Asli war nicht der Typ Frau, der gleich los schrie, wenn etwas Furchtbares, Unvorher- gesehenes oder gar Ekelerregendes sich ihr offenbarte. Doch jetzt entfuhr ihr ein leiser Schrei, als sie völlig unerwartet in die spiegelnden Okulare eines Nachtsichtgerätes blickte, dass ein recht groß gewachsener Mann vor seinem Gesicht trug. Plötzlich blendete Asli ein scharfer Lichtstrahl, der sie umgehend völlig blind werden ließ. Asli trat zurück und fiel dabei über die Teppichkante. Beinahe umgebremst schlug sie mit dem Rücken und dem Hinterkopf auf dem Teppich auf. Dann

244

wurde es plötzlich ganz still. „Trinken wir noch ein Glas Rotwein zusammen?" Karin lauschte ins Untergeschoss, doch es erfolgte keine Reaktion. „Alles OK bei dir, Asli?" Und wieder vernahm Karin weder ein Geräusch geschweige denn ein Wort von Asli. Besorgt rannte sie die Treppe hinunter. „Asli?" Karin stürmte sofort ins Wohnzimmer. „Asli, was ist passiert?" Karin fiel gleich auf die Knie und legte ihre Hand unter Aslis Nacken. Sanft gab Karin ihrer Ehepartnerin ein paar vorsichtige Ohrfeigen, die sie allmählich aufwachen ließen. „Wo bin ich? Mein Kopf tut weh und mein Rücken erst." „Asli, ich bin`s, Karin. Sag mir, was ist geschehen?" „Ich weiß nicht. Da stand ein Mann an der Glastür und schaute mir direkt ins Gesicht. Er trug ein Nachtsichtgerät vor seinen Augen, sodass ich ihn nicht erkennen konnte. Dann traf mich ein Blitz in die Augen und ich sah nichts mehr. Verschreckt trat ich zurück und fiel rückwärts über den Teppich. Dann wurde mir schwarz vor Augen." „Wie viele Finger siehst du?" „Drei, wieso?" „Und jetzt?" „Einen. Was machst du?" „Ich wollte testen, ob du eine Gehirnerschütterung hast. Aber dein harter Schädel scheint immun gegen physische Beeinträchtigungen zu sein." Asli lächelte. „Komm, Zwerg, ich helfe dir mal auf. Leg dich erst einmal aufs Sofa. Ich schaue mich draußen mal kurz um, ob ich den Kerl noch erwische." „Hier, nimm meine Waffe mit." Karin nahm sich Aslis 9mm Walther, die sie noch am Gürtel trug und öffnete die Terrassentüre. Eine ganze Zeit lang suchte sie den Garten ab, bis sie zurück ins Haus kam. Asli hatte sich wieder aufgesetzt. „Und?" „Nichts. Allerdings ist zu erkennen, dass er durch die Kirschlorbeerhecke den Garten betreten und offensichtlich auch auf dem Weg wieder verlassen hat. Er muss sich am Feuerdorn zwischen dem Lorbeer mächtig wehgetan haben. Ich rufe jetzt die KTU, damit sie den Garten auf Spuren untersucht." „Ich geh hoch und lege mich etwas hin." „Ja, mach das." Eine halbe Stunde später glich ihr gemütlicher Garten der Festwiese auf dem Oktoberfest in München. Überall trampelten Beamte auf dem Rasen umher, immer auf der Suche nach Fuß- und Fingerabdrücken und zerstörten dabei ihr Kleinod. Erst weit nach Mitternacht war der letzte Beamte verschwunden. Asli schlief bereits tief und fest, als Karin ins Schlafzimmer trat. Sie zog sich rasch aus und schlüpfte ebenfalls unter ihre Decke. Doch an Schlaf war einfach nicht zu denken. Karin wälzte sich hin und her. Immer wieder musste sie daran denken, dass der Mörder unerkannt in ihren Garten eingedrungen war. Weil sie nicht schlafen konnte, kontrollierte sie ein weiteres Mal die Kameras. Obwohl diese auch nachttauglich waren, ließ sich nicht erkennen, wer sie da besucht hatte. Hatte der Täter etwa bemerkt, dass der Garten mittels Kameras überwacht wurde? Immer wieder fragte sie sich, ob der Serienkiller wohl auch in ihr Haus einsteigen wollte. Jedes Mal, wenn sie gerade dabei war wegzunicken, sah sie plötzlich den Mörder vor sich mit einem großen, blinkenden Messer in der Hand, der sie am Küchenstuhl fesselte, um sie zu verstümmeln. Irgendwann jedoch schlief sie dann ein. Aber der Wecker gegen halb sieben am Morgen ließ keine Gnade walten und holte Karin aus endlich schönen Träumen zurück in die Realität.

Kapitel 36

Müde lag Karin in ihrem Bürosessel. Immer wieder überfiel sie eine heftige Gähnattacke. Wo blieb nur Asli? Mit ihr wollte sie heute Morgen die Ereignisse des letzten Abends ausgiebig analysieren. Asli war ganz früh in die Klinik zum Röntgen gefahren, um auszuschließen, dass sie nicht doch noch eine Gehirnerschütterung oder gar eine kleine Blutung verschleppte. Kurz nach zehn traf Asli endlich im Büro ein. „Es ist alles in Ordnung. Der dicke Teppich war einerseits der Auslöser für den Fall, jedoch wohl auch mein Retter. Mein zartes Haupt ist unversehrt." „Ich sag doch, du hast einen dicken Schädel. Ich bin aber heilfroh, dass es dir gut geht, Kleine. Lass uns jetzt noch einmal den letzten Abend rekonstruieren." Asli hatte sich gerade einen Becher Kaffee eingeschüttet und sich Karin gegenüber gesetzt, als das Telefon summte. „Das ist der Chef", flüsterte Karin Asli zu und nahm das Gespräch entgegen. „Weber? Hallo, Frau Schmidt. Ja, wir hatten eine turbulente Nacht und ein Rendezvous mit der Spusi. Seien Sie versichert, dass wir uns schon besser amüsiert haben, Frau Schmidt." Karin lachte laut. Asli konnte vernehmen, dass auch Frau Schmidt lachen musste. „Ja, ich komme gleich hoch zu Ihnen. Bin schon unterwegs." Karin legte den Hörer auf. „Krausmann möchte wissen, was gestern bei uns passiert ist. Ich gehe ihm kurz berichten." „OK, dann schaue ich mal in meinen PC." „Bis später, Asli. Versuch dir aber noch mal Gedanken dazu zu machen, ob du den Täter erkannt hast. Alles ist wichtig." „Ja, bis gleich. Mach ich."

Der Polizeipräsident schien sich wirklich große Sorgen um seine Dezernatsleiterin und Asli Bülent zu machen. Soweit kannte Karin ihren höchsten Chef bereits. Sie erhielt einen Kaffee und musste sofort detailliert berichten. Nachdenklich rieb sich Krausmann die Stirn, die in tiefen Falten lag. „Sie bereiten mir schlaflose Nächte, Frau Kollegin. Der Vorfall gestern in Ihrem Garten hätte ganz böse für Sie und Frau Bülent enden können. „Kriegen wir denn jetzt eventuell eine Telefonüberwachung von Bachmann durch? Effektiver wäre natürlich eine 24 Stunden Observation und dazu die Telefon- überwachung." „Ach, Frau Weber, dafür haben wir keine Mittel zur Verfügung. Außerdem habe ich bei der Beantragung einer Telefonüberwachung von Bachmann Bauchschmerzen. Das ist alles juristisch nicht wasserdicht. Am liebsten würde ich Sie beide für zwei Wochen in Urlaub schicken und von dem Fall abziehen. Ich habe ein sehr ungutes Gefühl. Außerdem möchte ich keinesfalls, dass Sie sich in Gefahr begeben." „Aber, Chef, ich würde das Team jetzt keinesfalls alleine lassen. Es gehört nun einmal leider zu unserem Job dazu, dass wir gefährliche Situationen überstehen müssen." „Nun, gefährlich mag ja sein, aber dieses Mal wären Sie ja beide beinahe lebendig begraben worden." „Wir passen schon auf uns auf, Chef."

„Ihre Worte in Gottes Ohr, Frau Weber." „Können Sie denn mal mit dem Innenministerium telefonieren, ob man uns für die Aufklärung des Falles besondere Mittel zur Verfügung stellen kann?" „Ach, Frau Weber, ich bekomme ja nicht mal einen Locher für meinen Schreibtisch ohne Bedarfsnachweis. Ich werde es aber versuchen." „Ok, Chef, wir halten uns gegenseitig auf dem Laufenden. Ich bin dann wieder weg." „Alles klar, Frau Weber. Ich melde mich, wenn ich etwas erreichen konnte." Karin verabschiedete sich noch kurz von Frau Schmidt, bevor sie wieder auf ihre Büroetage herabstieg.

„Und? Was wollte der Alte von dir?" „Na, er wollte halt wissen, was gestern bei uns im Garten los war. Kann ich voll und ganz nachvollziehen. Ich habe ihn gebeten, in Düsseldorf nachzuhören, ob wir nicht Sondermittel bewilligt bekommen, um Bachmann über einen längeren Zeitraum über-wachen zu dürfen. Krausmann meinte allerdings, dass wir das schon im Vorfeld vergessen können. Für eine Telefonüberwachung fehlen wohl die juristischen Voraussetzungen, was sicher auch auf die Personenüberwachung zutreffen wird. Also alles Mist." Asli legte ihre Stirn in Falten. „Ich bin mal gespannt, was die KTU für Ergebnisse herausfiltert, gerade was die Fingerabdrücke angeht. Haben wir eigentlich schon Abdrücke von Bachmann?" „Nein, aber das sollten wir unbedingt nachholen. Ich werde mit ihm einen Termin an seinem ersten Arbeitsplatz im Seniorenzentrum vereinbaren und dort Proben von ihm nehmen."

„Meinst du, er willigt ein?" „Wenn nicht, werde wir ihn richterlich dazu zwingen." „Nun ja, warten wir es ab." „Sicher nicht. Ich werde nachher mit dem SBK Betrieb der Stadt Köln telefonieren und mir Bachmann geben lassen. Aber jetzt erzähl mal, was du gestern gesehen hast, als der Mann an unserer Terrassentüre stand." Asli setzte sich zurück und schloss die Augen. Karin stand auf und goss ihrer Ehepartnerin einen Becher Kaffee ein.
„Die Person war männlich und ich meine, eine braune Haarsträhne erkannt zu haben, die aus der Kapuze direkt über der Stirn herausschaute. Der Mann besaß eine recht kräftige Statur und war nur geringfügig größer als ich. Er trug Jeans und ein dunkelblaues Kapuzenshirt. Aufgefallen ist mir noch, dass er nur einen Handschuh trug. Aber mehr kann ich nicht sagen. Sein Gesicht war komplett von diesem Nachtsichtgerät verdeckt."
„Immerhin sind das ja schon mal handfeste Fakten. Hältst du es für möglich, dass der Mann auf unserer Terrasse der Bruder von Bachmann gewesen sein könnte?" „Ja, ganz sicher. Er war ähnlich korpulent und hatte auch seine Größe."
„Ok, dann werde ich mich jetzt um Bachmanns Fingerabdrücke kümmern." „Mach das. Ich geh mal wieder arbeiten." „Das wird auch wieder Zeit." Karin musste loslachen, als sie in das erstaunte Gesicht von Asli Bülent blickte." „Na warte. Komm du mir nach Hause."

„Hauptkommissarin Weber von der Mordkommission. Ich möchte bitte Herrn Benjamin Bachmann sprechen." „Einen Moment bitte. Ich stelle Sie durch." Nach einer Ewigkeit wurde das Gespräch entgegen genommen. „Bachmann?" „Hauptkommissarin Weber, hallo, Herr Bachmann. Ich habe ein Attentat auf Sie vor. Wir benötigen Ihre Fingerabdrücke, damit wir Ihre ausschließen können von denen, die wir an verschiedenen Tatorten gefunden haben." „Das verstehe ich jetzt nicht so ganz, Frau Weber." „Ich erkläre es Ihnen. Wir haben am Tatort eine Menge Fingerabdrücke gefunden. Um die des Mörders herauszufiltern, müssen wir alle bekannten Abdrücke ausschließen und dafür brauchen wir jetzt auch Ihre. Ich wollte gleich bei Ihnen vorbei kommen und rasch Ihre Fingerabdrücke nehmen. Dauert nur ein paar Minuten. Wie lange sind Sie im Hause?" „Noch bis heute Abend um 22:00 Uhr." „Das ist sehr gut. Dann fahre ich jetzt gleich los und komme bei Ihnen vorbei. Einverstanden?" „Ja, kommen Sie nur rüber." „Bis gleich, Herr Bachmann." Schon hatte Karin aufgelegt. Sie griff in ihre Schublade und entnahm dieser ihre Neunmillimeter und schob sie in das Halfter. Bevor sie sich bei Asli verabschiedete, griff sie noch ihren Blouson vom Kleiderständer und verließ ihr Büro. Zügig rauschte sie mit dem zivilen Einsatzfahrzeug aus der Tiefgarage. Karin fädelte sich gleich rechts ein und nahm den Zubringer zur Zoobrücke. Es herrschte nur mäßiger Verkehr und dank des strahlenden Sonnenscheins bereitete ihr das Fahren richtig Spaß. Sie hatte auch ein Röhrchen für eine DNA Speichelprobe eingesteckt. Sie hoffte sehr, dass Bachmann auch freiwillig eine Speichelprobe abgab. Zwanzig Minuten später rollte der

Dienstmondeo vor der Pflegestation in den SBK Betrieben in eine Parklücke. Karin nahm die Aktenmappe und verließ das Auto. Ohne Hektik schlenderte sie dem Eingang des Gebäudes G8 entgegen, in dem der Pflegebereich untergebracht war. Flott lief sie die Stufen im Treppenhaus hoch zum ersten Obergeschoss des ehemaligen Kasernengebäudes aus der Kaiserzeit und klopfte an der Türe des Pflegepersonals. Bachmann öffnete ihr gleich und lächelte. „Hallo, Frau Weber, kommen Sie bitte herein. Möchten Sie etwas trinken?" „Hallo, Herr Bachmann, nein danke. Wie versprochen möchte ich Sie nicht lange aufhalten." Karin entnahm ihrer Aktenmappe die Utensilien für die Fingerabdrücke. Benjamin Bachmann setzte sich Karin an dem kleinen Tisch gegenüber und reichte ihr seine linke Hand. Blitzschnell ließ Karin einen Finger nach dem anderen vom Scanner des Gerätes abtasten. „Bekomme ich auch als letzte Ausschlussmöglichkeit eine Speichelprobe von Ihnen?" „Wenn es denn sein muss." „Ist nur zu Ihrer eigenen Sicherheit." „Glauben Sie denn wirklich, dass mein Bruder der Mörder ist?" „So wie es scheint ja. Aber bis wir wirklich Klarheit haben, müssen noch eine Menge Tests durchgeführt werden." „Ich glaube mittlerweile auch, dass Bruno der Täter ist." „Wieso das?" „Weil er nichts mehr von sich hören lässt. Ich glaube, er ist untergetaucht. Ich werde Ihnen helfen, wo ich kann, um ihn zu finden." „Das ist sehr gut zu wissen, Herr Bachmann. Sie haben meine Rufnummer. Wenn Sie Hilfe benötigen, sind wir schnell bei Ihnen, um Sie zu unterstützen." „Danke, Frau Weber, ich muss jetzt weiter arbeiten." „Ja, ich muss auch los. Danke für den Scan und die Speichelprobe." Lächelnd winkte Bachmann Karin zum Abschied. Er schien beruhigt zu sein, dass Karin ihm ihre Hilfe zusicherte, falls sich sein Bruder bei ihm meldete.

Karins Stimmung hatte sich extrem gebessert, als sie ihren Dienstwagen bestieg. Wenn Bachmann jetzt mitzog, aus welchen Gründen auch immer, würden sie seinen Bruder sicher rasch finden. Karin gab Gas. Bevor sie den Wagen vierzig Minuten später auf dem Dienstparkplatz abstellte, übergab sie die Speichelprobe von Bachmann noch der Gerichtsmedizin. Im Büro herrschte reges Treiben. Ihr Team arbeitete an zwei weiteren Mordfällen, wobei sich der eine von beiden wohl als Suizid herausstellen würde. Im zweiten Fall war ein Tankwart von zwei polizeibekannten Drogen- abhängigen erstochen worden. Asli bereitete gerade die Fahndung nach den beiden Tätern vor. „Und?" „Er hat mir die Probe gegeben und seine Fingerabdrücke. Außerdem hat er mir versichert, uns bei der Suche nach seinem Bruder zu unterstützen." „Das heißt im Umkehrschluss: Wir gehen also jetzt von Bruno Bachmann als unserem Mörder aus." „Ich denke mal ja." „Ich habe die Fahndung bereits eingeleitet. Diese gestaltet sich jedoch als schwierig, weil wir überhaupt nichts über diesen Mann wissen." „Wir haben keine andere Wahl und müssen diesen Hinweisen von Benjamin Bachmann nachgehen. Ich fahre jetzt rasch zur Routineuntersuchung zur Gynäkologin.

Du hältst hier bitte solange den Laden zusammen."
„Wird gemacht, Chefin. Bis gleich und grüße mir
die Ärztin." „Mach ich, bis später." Karin verschwand noch kurz in der Damentoilette, bevor sie
sich zu ihrer Frauenärztin aufmachte. Sie tat dies
jedes Mal mit einem etwas unguten Gefühl im
Bauch. Erstens gab es schöneres, als sich nackt
und breitbeinig auf dem Stuhl einem anderen
Menschen präsentieren zu müssen, auch wenn es
nur der Gesundheit diente. Zweitens galt ihre
Sorge dem erhöhten Krebsrisiko besonders
ausgesetzt zu sein, da ihre Mutter an Gebär-
mutterkrebs, der weit gestreut hatte, verstorben
war.

Kapitel 37

„Nun, Frau Weber, ich muss zwar noch die
histologische Untersuchung abwarten, aber so wie
es aussieht sind Sie kerngesund." „Das höre ich
natürlich gern. Dann bringe ich Ihnen in den
nächsten Tagen die Stuhlproben vorbei und warte
auf die Ergebnisse." „Ja, kommen Sie einfach
zwischendurch mal rein. Meine Helferin Frau
Berger wird dann die Proben direkt checken. Wenn
Sie von mir nichts mehr hören, ist alles in Ordnung.
Ende des Jahres ist auch wieder ein Brust-
screening bei Ihnen fällig. Aber da dürfte auch
keine Gefahr bestehen, nachdem ich Ihre Brüste
eben sehr sorgfältig untersucht habe. Grüßen Sie
mir Frau Bülent und bringen Sie uns so bald als
möglich die Stuhltests vorbei." „Mach ich. Danke,
Frau Doktor." Beschwingt verließ Karin die Praxis.

Jedes Mal, wenn die Ärztin ihr attestierte, kerngesund zu sein, nahm sie dies sehr erfreut zur Kenntnis. Sie ließ sich in den Fahrersitz fallen und fuhr Richtung Präsidium nach Kalk. Auf halber Strecke hielt sie vor einer Bäckerei an und erstand für sich und ihre Kolleginnen und Kollegen Kuchen. Freudestrahlend betrat sie mit dem Tablett Kuchen das Büro, doch niemand war anwesend. „Hallo, wo seid ihr alle?", rief sie, doch sie erhielt keine Antwort. Etwas verwundert lief sie in ihr Büro und fand dort einen Zettel von Asli auf ihrem Schreibtisch. „Hallo, Karin, wir haben wieder einen Mord im Kleinkunsttheater Tiefgeschoss am Ubierring. Edith musste nach Hause, weil ihre Tochter sich beim Sport in der Schule verletzt hatte. Theo und ich sind zum Tatort gefahren." Missgelaunt schob Karin das Tablett mit dem Kuchen in den Kühlschrank. Um rasch ihre Mannschaft unterstützen zu können, rannte sie die Treppe hinunter. Sie setzte das Blaulicht aufs Autodach und fuhr zum Ubierring.

Trotz Martinshorn und Blaulicht benötigte Karin beinahe dreißig Minuten bis in die Kölner Südstadt. Sie parkte den Dienstwagen gleich neben dem Fahrzeug der Spusi und betrat das Kleinkunsttheater. Bereits am Eingang nahm sie den typischen Gestank des Todes wahr. Der süßliche Duft war unverkennbar und sorgte für Unwohlsein. Als Karin jedoch die Türe zum Zuschauerraum öffnete und auf die Bühne sah, drehte sich ihr der Magen um. Nur unter Aufbringung aller Willenskraft konnte sie vermeiden, sich zu übergeben.

Diesmal hatte sich der Mörder ganz besonders viel perfide Mühe gegeben. Karin betrat die Bühne. Von der Decke herab hing an einem Bein die unbekleidete Leiche einer Frau mittleren Alters. Wieder hatte der Täter ihre Brüste wie auch den Genitalbereich auf furchtbare Weise verstümmelt. „Was ist das nur für ein Mensch?", sprach sie leise vor sich hin. „Hallo, Karin. Das habe ich mich eben auch gefragt. Es ist einfach unglaublich." „Hallo, Biggi. Ich kann auch kaum glauben, was ich da sehe. Was steckt denn da in ihrer Vagina?" „Das glaubst du mir ohnehin nicht, wenn ich dir das erzähle." „Wieso das?" „Weil er der Toten ein Mikrofon der Beschallungsanlage des Theaters in den Uterus gesteckt hat und sich solange ihren Herzschlag angehört hat, bis sie verstarb." „So etwas ist mir in meinen ganzen langen Berufsleben noch nicht untergekommen." „Tja, Karin, auch wenn der Spruch in diesem Fall abgedroschen klingt: Man lernt halt nie aus." Asli kam mit einem Block unter dem Arm auf Karin zu. „Alles OK bei dir? Was sagt die Ärztin?" „Keine Sorge, du wirst mich weiter ertragen müssen." „Ich bin so froh, Karin, ich liebe dich", flüsterte Asli ihr ins Ohr. Theo hatte sich fast eine Stunde lang mit dem Hausmeister unterhalten, der die Tote gefunden hatte und der noch die letzten beiden Herzschläge des Mordopfers über die Mikrofonanlage mit anhören musste. Theo hatte sofort einen Polizei-seelsorger angefordert, weil der junge Hausmeister plötzlich in Tränen ausbrach und sich nicht mehr beruhigen ließ. „Ihr könnt jetzt abhauen. Wir machen   hier noch Klarschiff und dann sind wir auch durch die Türe. Was der Täter alles mit dem Mordopfer angestellt hat, könnt ihr übermorgen in meinem Bericht lesen." „OK, fahren wir zurück ins Präsidium."

Stumm saßen Karin, Theo und Asli um den großen Konferenztisch herum. Theo rührte eher geistesabwesend mit seinem Löffel in seinem Becher Kaffee. Vom Kuchenteller, den Karin mitten auf dem Tisch platziert hatte, wollte sich niemand bedienen. „Was ist das nur für ein Mensch, der so mit anderen Menschen umgeht?! Wieviel Hass muss diesen Täter treiben?", beendete Theo die Stille im Raum. „Das habe ich mich am Tatort auch schon gefragt. Was denkst du Karin?" „Ich weiß es auch nicht, Asli. Vor allem fehlt uns nach wie vor jeder Ansatzpunkt. Wenn uns Benjamin Bachmann nicht belügt und er wirklich seinen Bruder lange nicht gesprochen hat, werden auch wir kaum Kontakt zu ihm aufnehmen können. Und ob er wirklich unserer Täter ist, können wir noch gar nicht sagen. Das sind alles Vermutungen." Plötzlich summte Karins Telefon. „Das ist der Chef. Weber? Hallo, Herr Krausmann." „Hallo, Frau Weber. Ich hörte, wir haben den nächsten Mordfall? Gibt es denn endlich einen Hinweis auf den Täter?" „Ich bin ehrlich, Chef: Wir haben noch rein gar nichts." „Und was ist mit dem Bruder von diesem Bachmann?" „Er ist ein Phantom. Bisher hat ihn noch Niemand zu Gesicht bekommen. Aber er ist unser einziger Tatverdächtiger. Laut seinem Zwillingsbruder hat er jeglichen Kontakt abgebrochen. Benjamin Bachmann traut seinem Bruder

Bruno die Morde zu." „Glauben Sie ihm, Frau Weber?" „Ich kann es Ihnen nicht wirklich sagen. Wir warten jetzt auf die DNA-Analyse. Dann wissen wir, ob es sich tatsächlich um den gleichen Täter handelt. Und dann versuchen wir, diesen Bruno Bachmann aufzuspüren." „Bleiben Sie bitte am Ball, Frau Weber. Düsseldorf sitzt mir arg im Nacken." „Wir tun, was wir können." „Halten Sie mich auf dem Laufenden, Frau Weber." „Und?" „Ach, Asli, das Übliche eben. Dem Chef sitzt Düsseldorf im Nacken und morgen sicher auch die Presse, aber wir können nun mal nicht zaubern. Lasst uns einfach noch mal alle Fakten durchgehen, die wir haben." Theo erhob sich und holte die beiden Ordner.

Punkt für Punkt gingen sie gemeinsam die Akten noch einmal durch. Jedes grausame Bild der Opfer wie auch jeder Obduktions- und Tatortbericht wurde akribisch abgearbeitet. Sie studierten erneut den Bericht der Spurensicherung bezüglich der Auswertungen aller Daten über die Datscha im Kölner Grüngürtel. Dabei kamen natürlich auch wieder alle Fakten des Mordversuches auf Asli Bülent und Karin Weber im Fluchttunnel unterhalb der Holzhütte zur Sprache. Asli schüttelte sich ein paar Mal, als sie dieses Thema erörterten. Kurz nach achtzehn Uhr ließ dann bei allen die Konzentration nach. Doch wirklich brauchbare Ergebnisse förderten sie bei aller Sorgfalt während ihrer Recherche nicht zu Tage. „Alles Scheiße! Machen wir für heute Feierabend." Karin hob die Konferenz auf. Zwanzig Minuten später saßen

Karin und Asli in ihrem Auto und fuhren nach Hause. „Schau doch einfach mal auf deinem Smartphone nach, ob unsere Überwachungskameras etwas aufgezeichnet haben, damit uns Überraschungen wie gestern Abend erspart bleiben." Karin rief die entsprechende App auf. Sie durchforstete mit der Suchfunktion die Speicher der Kameras, aber nirgends stellte sie Aufzeichnungen fest. „Nix drauf, Süße. Wir haben sturmfreie Bude." „Soll das jetzt etwa heißen, dass eine heiße Liebesnacht vor uns liegt?" „Wer weiß, wer weiß, Asli." Karin konnte sich des Gefühls nicht erwehren, dass Asli plötzlich flotter fuhr. Um nicht allzu viel unnötige Zeit mit Kochvorbereitungen zu verplempern, speisten die Damen wieder im türkischen Imbiss ihres Vertrauens. Noch bevor die Fanfaren das Intro der Tagesschau im ersten Fernsehprogramm ertönen ließen, betraten sie ihr Haus. „Gehen wir duschen, Karin?" Asli legte verheißungsvoll ihren Kopf zur Seite und lächelte. „Au ja. Ich rieche wie ein Dönerkebap. Den Klamotten gönnen wir ebenfalls ein Bad in der Waschmaschine. Zieh dich aus, Süße, ich nehme auch deine Sachen mit und stopfe sie in die Waschmaschine." „Wow, machst du mir heute die Domina?" Asli trat zwei Schritte im Bad zurück und knöpfte lasziv blickend ihre Bluse auf. Es folgte die Jeans. „Was schaust du so, Karin? Willst du noch mehr sehen?" „Allerdings, Asli, ich warte auf deine Klamotten und dazu gehört auch deine Unterwäsche. Los, zieh sie aus." Asli leckte sich provozierend über ihre Lippen und öffnete auf dem Rücken die Häkchen des BHs. Mit einem Ruck befreite sie ihre kräftigen Brüste von den Spitzen-körbchen. Salopp warf sie Karin den BH zu. Dann schlüpfte sie aus dem Höschen. „Nicht übel, mein Schatz. Bist ja frisch rasiert? Ich beeile mich." Rasch sperrte Karin ihre Dienstwaffen in den Wandtresor ein, bevor sie über die Stufen der Treppe in den Keller hüpfte, sich ebenfalls ganz auszog, die Waschmaschine bestückte und startete.

Als der Motor der Maschine brav seine Arbeit aufnahm, sprintete Karin die Treppe hoch ins Obergeschoss, wo Asli gerade vor dem Spiegel stand, um sich mit der Pinzette ein paar Härchen an den Augenbrauen auszupfte. Der Anblick der hübschen Silhouette von Asli mit den kräftigen Brüsten, den prallen Brustwarzen und dem Knack-arsch stimulierte Karins Libido. Rasch trat sie hinter Asli und griff ihr mit beiden Händen an ihre Brüste. Sie begann sie zu kneten, und je mehr sie dies tat, desto mehr schnurrte Asli und drückte Karin ihren Po gegen ihren Venushügel, den sie dabei an ihr rieb. Als Karin Aslis Brustwarzen ganz fest zwischen ihren Daumen und Zeigefingern drückte, griff Asli ihr zwischen die Schenkel und massierte ihr ihren Lustpunkt. Karin keuchte heftig. Asli packte Karin an die rechte Hand und zog sie ins Schlafzimmer, wo es für die beiden kein Halten mehr gab. Laut stöhnend erreichten die beiden Frauen kurz nach einander ihren Höhepunkt. Karin warf sich glücklich auf den Rücken und atmete tief durch. Doch im rechten Augenwinkel vernahm sie eine Bewegung. Asli wollte sich gerade in ihre

Armbeuge kuscheln, als Karin sie unsanft fort stieß. „Da ist unser Mörder", schrie Karin und zeigte zum Fenster. Leider blieb das Gesicht des Mannes hinter dem Nachtsichtgerät verborgen. Doch bis Karin das Bett verlassen hatte, um zum Fenster zu gelangen, war der Mann bereits die Leiter herabgeglitten. So konnten die Frauen dem Mann nur noch unverrichteter Dinge hinterher sehen, wie er sich durch das Loch in der Kirschlorbeerhecke davon machte. „Der wird sich wieder ordentliche Striemen am Feuerdorn eingefangen haben. Aber was hilft es. Er ist weg", kommentierte Asli die Situation. Nachdem sich die beiden Frauen ihre Jogginganzüge übergestreift hatten, inspizierten sie den Außenbereich. „Die Leiter gehört den Bauers von nebenan. Wir haben sie uns einmal ausgeborgt, als wir die Dachrinnen gesäubert haben, weißt du das noch. Wir brauchen auch nicht nach Fingerabdrücken zu suchen. Ich hab gesehen, dass der Mann Hand-schuhe trug." „Lass uns mal in die Speicher unserer Kameras hineinschauen." Enttäuscht stellten sie fest, dass der Täter nur von der Seite zu sehen war. „Er wusste, dass wir Kameras im Einsatz haben." „Na, wenigstens hatte er anschauliches Programm." „Was für ein Trost! Fakt ist doch, dass wir nicht mal mehr in unseren eigenen vier Wänden alleine sind." „Das ist leider wahr. Komm, Asli, wir trinken noch ein Glas Wein und gehen dann schlafen. Morgen bringen wir den Bauers die Leiter zurück und bitten sie, diese wegzuschließen. Leichter kann man es Einbrechern kaum machen."

261

Kapitel 38

Nach einer Nacht, die sie engumschlungen und kuschelnd verbracht hatten, saßen sie wieder zum Briefing am Konferenztisch. Karin setzte das Team darüber in Kenntnis, was Asli und ihr am Abend zuvor widerfahren, war als ihr Telefon summte. „Weber? Morgen, Biggi. Ja, sicher. Ich fahre gleich los. Bis später." Karin legte den Hörer zurück auf die Station. „Das war Biggi. Sie erwartet gegen 10:00 Uhr die DNA-Analysen sowie die Abgleiche von den Tatorten und denen von Benjamin Bachmann. Ich fahre jetzt zu ihr, damit wir die Ergebnisse sofort auswerten können. Ihr haltet die Stellung. Edith, du könntest derweil noch einmal den Taxiunternehmer, für den Benjamin Bachmann fährt, interviewen, ob ihm nicht doch etwas aufgefallen ist, wenn dieser Bruno für seinen Bruder eingesprungen ist." „Ja, mach ich, Karin. Ich hänge mich gleich dahinter." „Und wir versuchen, über meine alten Kontakte beim LKA doch etwas über diesen Bruno Bachmann herauszufinden." „Ja, macht das. Wir sehen uns dann später wieder hier." Karin und ihr Team schlürften noch rasch ihre Kaffeebecher leer. Dann begab Karin sich in die Fahrbereitschaft und holte den Dienstmondeo, mit dem sie zur Gerichtsmedizin fuhr.

Obwohl es heute drückend schwül war, verzichtete Karin auf den Einsatz der Klimaanlage. Dafür ließ sie surrend alle Fenster des Dienstfahrzeuges herunter gleiten und sich während der halbstündigen Fahrt den Fahrtwind um die Nase wehen. Karin stellte den Wagen auf dem Dienst-parkplatz ab und betrat die Gerichtsmedizin in Köln Braunsfeld. Sie zwinkerte kurz dem Sicher-heitsmann an der Türe zu und schlenderte ins Untergeschoss des Gebäudes. Sie ging sofort schnurstracks auf die Bürotür von Biggi Wax zu und öffnete sie ohne anzuklopfen. Biggi stand nur mit einem Slip bekleidet vor ihrem Spiegel. „Morgen, Biggi, oh, entschuldige bitte." Karin wollte schon wieder raus laufen. „Morgen, Karin, bleib ruhig hier. Du wirst bei mir von der Physiognomie her nichts Unbekanntes finden. Gefalle ich dir wenigstens? Ich meine, so als Frau?" „Bist ein hübsches Mädel. Theo ist ein Glückspilz." Biggi musste lachen, während sie sich einen BH, ein weißes T-Shirt und abschließend eine weiße Arzthose anzog. „Ich hatte heute Morgen in der Früh schon eine Sektion und habe mir Blut und Gewebeflüssigkeiten auf die Klamotten gespritzt. Deshalb habe ich rasch geduscht." „Ich werde Theo berichten, dass ich dir beim Duschen zugeschaut hätte." Biggi musste laut lachen. „Er wird dir sicher nichts antun, obwohl er doch so eifersüchtig ist." „Theo liebt dich sehr, Biggi." „Ich weiß, Karin. Ich ihn auch. Kaffee?" „Da sag ich nicht nein." Wenig später nahmen die beiden Frauen an Biggis Schreibtisch Platz und nippten an ihrem Kaffee. „Hier ist das Kuvert mit den Ergebnissen der DNA-Analysen. Leider hatte ich bisher noch keine Zeit, die Unterlagen zu sichten. Mal schauen, was das Speziallabor schreibt."

263

„Ich fahre mal rasch zu dem Taxiunternehmen und höre nach, ob er die Bachmanns von ihrer Optik her zu unterscheiden wusste oder ob er das gar nicht bemerkt hat, dass Benjamin Bachmann einen Zwilling hat, der für ihn fährt." „Alles klar, Edith, wir halten hier die Stellung." Asli goß sich ein Wasser ein, als ihr Telefon summte. „Bülent?" „Benjamin Bachmann hier, hallo, Frau Bülent, Sie müssen mir helfen. Bruno ist hier und will mich töten. Ich habe mich im Keller des Hauses versteckt." „Hallo, Herr Bachmann, ganz ruhig. Wo sind Sie denn jetzt gerade?" „Im Haus von Tante Clarissa. Ich wollte meine Tanten besuchen und plötzlich hörte ich Bruno, der immer nur schrie: Wo ist dieser Verräter? Er paktiert mit den Bullen. Ich werde ihn aufschlitzen und ausbluten lassen wie ein abgestochenes Schwein. Kommen Sie bitte schnell, Frau Bülent. Ich habe furchtbare Angst." Dann brach das Gespräch zusammen. „Theo, zieh deine schusssichere Weste an. Wir fahren nach Köln Rath. Ich habe gerade einen Notruf von Benjamin Bachmann erhalten. Er hält sich im Haus seiner Tanten auf und eben ist Bruno Bachmann erschienen. Er will ihn töten, weil er mit uns paktiert." „Ok, wir fahren hin. Soll ich das SEK benachrichtigen, Asli?" „Wir sehen uns das erstmal vor Ort an. Die Jungs der Spezialeinsatzkräfte sind doch rasend schnell dort, wenn wir sie brauchen." „Dann lass uns fahren." „Ja, ich komme gleich. Ich lege Edith und Karin noch einen Zettel hin, wohin wir gefahren sind."

Theo fuhr schnell, aber sehr sicher. Wegen der Schulferien hatten Asli und Theo nur mit eher moderaten Verkehrsverhältnissen zu kämpfen. Knapp zwanzig Minuten benötigten sie bis zur Heineallee 17 in Köln Rath. Trotz mittlerweile strahlendem Sonnenschein wirkte das Haus Nr. 17 düster und unheimlich. „Ich geh runter zur Kellertreppe, Asli." „Alles klar, dann versuche ich, mir über die Terrasse Zugang zum Haus zu verschaffen." Theo nahm die Treppe rechts vom Eingang. Asli zwängte sich links an der Hauswand entlang der Terrasse entgegen. Schnell lief sie die wenigen Schritte über den Rasen hoch direkt auf die gefliese Fläche. Hinter der Hollywoodschaukel fand sie ausreichend Deckung, um sich erstmal ein Bild der Lage machen zu können. Von Theo hatte sie nichts mehr gehört, was sie ein wenig störte. Sie dachte schon darüber nach, die Kollegen vom SEK zu verständigen, als sie bemerkte, dass die Terrassentüre nur angelehnt war. Mit einem Sprung überwand sie die Distanz zum Eingang ins Wohnzimmer. Ein etwas muffiger Geruch schlug ihr entgegen, so als wäre eine ganze Zeit nicht gelüftet worden. Asli zog ihre Waffe aus dem Holster. Irgendetwas war hier nicht geheuer. Das spürte sie. Wo aber war nur Theo abgeblieben? Asli kontrollierte Zimmer für Zimmer, die Küche sowie die Gästetoilette im Erdgeschoss, ohne jedoch auch nur eine einzige Menschenseele aufzuspüren. Asli öffnete die letzte Türe neben der Küche, hinter die sie noch nicht geschaut hatte. Es handelte sich um den Abgang in den Keller. Asli stieg ein Geruch in die Nase, den sie zur Genüge

265

kannte. Es war der Gestank des Todes. Sofort schob sie die Waffe zurück in ihr Gürtelhalfter. Ihr nächster Griff galt ihrem Dienstsmartphone. Es wurde Zeit, die Kavallerie zu verständen. Asli drückte die Kurzwahltaste der Einsatzzentrale, um eine SEK Einheit anzufordern. Doch während sie ihr Mobiltelefon ans Ohr führte, vernachlässigte Asli ganz kurz ihre Aufmerksamkeit, was ihr zum Verhängnis wurde.

„Oh Gott, schau dir das an, Karin. Das Speziallabor hat eine minimale Mutation mit Hilfe einer DNA-Sequenzierung festgestellt. Ich hatte die Beauftragung einer Sequenzierung der DNA vorher ausgiebig mit Ernst besprochen und wie es scheint, ist uns ein Volltreffer gelungen." „Wie meinst du das?" Biggi wurde stiller und las intensiv weiter, bis sie begann laut vorzulesen: „Können wir zu 99,89% ausschließen, dass es sich bei der uns eingereichten Probe um die einer Zwillingsperson handelt. Wir weisen darauf hin, dass die uns eingesandte Probe identisch ist mit denen, die aus dem Uterus der Opfer stammen." Biggi hob den Kopf. „Weißt du, was das bedeutet, Karin?" „Etwa das Benjamin Bachmann unser Täter ist?" „Genauso ist es." „Verdammt! Der Typ hat uns alle an der Nase herumgeführt und tatsächlich geglaubt, wir kämen ihm nicht auf die Schliche." „Das wäre auch so geschehen, wenn wir nicht das neue Sequenzierungsverfahren eingesetzt hätten." „Verdammt, wir waren ohnehin völlig vernebelt. Wenn Benjamin Bachmann doch keinen Kontakt zu seinem Bruder hatte, wie konnte er ihn dann als seine heimliche Vertretung zu dem Taxiunternehmen schicken. Dann müssen wir jetzt die Handschellen klicken lassen. Ich rufe gleich Asli im Büro an. Darf ich deinen Apparat benutzen?" „Ja, natürlich." Karin griff zum Hörer und wählte Aslis Büroanschluss an, doch sie nahm nicht ab. Sie versuchte es ebenfalls bei Theo. Doch auch er ging nicht an sein Telefon. „Sind die alle nach Hause gegangen?" „Vielleicht machen sie ja Mittagspause?" „Ich probier mal die mobilen Anschlüsse." Doch weder Asli noch Theo nahmen den Anruf entgegen. Karin versuchte es bei Edith. „Hallo, Karin, nein, ich bin nicht im Präsidium. Ich bin in der Taxizentrale. Wir sind jetzt hier aber durch. Ich fahre jetzt zurück. Aber ich habe wichtige Neuigkeiten, Karin. Dieser Taxiunternehmer hat sich vor der Fahrzeugübergabe an seine Fahrer stets den jeweiligen Personalausweis und den Führerschein des Fahrers zeigen lassen, um zu vermeiden, dass einer seiner Leute ohne Führerschein unterwegs ist, weil dieser eventuell eingezogen wurde. Alle Führerscheine sind sogar eingescannt und registriert worden. Es war immer Bachmann selbst, der gefahren sein muss. Was ist überhaupt los?" Karin berichtete Edith in Kurzform, was sie gerade erfahren hatte. „Das ist ja nicht zu glauben! Ich sag Asli Bescheid, damit sie sich gleich bei dir meldet, wenn ich sie erwische." „Danke, Edith." Karin überlegte kurz, wie sie jetzt am besten vorgeht. Sie rief bei der SBK, dem Arbeitgeber von Benjamin Bachmann an. Doch hier wurde Karin erklärt, dass sich Benjamin Bachmann krank gemeldet hatte. Karin dachte nach, wo sie Bachmann wohl jetzt aufspüren konnte. Als nächstes rief sie Josef Michalek, den Leiter der Schutzpolizei an und setzte ihn über den neuen Sachverhalt in Kenntnis. „Schickst du bitte zwei Wagen zu der Schrebergartensiedlung. Die Kollegen sollen nachschauen, ob Bachmann sich dort aufhält." Josef Michalek telefonierte bereits mit seinem Einsatzleiter, der gleich zwei Wagen nach Klettenberg schickte. „Wir kriegen den Kerl, Karin. Mach dir keine Sorgen." „Wenn du es in die Hand nimmst, weiß ich, dass alles getan wird. Biggi hatte bereits ihren Bericht angefangen, damit alle juristischen Schritte eingeleitet werden konnten.

Karin rief als nächstes Staatsanwalt Schneider an, der sofort einen Haftbefehl und entsprechende Durchsuchungsbeschlüsse für alle Wohnungen auszustellen versprach, wo Benjamin Bachmann gemeldet war. Karin spürte förmlich, wie jetzt endlich Bewegung in den Fall kam. „Mailst du deinen Bericht bitte an Staatsanwalt Schneider, damit er eine Grundlage für seine Entscheidungen in Händen hält. Ich fahre zu der Studenten WG und schaue, ob Bachmann vielleicht dort untergetaucht ist." „Ja, mache ich, Karin. Ich glaube nicht, dass Bachmann sich unsicher fühlt. Er kennt unsere neuen Analyse-Methoden ja nicht." „Schauen wir mal. Ich halte dich auf dem Laufenden." Karin sprang in den Mondeo und raste mit Blaulicht und Martinshorn zur Berrenrather Straße. Wie eine Rachegöttin stürmte sie in den Aufenthaltsraum der WG. Doch auch die Studenten hatten Benjamin Bachmann schon seit mehreren Tagen nicht mehr gesehen. Karin durchsuchte flüchtig sein Zimmer, doch es war peinlich genau aufgeräumt. Weil die Datscha, in der Bachmann sie und Asli eingesperrt hatte, nur einen Steinwurf weit entfernt lag, fuhr sie dorthin und traf auf die Kollegen der Streifenpolizei, die gerade unverrichteter Dinge zu ihren Fahrzeugen liefen. „Tut uns leid, Frau Weber, aber der Kerl ist nicht hier. Wir haben bereits alles durchsucht." „Danke, Kollegen. Dann muss ich weiter schauen."

Kapitel 39

Karin zitterte. Hier braute sich eine gewaltige Sauerei zusammen. Das spürte sie. Aber wie sollte es jetzt weitergehen? Sie stand noch auf dem Parkplatz vor der Kleingärtneranlage, als ihr Smartphone summte. „Weber? Hallo, Edith, was gibt es?" „Sitzt du?" „Ja, im Auto, wieso?" „Bachmann hat hier angerufen und Asli erzählt, dass er sich im Haus seiner Tanten in Köln Rath aufhält. Sein Bruder ist ebenfalls im Haus und bedroht ihn mit dem Tod, weil er mit der Polizei paktiert. Asli und Theo sind daraufhin sofort nach Rath in die Heineallee 17 gefahren. Mehr weiß ich nicht. Weder Theo noch Asli gehen an ihre Handys." „Na, wunderbar! Warum hat Asli keine SEK-Einheit angefordert?" „Das weiß ich leider auch nicht." „Ok, danke, Edith. Ich fahre jetzt nach Rath." Wieder schaltete sie ihr Blaulicht und das Martinshorn ein und jagte davon. So manches Mal nahm sie eine Bordsteinkante mit, wenn sie wieder einmal dem Verkehr ausweichen musste, um rasch

269

voran zu kommen. Immer wieder schoss ihr durch den Kopf, was Asli und Theo jetzt eventuell - in Unkenntnis der neuen Sachlage - zu erleiden hatten. Sie benötigte wieder die Hilfe von Josef Michalek. Ihr Smartphone hing am Bluetooth-Netzwerk des Fahrzeuges. Deshalb brauchte sie nur die Kurzwahl des Chefs der Streifenpolizei antippen. Immer wieder musste sie anderen Fahrzeugen ausweichen. Doch die Verbindung zu Josef Michalek kam einfach nicht zu Stande. Jedes Mal, wenn sie auf das Display schauen wollte, musste sie gerade wieder genau auf den Verkehr achten. Endlich erreichte sie hinter der Zoobrücke die Zufahrt auf die A 3. Karin gab Vollgas. Jetzt konnte sie gefahrlos einen kurzen Blick auf ihr Display im Handy wagen, worauf zu lesen stand: Kein Netz. Karin fluchte laut los. „Was ist das jetzt wieder für ein Scheiß!" schrie sie laut. Kurz vor der Abfahrt Königsforst bemerkte sie, dass die Steckverbindung von ihrem Handy zur Fahrzeugkommunikation abgefallen war. Dies war sicher der einen oder anderen Bordstein-touchierung zuzurechnen. „Mist!", brüllte Karin wieder. Mit der rechten Hand fingerte sie nach dem Stecker. Endlich fand sie ihn. Sofort schob sie ihn zurück in den Slot. Umgehend erlosch „Kein Netz" auf dem Display.

Asli erwachte und spürte einen heftigen Schmerz im Nacken. Vorsichtig öffnete sie die Augen. Ganz allmählich erwachten ihre Erinnerungen. Sie war in dieses Haus über die Terrasse eingedrungen. Sie hatte alle Zimmer im Erdgeschoss kontrolliert und dann den Abgang in den Keller gefunden. Der Gestank nach Fäulnis und Tod stieg ihr in die Nase. Asli wollte prüfen, ob ihre Waffe noch im Gürtelholster steckte, doch sie konnte ihre Hände nicht bewegen. Erst jetzt bemerkte sie, dass ihre Hände über dem Kopf gefesselt waren und sie von der Decke herabhing. Mit ihren Fußspitzen konnte sie so gerade den Fußboden berühren. Jetzt verstand sie auch, warum sie ihre Augen nicht gänzlich öffnen konnte. Ein starker Strahler, der heftig blendete, war auf sie gerichtet. Plötzlich erkannte sie, dass sie völlig nackt war. Wo war nur Theo? Die Lebensgeister kehrten allmählich alle zurück. Doch was würde ihr dies helfen? Je mehr sie durch ihre zu Sehschlitzen geöffneten Augen erkannte, desto mehr wurde ihr klar, dass sie sich in einer ausweglosen Situation befand. Und wie es schien, konnte ihr Theo auch nicht helfen. Wenigstens war er nirgends zu sehen. Asli ging durch den Kopf, was man ihr während der Sonderausbildung auf der Polizeiakademie beige-bracht hatte und ob dies hier anwendbar war. Doch es ließ sich keiner der gelernten Tricks anwenden. Sie hing im wahrsten Sinne des Wortes fest. „Theo? Kannst du mich hören?", versuchte sie mit ihrem Kollegen Kontakt aufzunehmen, aber sie erhielt keine Antwort. „Geben Sie sich keine Mühe, Frau Bülent, oder soll ich nicht lieber Asli sagen, wo wir uns doch in so intimer Atmosphäre befinden." „Was wollen Sie von mir, Bachmann? Wo ist eigentlich Ihr Bruder?" „Ich habe ihn schlafen gelegt, so wie Ihren Kollegen. Die beiden werden uns ganz sicher bei unserem Liebesspiel

271

nicht stören." „Liebesspiel? Ich kann mich nicht entsinnen, mir mit Ihnen je ein Liebesspiel gewünscht zu haben." „Machen Sie sich da mal keine Sorge, Asli. Diesen Wunsch hege eher ich alleine und ich erfülle mir all meine Wünsche, wie Sie schon häufiger mit ansehen durften. Nichts geht über ein markantes Liebesspiel. Ich liebe es, die Schreie einer Frau anzuhören, wenn ich ihr während des Verkehrs die Brustwarzen abschneide und sich dabei die Unterleibsmuskulatur ganz fest zusammenzieht und mir wahre Lust bereitet. Ganz zu schweigen davon, wenn ich sie von ihren Schamlippen befreie. Es hat so etwas Erhabenes, die Macht über Leben und Tod in Händen zu halten. Schade, dass Sie dieses Gefühl nicht erleben können, sondern nur Mittel zum Zweck sein werden. Trösten Sie sich einfach damit, dass die Schmerzen mit dem Ableben abebben und sie für immer verlassen. Aber bis dahin ist es noch eine ganze Zeit. Und glauben Sie mir, ich werde Sie ordentlich genießen." Bachmann trat hinkend auf Asli zu. „Haben Sie sich etwa verletzt, Bachmann?" „Das sind immer noch die Nachwirkungen der Schusswunden, die mir Ihre Ehepartnerin beigebracht hat. Dafür wird auch sie qualvoll sterben. Sie wird sicher ebenfalls bald hier eintreffen, wenn deine Kollegen sie informiert haben. Ich werde für einen entsprechenden Empfang sorgen. Und jetzt schweig." In der rechten Hand trug er ein stählern blitzendes Skalpell. „Mein Spaß beginnt."

272

Wieder drückte Karin die Kurzwahltaste und wenig später hatte sie Josef Michalek am Apparat. „Hallo, Josef, ich brauche dringend deine Hilfe. Asli und Theo sind in der Hand dieses Wahnsinnigen. „Hallo, Karin, warte eine Sekunde, ich spreche mit der SEK-Leitung." Im Hintergrund vernahm Karin, dass Josef Michalek telefonierte. Derweil bog Karin rechts in die Heineallee ab und rollte vor die Hausnummer 17. Direkt vor dem Haus parkte der Dienstwagen von Asli und Theo. Düster und wenig einladend lag das gut gepflegte Haus da. Nirgends konnte sie ein Lebenszeichen von Asli und Theo entdecken. „Karin?" Die markante Stimme von Josef Michalek riss sie aus ihren Gedanken. „Asli hat vor etwa einer guten dreiviertel Stunde einen Notruf an die SEK Leitstelle abgeschickt. Doch das Gespräch wurde jäh abgebrochen. Seitdem hat sie sich nicht mehr gemeldet. Die Kollegen sind damit beschäftigt, ihr Handy zu orten, aber es ist abgeschaltet. Wo bist du?" „Vor dem Haus Nr. 17 in der Heineallee in Köln Brück." „Die SEK Einheit fährt sofort los. In etwa zwanzig Minuten sind sie bei dir. Verzichte möglichst auf einen Alleingang, Karin." „Das sagst du so leicht, Josef. Wenn Bachmann Asli und Theo in seiner Gewalt hat, ist jede Minute kostbar. Ich muss sofort handeln." „Warte, Karin, ich schaue, ob ich Fahrzeuge mit Streifenkollegen in der Nähe habe." Wieder sprach Josef Michalek mit einem Mann im Hintergrund. „Tut mir leid, Karin, der nächste Streifenwagen hält sich acht Kilometer von dir entfernt auf. Ich schicke die Kollegen aber trotzdem zu dir." „Danke dir, Josef, aber ich gehe jetzt rein." „Sei vorsichtig."

273

Doch diesen guten Wunsch bekam Karin schon nicht mehr mit.

Karin rannte zuerst die Außentreppe hinunter. Die die Stahltüre zum Kellereingang saß fest verschlossen in der Zarge und bewegte sich keinen Millimeter. Sofort spurtete sie zurück nach oben und umrundete das Haus. Vom Garten aus gab es nur eine Möglichkeit über die Terrasse, ins Innere des Hauses zu gelangen. Karin sprintete auf die Terrasse, doch die Türe schien verschlossen. Vorsichtig versuchte sie, sie zu öffnen. Erst als sie sich gegen den Flügel lehnte, bemerkte sie, dass die Bügelverriegelung der Terrassentüre nicht fest eingeschnappt war. Leise schwang der Türflügel auf. Karin fing ihn ab, damit er nicht gegen den Sessel krachte, der ganz in der Nähe stand. Sofort zog Karin die Neunmillimeter aus dem Gürtelholster und lud sie durch. Fünfzehn Mal konnte sie nun im Bedarfsfall tödliche Projektile verschießen. Doch daran dachte sie jetzt überhaupt nicht. In Windeseile sicherte sie Zimmer für Zimmer im Erdgeschoss, aber nirgends waren Bachmann, Asli oder Theo zu sehen. Stets zwei Stufen auf einmal nehmend hastete Karin ins Obergeschoss des Hauses. Doch auch hier Fehlanzeige. Karin schaute auf die Uhr. Etwa neun Minuten waren seit ihrem Anruf bei Josef Michalek verstrichen, der das SEK Kommando über die Zentrale losgeschickt hatte. Wenn die Kollegen glatt durchfahren konnten, würde es immer noch mindestens gute 10 Minuten dauern, bis sie hier vor Ort eintrafen. Karin rannte die Treppe herunter. Rasch fand sie den Abgang in den Keller. Zwei Dinge vernahm sie, als sie die Türe öffnete. Erstens den Gestank nach Verwesung, der unverkennbar ihre Magenschleimhaut reizte und zweitens ein Stöhnen von einem Menschen, dem starke Schmerzen zu schaffen machten. Da der Kellerabgang völlig im Dunkeln lag, zog sie ihre kleine Maglite aus der Jacke und schaltete sie ein. Waffe und Lampe lagen nun gemeinsam in ihren Händen. Langsam bewegte sie sich Stufe für Stufe die Treppe hinunter dem Keller entgegen.

„Was haben Sie eigentlich mit Ihrem Zwillingsbruder gemacht, Bachmann?", keuchte Asli unter starken Schmerzen. „Ach, du meinst Benjamin? Ha, ich bin Benjamin Bachmann. Mein Zwillingsbruder starb bei seiner Geburt. Ich habe ihn als mein zweites Gesicht vereinnahmt. Wenn ich Spaß haben möchte, bin ich der böse Bruno und wenn ich lammfromm bin, Benjamin. Und jetzt, du kleine Lesbenschlampe, will der böse Bruno Spaß haben und dir beim Sterben zusehen." Bachmann lachte laut los und sein Lachen klang wie das eines Irren. Asli lief der Schweiß den Körper herunter. Allmählich wurden die Schmerzen in den Handgelenken durch die Stricke unerträglich. Völlig unerwartet trat Bachmann plötzlich an sie heran und hieb ihr mit dem Gummiknüppel, mit dem er sie bereits vorher KO geschlagen hatte, heftig auf den Po. Asli schrie vor Schmerz laut auf. Sie war der Ohnmacht nah. Bachmann lachte wieder kehlig laut auf. „War das nicht schön, Schlampe?" Als er dann jedoch nach ihrem rechten Bein griff und ihr den Gummiknüppel mit einem festen Stoß in ihre Scheide stieß, ließ der höllische Schmerz Asli in Ohnmacht fallen. Eine feine Blutspur verließ Aslis Unterleib und rann an dem Gummiknüppel herunter, bis sich ein kleines Tröpfchen bildete, das zu Boden fiel. Bachmann trat nun ganz nah an Aslis leblosen Körper heran. In seiner rechten Hand blitzte das Skalpell. Gierig griff er an ihre Brüste und knete daran, herum bis sich ihre Brustwarzen ihm prall entgegen streckten. Ein wahnsinniges Grinsen trat in sein Gesicht. Mit Daumen und Zeigefinger seiner linken Hand griff er an Aslis linke Brustwarze, stimulierte sie weiter und zog fest daran. Gerade als er das Skalpell an die Brustwarze ansetzte, um sie abzutrennen, flog die Kellertüre auf. Karin erkannte sofort die Situation und trat Bachmann mit aller Kraft in seine Genitalien, der heftig schreiend das Skalpell fallen ließ und sich in den Schritt griff. Plötzlich vernahm Karin hinter sich das Getrappel von Kampfstiefeln im Treppenhaus. Das SEK-Team war eingetroffen. Drei schwer bewaffnete und vermummte Frauen und vier ebensolche Männer stürmten in den Keller. Die Situation wurde kurzfristig unübersichtlich, was Bachmann nutze, um durch eine der abgehenden Türen zu verschwinden. Karin erkannte unverzüglich die Gefahr, dass Bachmann sich absetzen könnte und folgte ihm bis zur Türe. Doch der Durchgang war verschlossen." Eine der Frauen des SEK Trupps setzte ohne zu Zögern ein Brecheisen an und riss die ganze Türe aus den Angeln. Dunkelheit und der typische Geruch von abgestandener Luft schlugen Karin entgegen, als sie den Gang betrat, der sich hinter der Türe verbarg und scheinbar kein Ende zu nehmen schien. Karin lief hinein und versuchte, sich den Weg mit ihrer kleinen Maglite auszuleuchten. Nirgends sah sie Bachmann. Doch weder rechts noch links gingen Türen vom Gang ab. Auf einmal schlugen ihr zwei Füße entgegen. Nur der rechte Schuh streifte ihre linke Schulter und warf sie unsanft zu Boden. Bachmann schien hier irgendwo an der Decke eine quer gespannte Metallstange eingemauert zu haben, vielleicht war es aber auch nur ein diagonal verlaufendes Wasserrohr, das ihm diese artistische Einlage ermöglichte. Leicht benommen stand Karin auf. Ihre Waffe und die Lampe hatte sie bei dem Sturz aus ihren Händen verloren. Die Maglite hatte sich nach dem Aufprall auf den Boden als Lichtquelle verabschiedet. Sicher war die Birne zu Bruch gegangen. Doch die heraneilenden SEK Leute verwandelten mit ihren schweren Stablampen den dunklen Gang in eine helle Theaterbühne. Als Karin wieder ganz auf ihren Füßen stand, erkannte sie Bachmann, der nur unweit von ihr weg stand. Dann spürte sie einen heftigen Tritt in ihre rechte Kniekehle. Sofort knickte Karin ein und fiel auf die Knie. Bachmann wollte mit dem Fuß ausholen, um Karin mit voller Wucht ins Gesicht zu treten, als mehrere Schüsse brachen. Bachmann sackte getroffen zusammen. Eine Blutfontäne schoss aus seinem Brustkorb. Eine der SEK Beamtinnen nahm sich Karin an und brachte sie stützend zurück in den Kellerraum. Asli lag am Boden, in eine wärmende Folie gewickelt. Ein Notarzt behandelte sie gerade.

277

Karin ließ sich einfach aus den Händen der SEK Kollegin auf ihren Po fallen und setzte sich neben Asli. „Ich möchte Frau Bülent, um innere Verletzungen ausschließen zu können, in die Klinik einweisen", sprach der Notarzt Karin an, die sofort zustimmend nickte. „Ich sage den Sanitätern Bescheid, damit sie Frau Bülent in den Rettungswagen bringen." Hastig lief der junge, freundliche Arzt die Treppe hoch. Asli hatte eine schmerzstillende Spritze erhalten. Sie döste ein wenig vor sich hin. „Na, Kleine, musste es unbedingt ein Gummiknüppel sein? Hätte es nicht auch ein einfacher Dildo getan?" Asli lächelte. „Du kennst mich doch. Ich mag es dann und wann gern etwas extremer", nuschelte sie mehr vor sich hin als das sie sprach. Karin nahm Asli in den Arm. „Wir haben den Fall gelöst, Zwerg, und jetzt mache ich mein Versprechen wahr und lade dich auf eine 14-tägige Hochzeitsreise ein." Asli strahlte Karin aus ihren dunkelbraunen, jetzt eher glasigen Augen an. „Wohin fahren wir?" „Wir machen eine Kreuzfahrt, Süße. Von Köln aus durch das Westhofener Kreuz, dann zum Kamener Kreuz und wieder zurück über das Leverkusener Kreuz nach Haus. Bei dem Verkehrsaufkommen sind wir glatt zwei Wochen auf Achse." Karin streichelte Asli über ihre Haare und ihre Wangen. Asli lächelte gequält. „Du machst das schon, Karin." Asli schloss ihre Augen und verlor das Bewusstsein. Nur wenig später traten die Rettungssanitäter hinzu. Mit tiefen Sorgenfalten auf ihrer Stirn legten sie Asli auf eine Trage und trugen sie gleich aus

278

dem Keller heraus. Karin lächelte, als sie bemerkte, dass Bachmann es nicht geschafft hatte. Sollte dieses Schwein doch in der Hölle vermodern.

Kapitel 40

Karin begann zu weinen. Sie blieb so eine ganze Weile sitzen. Mit dem rechten, schmutzverschmierten Ärmel ihres Blousons rieb sie sich ihre Augen trocken und erhob sich langsam. Ihr Job hier war noch nicht beendet. Karin riss sich zusammen, doch es fiel ihr schwer. Sie beruhigte sich erst ein wenig, als sie Biggi Wax bemerkte, die die Treppe herunter eilte. „Hallo, Karin, wo ist Theo?" „Hallo, Biggi, nach ihm suche ich gerade." Karin öffnete eine Türe, die vom Kellerraum abging. Hier jedoch lagerte der Hauseigentümer nur Werkzeug und eine Menge Kartons. Sie eilte zur nächsten Türe, die sich nur schwer öffnen ließ. Bevor sie diese aufriss, verabschiedeten sich die Frauen und Männer des SEK-Trupps. Karin dankte den Kolleginnen und Kollegen herzlich für ihre Hilfe. Als sie dann die schwergängige Türe aufriss, stockte Karin der Atem. Der grässliche Gestank verwesenden Fleisches schlug ihr entgegen und ein Schwall von Fliegen erhob sich und stürmte der Freiheit entgegen. Doch nicht nur alleine der Gestank drehte Karin die Magenschleimhaut von rechts nach links. Der sich ihr bietende Anblick tat sein Übriges. Zwei bereits bis auf nur wenige Stellen völlig verweste Leichen hingen an Fleischerhaken an der Wand der Kellerkammer.

Karin drehte sich zur Seite weg und übergab sich. Selbst Biggi Wax, die einiges gewöhnt war, musste heftig schlucken, um ihren Magen nicht auf dem Weg zu entleeren, wie sie ihn befüllt hatte. Auf den nur noch wenigen mit Fleisch und Muskelgewebe bedeckten Stellen auf den Skeletten wimmelte es von dicken, weißen Maden, die aufrichtig und unaufhaltsam ihrem Tagwerk nachgingen. Karin putzte sich mit einem Taschentuch den Mund ab. Sie hatte sich sofort wieder im Griff und öffnete die nächste Türe. Hier allerdings bot sich ihr ein anderer, wenn auch ungleich erfreulicherer Anblick. Theo Zerfakis hing geknebelt und gefesselt an einem ähnlichen Haken wie die beiden Leichen an der Wand in der Kammer nebenan. Karin befreite sofort ihren Kollegen und half ihm zurück auf die Füße. Biggi stürzte heran und fiel ihrem Verlobten um den Hals. „Bin ich froh, dass du lebst, Theo." Noch ein wenig mitgenommen von den Ereignissen und Strapazen legte auch Theo seine Arme um sie. Nach einem kurzen Kuss übernahm Biggi die Führung im Raum. „Ihr Beiden fahrt jetzt wieder in euer Präsidium und arbeitet. Ich werde mit meinem Team hier alle Spuren sichern. Die Autopsie der beiden Leichen mache ich morgen in der Früh. Wir sehen uns heute Abend zu Hause, mein Schatz." Karin und Theo taten das, was Biggi eben vorgeschlagen hatte, und verließen den Keller. Noch völlig benommen von all den Eindrücken trotteten sie auf die Straße. Theo holte eine Flasche Mineralwasser aus seinem Fahrzeug und setzte sich mit Karin vor das Haus Nr.17 auf die Straße, mit ihren Rücken gegen den Vorgartenzaun gelehnt. „Wir haben es mal wieder geschafft, Karin." „Ja, Theo, aber zu welchem Preis? Asli liegt im Krankenhaus. Wer weiß schon, mit welchen Folgen sie zukünftig leben muss und was sie zurück behalten wird. Es bleibt aber doch in unser aller Köpfen etwas hängen. In deinem Kopf wie auch in meinem, Theo. Wir haben furchtbar entstellte Frauenleichen ansehen und deren Verwandten erklären müssen, dass sie zukünftig ihre Frauen nicht mehr in ihren Armen halten können, weil ein völlig gestörter Serienmörder sich ausgetobt hat. Morgen werden wir wieder die Helden sein. Die Presse lässt uns hochleben. Übermorgen allerdings sind unsere vermeintlichen Heldentaten schon wieder vergessen. Sobald der nächste Benjamin Bachmann auftritt und wir mit unseren Ermittlungen lange auf der Stelle treten, sind wir wieder die blöden Bullen, die nichts draufhaben." „Ja, genauso ist es, Karin. Hier trink mal." Karin nahm einen kräftigen Schluck aus der Flasche. Dann trank Theo ebenfalls und ließ gluckernd das Wasser durch seine Kehle laufen. Fast eine halbe Stunde lang saßen sie noch schweigend nebeneinander. Karin sah, dass auch Theo Tränen über seine Wangen liefen. Dann brach sie die Stille. „Ich fahre jetzt erstmal nach Hause, dusche und ziehe mich um." „Das habe ich auch vor, Karin." „Dann bis später im Büro."

Karin ließ sich hinter das Lenkrad auf ihren Fahrersitz fallen. Ihre linke Schulter schmerzte heftig, genauso wie die rechte Kniekehle. „Lass

281

dich nicht hängen, Karin", sagte sie laut zu sich selbst. Mit einem beherzten Tritt aufs Gas fuhr sie Richtung Kölner Norden. Als sie die Zoobrücke erreichte, gab sie die Kurzwahl der Uniklinik in ihr Telefon ein. Dort ließ sie sich gleich mit der Notaufnahme verbinden. „Hauptkommissarin Weber von der Kölner Mordkommission hier, meine Kollegin und Ehepartnerin Asli Bülent ist eben mit Unterleibsverletzungen bei Ihnen eingeliefert worden. Können Sie mir sagen, wie es ihr geht?" „Hallo, Frau Weber, leider kann ich Ihnen noch überhaupt nichts sagen. Frau Bülents Verletzungen sind nicht unerheblich, sodass sich die Ärzte entschieden haben, sofort zu operieren. Zurzeit befindet sie sich im OP." „Danke, Schwester, dann komme ich später vorbei." „Das wird das Beste sein." Karin fuhr flott nach Hause, wo sie sofort unter die Dusche stieg. Angst befiel sie. Wird Asli wieder ganz gesund werden? Karin verlor keine Zeit. Zwanzig Minuten später saß sie schon wieder hinter dem Lenkrad Richtung Polizeipräsidium Köln Kalk.

Theo traf nur unwesentlich später im Büro ein. Er ging sofort zu Karin, die mit Edith zusammen saß. „Wie geht es Asli?" „Sie wurde operiert, als ich eben angerufen habe. Ich fahre heute Abend in die Klinik." „Wenn du uns brauchst, Karin, sind wir sofort für dich und Asli da." „Das weiß ich ja, Theo, danke." Sie tranken noch einen Kaffee zusammen, bis Edith und Theo zurück zu ihren Schreibtischen gingen. Karin nahm sich die Mordakte vor und begann, den Abschlussbericht dafür zu schreiben.

Das Summen ihres Telefons holte sie in die Realität zurück. „Krausmann, hallo Frau Weber. Herzlichen Glückwunsch zur Aufklärung des Falles. Sehr gute Arbeit, Frau Weber. Aber wie geht es Frau Bülent?" „Danke, Chef. Es war ein hartes Stück Arbeit. Frau Bülent wurde gerade operiert, als ich mich nach ihrem Befinden in der Uniklinik erkundigen wollte." „Ich drücke beide Daumen, damit sie bald wieder auf ihren Füßen steht. Wenn dem wieder so ist, möchte ich, dass Sie beide erstmal Urlaub machen. Eine Auszeit mit entsprechender Erholung wird Ihnen beiden sicher sehr gut tun." „Das haben wir ohnehin vor, Herr Krausmann. Aber jetzt warten wir erstmal ab, was mit Frau Bülent ist." „Bestellen Sie ihr bitte meine besten Genesungsgrüße." „Mach ich, Chef." „Wir bleiben in Kontakt. Ach, übrigens der Herr Innenminister gratuliert Ihnen und Ihrem Team ganz besonders. Sie werden in Kürze mit dem Verdienstorden des Landes NRW ausgezeichnet. Schönen Feierabend, Frau Weber." „Können Sie die Ordensverleihung bitte verhindern, Chef?" Doch Krausmann war bereits aus der Leitung verschwunden. Als Theo und Edith kurz ihre Köpfe zum Abschied in Karins Büro steckten, um sich in den Feierabend zu verabschieden, fuhr auch Karin ihren PC herunter.

Karin hasste diesen olfaktorischen Kranken- hausmix aus Desinfektions- und Reinigungs- mitteln, der ihr entgegen wehte, als sie die Intensivstation betrat. Auf Geheiß der Stations- schwester zog sich Karin Schutzkleidung und eine

Haube über. Asli lag wie ein Häuflein Elend in ihrem Bett. Sie war wach, aber sehr schwach und freute sich, Karin zu sehen. „Na, meine Kleine, wie geht es dir? Hast schon besser ausgesehen." Asli lächelte etwas gequält. „So fühle ich mich auch, so wie ich aussehe." „Und was sagen die Ärzte?" Asli liefen Tränen die Wangen herunter. „Was ist los, mein Zwerg?" „Ich kann keine Kinder mehr bekommen. Sie mussten mir die Gebärmutter und einen Eierstock entfernen. Außerdem mussten sie eine Verletzung an der Blasenwand schließen und die Bauchhöhle spülen, weil eine Mischung aus Blut und Urin auf dem besten Wege war, eine Bauchfellentzündung auszulösen. Zwei Wochen werde ich wohl hier bleiben müssen." Karin streichelte Asli über den Kopf. „Ist doch nicht so tragisch. Für Kinder sind wir doch ohnehin zu alt, Süße. Wenn du wieder hier raus bist, fahren wir in die Flitterwochen. Selbst der Alte hat uns dazu geraten, endlich einmal auszuspannen. Er lässt dich übrigens herzlich grüßen. Ich soll einen Orden verliehen bekommen. Dies werde ich jedoch ablehnen. Weißt du was? Wenn du dich besser fühlst, überlegen wir einmal zusammen, wohin du in Urlaub möchtest. Ich freue mich schon sehr darauf, mit dir zu verreisen." Asli lächelte wieder. „Ich freue mich auch schon darauf." Fünfzehn Minuten durfte Karin bei Asli bleiben. Dann fielen ihrer kleinen Ehepartnerin aber auch schon von alleine die Augen zu. „Schlaf gut, meine Süße. Es ist endlich vorbei."

Karin setzte sich ins Auto und fuhr nach Hause. Eigentlich hatte sie ja Hunger, andererseits raubte ihr die Angst um Asli jegliche Freude am Essen. Sie erstand beim Bäcker zwei Körnerbrötchen mit Frischkäse, die sie eher lustlos in sich hinein stopfte. Hinterher wusch sie in der Küche rasch ihren Teller ab. Weil es ihr noch zu früh war, zu Bett zu gehen, schaute sie noch ein wenig ins Fernsehprogramm, dass ihr jedoch keine wirkliche Abwechslung präsentierte. Natürlich wurden ihre Heldentaten auf allen Sendern erwähnt, doch Karin sah sich die Berichterstattungen dazu erst gar nicht an. Sie wollte jetzt nur noch vergessen und ihre Kleine gesund zurück haben. Sie konnte sich irgendwie des Eindrucks nicht erwehren, sich selbst in den Füßen zu stehen. Weil es für den Start einer Maschine Wäsche schon zu spät war und sie auch sonst nichts mehr im Haushalt machen wollte, beschloss sie, doch zu Bett zu gehen und noch etwas zu lesen. Sie schloss noch die beiden Dienstwaffen in den Wandsafe ein und marschierte ins Bad. Dort zog sie sich ganz aus, um sich ihr Sleepshirt überzuziehen. Als sie jedoch in den Spiegel schaute, bekam sie einen gewaltigen Schreck. Ihre linke Schulter war komplett von einem gewaltigen Bluterguss blau verfärbt, der sich bis zum Brustansatz hinzog. Jetzt wusste sie auch, warum ihre Schulter so schmerzte. Auch in der rechten Kniekehle hatte sich ein Hämatom breitgemacht und für eine Blaufärbung gesorgt. Karin kramte im Bade-zimmerschrank nach der Tube mit dem Gel gegen Sportverletzungen, um eine Selbstbehandlung

285

einzuleiten. Sie trug das Gel auf, massierte es ein und sprach zu ihrem Spiegelbild: „Der Orthopäde wird mir auch nichts anderes verschreiben als so ein Zeug. Also!" Während sie das Gel in die Haut einziehen ließ, putzte sie sich die Zähne und befreite ihre Augen von der Wimperntusche. Vier Seiten schaffte sie noch in ihrem Roman zu lesen, bis ihr die Augen zufielen und sie entschlummerte.

Kapitel 41

Für den folgenden Freitag um 10:00 Uhr hatte Biggi Wax zur abschließenden Konferenz in die Gerichtsmedizin eingeladen. Karin und Theo sowie der Leiter der Gerichtsmedizin Ernst Brandt und Robert Willbrand, der Chef der KTU, nahmen an der Konferenz teil. Obwohl Biggi Wax die Jüngste in diesem Kreis war und die Position der stellvertretenden Leiterin der Gerichtsmedizin noch gar nicht so lange inne hatte, leitete sie die Veranstaltung souverän. Nach kurzer Begrüßung aller Teilnehmer, einem Gruß an Asli Bülent für eine baldige Genesung und der Vorstellung von Henrik Schneider, einem Assistenten der Gerichtsmedizin, der als Schriftführer fungierte, begann Biggi ihren Abschlussbericht vorzutragen, den sie noch am gleichen Tag der Staats-anwaltschaft zur Verfügung stellen wollte, damit der Fall abgeschlossen werden konnte. „Ich beginne meinen Vortrag mit dem Obduktions-ergebnis zu den beiden stark verwesten Leichen, die wir im Keller aufgefunden haben. Beide Opfer sind weiblich und etwa seit acht Monaten tot. Der eigentliche Todeszeitpunkt lässt sich leider nicht präziser ermitteln. Wir haben an Hand von Geweberesten durch intensive, histologische und mehrere physikalische Tests feststellen können, dass beide Opfer mangels Flüssigkeits- und Nahrungszuführung verstorben sind. Ein ziemlich langsamer und qualvoller Tod. Bis der Körper bei Entzug von Wasser und Nahrung in Agonie verfällt, können je nach Konstitution ein bis zwei Wochen vergehen. Bei den Leichen handelt es sich um die beiden Tanten von Benjamin Bachmann, Clarissa und Elise Bodemann, die Bachmann nach dem Tod seiner Mutter aufge-nommen und großgezogen haben. Die dazu durchgeführten Gentests sind zu 99,8% eindeutig. Benjamin Bachmann starb übrigens durch einen Schuss direkt mitten ins Herz. Er war sofort tot. Bachmann wurde im Übrigen mittels eines neuen Verfahrens eindeutig als der Serienmörder ermittelt. Bei der Durchsuchung des Hauses seiner Tanten fanden wir ein sechsbändiges Tagebuch über die Leiden von Benjamin Bachmann. Ich habe daraufhin den gesamten Körper von Bach-mann auf alte Verletzungen untersucht und wurde bei allen von ihm aufgeführten Misshandlungen fündig. Bachmann hat von Kindesbeinen an ein schier unbegreifliches Martyrium hinter sich, das noch seines Gleichen sucht. Bachmann war so richtig der Tanten Liebling. Dazu zählen diverse Knochenbrüche sowie auch Deformationen an Zehen- und Fingerknochen. Allerdings billigen die Bachmann zugefügten Gräueltaten und Misshandlungen in keinem Fall seine grauenvollen

287

Morde. Gestatten Sie mir zum Abschluss meines Berichtes eine persönliche Anmerkung: Ich bin heilfroh, dass die Kollegin Bülent wie auch mein Verlobter Theo Zerfakis leben."

Im Spätsommer des gleichen Jahres aalten sich zwei gut aussehende und bereits leicht angebräunte Frauen am Falesia Strand der Algarve auf ihren Handtüchern. Sanft strich eine leichte Brise über sie hinweg, die nach Meersalz und Fisch duftete. „Dein Brustansatz ist schon leicht gerötet. Soll ich dich ein wenig eincremen?" „Ja, mach das, Karin. Hauptsache, ich brauche mich dafür nicht allzu sehr zu bewegen." Karin nahm die Flasche mit der Sonnenschutzcreme aus ihrer Strandtasche. Sie ließ einen ordentlichen Tropfen der weißen Emulsion auf ihre rechte Hand plumpsen. „Jetzt wird es etwas kühl." Bevor Asli ihr Veto einlegen konnte, verteilte Karin den Sonnenschutz bereits auf ihrer Haut. Der anfängliche Protest wich sehr rasch einem behaglichen Schnurren. „Meinst du wirklich, die Sonne durchbricht das Oberteil meines Bikinis?" „Ich weiß nicht. Aber es fühlst sich schön an." Asli hob den Kopf und legte ihre rechte Hand um Karins Hals. Sie blickte ihr tief in die Augen. „Es ist für mich wie ein Traum, aus dem ich nie wieder aufwachen möchte, Karin. Ich liebe dich von ganzem Herzen." „Ich dich auch, Asli, und weißt du was? Wir haben noch über eine Woche Zeit, uns ständig unserer Liebe hinzugeben." „Was für ein wunderschöner Gedanke." Asli schmiegte sich an ihre Lebens-partnerin und legte ihren Kopf auf ihre Brust. „Aber wenn wir wieder zu Hause sind, steigen wir erneut ein ins Geschäft mit dem Bösen und schnappen uns den nächsten Serienmörder." „Ja, Asli, das machen wir. Sie sind überall und warten ganz sicher schon auf uns."